हलाला

हलाला

(धर्म की आड़ में स्त्री-शोषण का आख्यान)

भगवानदास मोरवाल

वाणी प्रकाशन

प्रकाशन के उत्कृष्टतम 62 वर्ष

सजिल्द पहला संस्करण : 2016
सजिल्द दूसरा संस्करण : 2018
सजिल्द तीसरा संस्करण : 2025

vaniprakashan.com

वाणी प्रकाशन

4695, 21-ए, दरियागंज, नयी दिल्ली-110 002

फ़ोन : + 91 11 23273167, 23275710

शाखाएँ

अशोक राजपथ, पटना-800 004, बिहार

कॉफ़ी हाउस कैम्पस, महात्मा गांधी मार्ग, प्रयागराज-211 001, उत्तर प्रदेश

महात्मा गांधी अन्तरराष्ट्रीय हिन्दी विश्वविद्यालय, वर्धा-442 001, महाराष्ट्र

sales@vaniprakashan.in
vaniprakashan@gmail.com

Halala
by Bhagwandass Morwal

ISBN : 978-93-5229-326-1

Novel

मूल्य : ₹ 495

आर. टेक ऑफ़सेट प्रिंटर्स, दिल्ली-110032 में मुद्रित

वाणी प्रकाशन का लोगो मक़बूल फ़िदा हुसैन की कूची से

अल्लाह अपने हुक्म से ऐसे लोगों को अँधेरों से निकाल कर उजाले की ओर लाता है, और उन्हें सीधा रास्ता दिखाता है, जो उसकी ख़ुशी पर चल सलामती की राहें दिखाता है।

–कुरआन मजीद

अल्लाह अपने हुक्म से
ऐसे लोगों को अँधेरों
से
निकाल कर उजाले की
ओर लाता है, और
उन्हें
सीधा रास्ता दिखाता
है, जो उसकी ख़ुशी
पर चल सलामती की
राहें दिखाता है।

फ़ज्र[1]

कलसंडा!

डमरू के कानों में जब-जब यह शब्द पड़ता, तब-तब उसे लगता मानो पूरी कायनात धधक उठी हो, और पूरी देह में कील की मानिंद काबली कीकर के सख़्त काँटे ठोंक दिये हों। वह उसी समय सबसे नज़रें बचाते हुए सीधे नोहरे में जाता और सालों से सहेज कर रखे गये बहुकोणीय टूटे और धुँधले पड़ चुके आईने में, देर तलक अपने आपको अपलक निहारता रहता। पता नहीं यह इस पुराने पड़ चुके आईने का दोष है, या उसका अपना वहम कि उसे इसमें ऐसा कुछ नज़र नहीं आता, जैसा पूरा मोहल्ला और उसकी सबसे छोटी भावज आमना कहती है। वह पूरी कोशिश करता यह जानने की कि क्या सचमुच उसका रंग-रूप काले साँड़ की तरह है? अपने इसी वहम को वह झुठलाने की बार-बार कोशिश करता, और आख़िरकार उसे अपने इस धुंधले पड़ चुके आईने पर ही यक़ीन करना पड़ता।

अपना ही अक्स डमरू को अपना नज़र नहीं आता बल्कि बिना खल-चूरी की सानी के ऐसा बलद नज़र आता, जिसका काम बारह महीना अपनी देह तुड़वाने के कुछ नहीं होता। डमरू को लगता जैसे भादों की देह चाटती धूप में किसी आवारा मुँडेर पर स्याह काई की परत चढ़ी हुई हो। नियति के इस बेरहम मज़ाक़ पर उपजा गुस्सा धीरे-धीरे अपने आप बेचारगी में बदलता चला जाता, और प्याज की गंठों जैसी जिन बलिष्ठ भुजाओं पर उसे बड़ा नाज़ रहता, देखते ही देखते वे सूखी रेत पर छटपटाती मछलियाँ-सी नज़र आने लगतीं।

'खुदा ऐसा रूप और कद-काठी किसी को न दे!'

अपने परवरदिगार से मन ही मन एक बेज़ा शिकायत कर डमरू अभी आईने के सामने से हटा ही था कि सबसे छोटी भावज आमना ने शायद उसे देख लिया था, जो किसी काम से यहाँ अपनी जिठानी फ़ातिमा के साथ आयी थी।

"जब देखो, ई नौसा चारू पहर या सीसा के आगे धरो पावे है। ई तो खुदा

1. फ़ज्र : प्रातःकाल।

ने थोड़ो-सो मलूक ना बणायो... बणायो होतो तो पतो ना कैसी धरती ए फाड़तो!" सबसे छोटी भावज आमना ने मुँह बिचका कर, अपनी जिठानी से कहते हुए, जैसे जानबूझ कर अपने देवर डमरू को कोंचा।

सुनते ही डमरू के पूरे जिस्म में धारदार बर्छियाँ खुबती चली गयीं। जिन भुजाओं की मछलियाँ थोड़ी देर पहले छटपटाती-सी नज़र आ रही थीं, छोटी भावज के इस आवाहन पर जैसे मचल उठीं। जिस स्याह चेहरे पर भादों की देह चाटती धूप में आवारा मुँडेर पर स्याह काई की परत चढ़ी दिखाई दे रही थी, उसी चेहरे की यह परत भीतर ही भीतर मानो ऐंठने लगी।

बड़ी भावज फ़ातिमा ने अपनी दौरानी को एक बेमानी डाँट मारते हुए टोका, "रंडी, तू भी जब चाहे याहे छेड़ती रहवे है। जभी राजी रहेगी जब काई दिन ई कुछ उल्टी-सूधी बक देएगो!"

"भावज, कदी मेरो भी बखत आएगो!" डमरू ने गहरी साँस लेते हुए कहा।

"हम्बै सहजादा, तेरी ही किस्मत में लिख राखी हैं ये हूर की परी।" सबसे छोटी भावज आमना तमकते हुए बोली।

"कहीं आज तेरा मन में हर का भजन सुणूना की तो ना है?" बड़ी भावज ने थोड़ा सख़्त होते हुए कहा।

"यामें हर का भजन की कहा बात है। ऐसा कू कौन देएगो अपणी बेटी ए... एक तो इतनी उमर, ऊपर सू इतनो बढ़िया रूप। याको तो ऊ कहणो है के–*चुगे करे हो ज्वार में, बणो फिरे है भंग/हंसा की तू सर करे, उडो जाए न संग।*" इतना कह छोटी भावज ने पिच्च से ज़मीन पर थूक दिया।

"ठीक है भावज, मेरो भी नाम डमरू ना जो एक दिन तेरी माँ ही..." कहते-कहते रुक गया डमरू।

अपने देवर के इस तेवर को देख बिचली भावज फ़ातिमा सहमती चली गयी। पता नहीं डमरू के इस अधूरे वाक्य में कोई अनर्थ छिपा हुआ था, या सचमुच कोई चुनौती छिपी हुई थी। उसने अपनी दौरानी आमना को बाज़ू से पकड़ा और लगभग धकेलते हुए उसे नोहरे से ले आयी।

दोनों भावजों के जाते ही नोहरे में ख़ामोशी बिछ गयी। डमरू देर तलक उसी धुँधले आईने के सामने खड़ा एकटक अपने आपको निहारता रहा, जिसने उससे कभी झूठ नहीं बोला। वह अलग-अलग कोणों से खुद को देखता रहा। काफ़ी देर बाद उसके भीतर उफनती लहरें शान्त हुईं, तो एकाएक उसकी नज़र अपने अक्स पर ठिठक गयी। अपने आपको ग़ौर से देखने के बाद उसे लगा उसकी भावज आमना ने ग़लत नहीं कहा है। इस उम्र में ऐसे को भला कौन

अपनी बेटी देगा। डमरू के कोर भीग आये और देखते ही देखते पनीली आँखें भरती चली आयीं। उसे इसका पता भी नहीं चलता अगर कोरों से गुनगुनी पतली धार गालों से सरसराती हुई दिखाई नहीं देती। अपने परवरदिगार से एक बार फिर वह मन ही मन एक बेमानी-सी शिकायत करता कि तभी मस्जिद के लाउडस्पीकर से आयी जुह्र की अज़ान ने उसके अशान्त, भटके हुए मन पर जैसे दस्तक दी। उसने कुर्ते की आस्तीन से कोरों को पोंछा और तेज़-तेज़ क़दमों से मस्जिद की ओर बढ़ गया।

2

पता नहीं कैसे यह बात घर से मुहल्ले में और मुहल्ले से फूट कर लपरलेंडी के कानों तक जा पहुँची। लपरलेंडी के पास पहुँचने का मतलब यह हुआ कि इसके बाद इसके बारे में किसी को कुछ बताने की ज़रूरत नहीं है। आक के पके डोडे से निकले फोहे उड़ कर कहाँ-कहाँ पहुँच जाएँगे, अन्दाज़ा लगाना मुश्किल नहीं है। लपरलेंडी के कान तो ऐसी बातें लपकने के लिए जैसे लपलपाये रहते हैं। इसलिए वह उसी दिन से बेचैन है जिस दिन से यह बात उस तक पहुँची है।

न जाने किस दुनिया में खोया डमरू तेज़ी से उड़ा जा रहा था कि लपरलेंडी के चौतरे के आगे पहुँचते ही उसके पाँव ठिठक गये।

"मियाँ डमरू, इतनी तेजी से कहाँ भागे जा रहे हो?"

डमरू ने रुक कर देखा, तो पाया अपने चौतरे पर लपरलेंडी जैसे उसी का इन्तज़ार कर रहा था।

"काका बस ऐसेई!"

"बस ऐसेई तो जनाब ऐसे कह रहे हैं, जैसे निकाह पढ़ा के आ रहे हैं!"

इस बार डमरू के कान खड़े हो गये यह सोचकर कि यह लपरलेंडी आज इतनी नफ़ासत, मुलामियत और तमीज़ के साथ, वह भी एकदम लख़नवी अन्दाज़ में, कैसे पेश आ रहा है? सबसे ज्यादा उसे यह देख कर हैरानी हो रही है कि जिस आदमी पर उसे आज तक यह शुबहा-सा रहा है कि जिसे उसका असली नाम-पता है भी या नहीं, वह पूरी इज़्ज़त बख़्शते हुए उसे मियाँ डमरू कह कर सम्बोधित कर रहा है, जबकि यह तो हमेशा सीधी कुल्हाड़ी से लत्ता धोता है।

"नाऽऽऽ ऐसी कोई बात ना है काका।" डमरू ने टालना चाहा।

"बात तो है डमरू... अब तू ना बताए, तो तेरी मरजी।" लपरलेंडी ने कुरेदते हुए पूछा।

"ईमान सू, ऐसी कोई बात ना है।" डमरू एक बेमानी हँसी हँसते हुए आगे

बोला, "अगर कोई तेरी नजर में है तो तू ही बता दे!"

"ऐ कोई बात ना है?" लपरलेंडी इस बार डमरू की आँखों में उतर गया।

"ना तो।" डमरू ने दो टूक मना करते हुए जवाब दिया।

"अच्छो, काबा सोईं हाथ उठाके कह के कोई बात ना है!"

डमरू ने तुरन्त काबा यानी पच्छिम की तरफ़ हाथ उठा दिया।

लपरलेंडी चुप। पल भर के लिए उसे अपने कानों और बताने वाले, दोनों पर शक-सा हुआ। मगर ऐसा कैसे हो सकता है? यही सोचते हुए वह बोला, "पर यार, मैंने तो सुणी ही के तम दोनूँ देवर-भावज में कोई तगड़ी टिसल-फिस्स हुई ही?"

"अच्छोऽऽऽ तो नोहरावाली बात तेरे पै (पास) भी पहोंचगी है। वैसे ऊ ऐसी कोई बात ना ही... ऐसी छोटी-मोटी मजाक तो देवर-भावज में चलती रहवे हैं।"

"कहा कही, छोटी-मोटी मजाक! ऊ छोटी-मोटी मजाक ही के जब देखो ई कळसंडा पराई बहू-बेटीन्ने तकतो रहवे है। सुकर है खुदा ने ई थोड़ो-सो मलूक ना बणायो, नहीं तो गाँओ-मुहल्ला की एक भी कुआँरी-ब्याहता ए ना छोड़तो।"

"पर काका, मेरी भावज ने ई बात तो कही ना ही।" डमरू के चेहरे का जैसे रंग उड़ गया।

"तो फिर जो कही ही, वही बता दे!" लपरलेंडी ने डमरू को घेरते हुए पूछा।

इससे पहले कि डमरू लपरलेंडी के कहे में कुछ संशोधन करता, सामने से चौतरे की सीढ़ियाँ पार करते हुए किसी ने पूछा, "अरे, या राना बिणजार ए कहा बिद्‌या पढ़ा रो है?"

"अरे यार फकीरा, तू भी सही मौका पे आयो है... अच्छो सुन, तैने भी सुणी है के इन देवर-भावज में कोई टिसल-फिस्स हुई है?" पुष्टि के लिए लपरलेंडी फकीरा की ओर पलटा।

"हाँ यार, मैंने भी सुनी है के याकी भावजन्ने ने यासू खूब भली-बुरी कही है।"

"ले सुन ले, ई फकीरा तो ना सिखायो है मैंने। अरे बावला, तेरी भावजन्ने तो ऐसी-ऐसी बात कही बताई के अगर हम तेरे आगे बता देएँ, तो तोकू मरण कू भी जिगह ना मिलेगी... पर हमन्ने कहा तिहारी घर की बात है।" इतना कह लपरलेंडी हल्के-से फकीरा की ओर पलटा। फिर उसकी तरफ आँख मारते हुए गहरा साँस लिया, "पर यामें तेरो कसूर ना है डमरू... ऊपरवालो ना तेरे साथ ऐसो अन्याव करतो, ना तोहे ये दिन देखना पड़ता!"

"बात तो तेरी सोलह आने ठीक है यार लपरलेंडी, वरना कहा कमी है या पट्ठा में। अरे, थोड़ो-सो रंग-रूप ही तो ना है।"

"फकीरा, बीरबाणी रंग-रूप सू ना, हथियार सू दबे है। वैसे असल बात ई

है के याकी भावजन्ने मुफत में एक मजूर मिलरो है। अरे, बाकी का भाई तो अपनी-अपनी लुगाइन्ने बगल में लेके सोवें और खटतो डोले ई बिचारो डमरू... बताओ, ई कहीं को न्याव हुओ!"

लपरलेंडी की बात पूरी-पूरी होते डमरू की नसों में ठिठका हुआ ख़ून हरहरा कर ठहाठा मारने लगा। भुजाओं में शान्त पड़ी मछलियों के गलफड़ों में मानो ढेर सारी आक्सीजन भर गयी।

"एक बात और कहूँ फकीरा, ई तो डमरू ही भलो आदमी है नहीं तो कोई और सो होतो न, तो अब तलक काई भावज ए इकल्ली पाके टाँग देतो। मजाल है पीछे इनमें सू कोई कुछ कह तो जाती।" लपरलेंडी ने एकदम नाजुक जगह पर चोट करते हुए कहा।

"वैसे डमरू, ये बात कही कौण-सी भावज ने ही?" फकीरा चेहरे के भावों को छिपाने के लिए अक्कल दाढ़ में फँसे किणके को कुरेदने लगा।

"किसने कही है, वही है हमारा घर में एक छाकटी मेरी सबसू छोटी भावज।" नज़र नीची कर डमरू ने धीरे-से कहा।

"यार, वाने जरूर कही होएगी। वैसे भी ऊ सिंगार की है और सिंगार का बारा में तो ई कहवात मसहूर है के अगर अपणा घर में झगड़ा करवाणो है तो सिंगार में जा बसो, और काई सू लट्ठ बजाणो है तो अपणा घर में सिंगार की बिहा लाओ... वैसे एक बात कहूँ डमरू, मौका देखके काई दिन तू या दारी की सिंगारवाली को ही मीटर खेंच दे। याको जोबन कुछ जादा ही फटो मरे है!" दाँत पीसते हुए, मचमचाते हुए सुझाव दिया लपरलेंडी ने।

"काका, मैं तो या काम ए भी कर दूँ, पर मरणो या बात को है के भावज है, ऊ भी सगी।"

"बेकूप, याही मारे तो कहरो हूँ के भावज लगे है। मेरे यार, वैसे भी भावज पे देवर को पूरो हक होवे है। अन्यायी, पाँच-पाँच पंडून् ने भी तो अपणी एक ही भावज द्रौपदा सू काम चलायो हो।" लपरलेंडी ने उचकते हुए डमरू का हौसला बढ़ाते हुए कहा।

डमरू लपरलेंडी के इस सुझाव पर कुछ नहीं बोला।

"लपरलेंडी, मेरी तो सबसू बड़ी चिन्ता ही दूसरी है के–

नट घोड़ा और नाजनीन, बधिया मल्ल सुनार।
ये छेऊ ठाडे भले, बूढ़े हुए तो ख्वार।।"

"ई बात तो तैने फकीरा सही कही है। थोड़ा-सा दिन की बात और है। पीछे तो ई हज्ज के लायक भी ना रहेगो। अरे, हारी-बीमारी में याहे कोई एक गिलास

पाणी भी ना देएगो।" डमरू की ठंडी शिराओं को ताप देने के लिए लपरलेंडी अपनी तरफ़ से मुट्ठीभर समिधा डाल, उसे भड़काते हुए बोला।

"मेरे यार, जादा नरमी भी आदमी का आपा ए खावे है।" फकीरा ने भी धीरे-से उसमें फूँक मारते हुए कहा।

डमरू के भीतर जैसे कुछ खदबदाने लगा। वह धीरे-से उठा और नोहरा जाने के बजाय तेज़-तेज़ कदमों से अस्र की नमाज़ पढ़ने के लिए जामा मस्जिद की ओर मुड़ गया। मगर आधे रास्ते तक उसकी चाल मन्द पड़ती चली गयी, और मस्जिद की सीढ़ियाँ चढ़ते-चढ़ते तो उसके अन्दर यह कुफ़्र अँगड़ाई लेने लगा—

जैसे पाखा पे ढलती धूप
जोबन तेरो दो दिन को री गोरी नार
यापे मत कर इतनो गुमान
गहा जाएगो कोई रानो बिणजार।

3

साँझ की उदासी का असली रंग और सुबह का भोला कुनमुनापन देखना हो, तो उसके लिए इस देश के गाँव-देहातों से अच्छी जगह दूसरी नहीं हो सकती। आलम यह होता है कि इशा की नमाज़ होते-होते ज़्यादातर घरों के चूल्हों की राख़ कब ठंडी हो जाती है, पता ही नहीं चलता। साँझ का झुटपुटा घिरते-घिरते और दीया-बाती होते-होते उदास ओसारे हरकत में आ जाते हैं, और इशा की नमाज़ तक लगभग पूरी तरह ख़ामोश हो जाते हैं। जबकि सुबह का कुनमुनापन किसी ज़िद्दी बच्चे-सा अपने उनींदेपन में देर तलक कसमसाता रहता है।

यह देख कर पूरे घर को हैरानी हुई कि जो डमरू अपनी भावजों द्वारा बाँधे गये दिनों के अनुसार शाम की रोटी नोहरे में ही खाता है, वह बिना किसी पूर्वाभास और किसी को बिना कुछ बताए, मग़रिब की नमाज़ पढ़ते ही सीधा घर आ गया।

डमरू का इस तरह औचक आना भले ही किसी और को खटका हो या नहीं, उसकी सबसे बड़ी भावज नसीबन को ज़रूर खटका। डमरू के पाँवों के चाप, उसे चाप नहीं किसी अनहोनी की जैसे दलक-सी लगी। पता चलते ही नसीबन सीधे दालान में आयी और इससे पहले कि डमरू कुछ कहता, उसने एक तरफ़ खड़ी चारपाई बिछा दी। सबसे छोटी भावज आमना को तो जैसे ही पता चला कि डमरू आया है, उसके तो समझो काटे खून नहीं।

डमरू अभी चारपाई पर बैठा ही था कि मग़रिब की नमाज़ पढ़, दोनों बड़े भाई जमाल खाँ और कमाल खाँ भी आ गये। जबकि तीसरा भाई नवाब खाँ

कभी भी आ सकता है। एक पल के लिए तो उन दोनों को भी हैरानी हुई कि आज कैसे बिना बताए डमरू आया हुआ है। मगर उन दोनों ने कुछ नहीं कहा। वैसे भी उसका घर है और अपने घर में जब चाहे वह आ सकता है। यह अलग बात है कि वह अपनी भावजों की इज़्ज़त करते हुए घर-गृहस्थी वाले इस सहन में झाँकता नहीं है।

दोनों भाई वहीं बिछी दूसरी चारपाई पर बैठ गये।

"लाओ भई, रोटी-टूक होगी होएँ तो लियाओ!" जमाल खाँ ने ओसारे की ओर देखते हुए कहा।

आदेश पाते ही एक-एक कर रोटियों की चँगेरी, सब्ज़ी की पतीली, चमली-कटोरी और पानी का जग आ गया, और इससे पहले कि दोनों भाई खाना शुरू करते, तीसरा भाई नवाब भी आ गया।

"अरे, आज ई डमरू कैसे गैल भूलगो!" दालान में घुसते ही नवाब ने मुस्कराते हुए कहा।

"क्यों, ई घर याको ना है! तू भी यार, कदी-कदी कैसी कुलखणी बात करे है।" जमाल खाँ ने अपने भाई नवाब को परोक्ष रूप से डाँटते हुए कहा।

"मेरा कहणा को ऊ मतलब ना है... मे... मेरो मतलब है के आज कैसे चुपचाप..."

"तो कहा याहे काई सू इजाजत लेनी पड़ेगी, या फिर झाँझ बजानी पड़ेगी।"

"तू तो बेमतलब कढ़ी-सो उफनरो है। अन्यायी, मैंने कौन-सी गाली दे दी!" नवाब ने अपने बड़े भाई से कहा।

"छोडो न, पतो ना तमूभी कहा रामाण ए ले बैठा... चुपचाप रोटी तो ना खाई जा रही हैं।" इस बार नसीबन दख़ल देते हुए बोली।

जमाल खाँ और नवाब की यह झल्लाहट आने वाली किसी अनिष्टता की वजह से थी, या इसकी कुछ और वजह थी कहना मुश्किल है। हाँ, अगर नसीबन इसमें दखल नहीं देती, तो शायद इस अनिष्टता की पदचाप साफ़ सुनाई दे जाती।

किसी को नहीं था इसका गुमान कि आज यह डमरू ऐसी बेहूदी बातें ले बैठेगा।

"ऐसो कर, रोटी खाली होएँ तो निवाज पढ़के चुपचाप सो जा... कहरो है के मैं हज्ज करण जाऊँगो। हज्ज कै कोई बातनू सू होवे है!" सबसे बड़े भाई जमाल खाँ ने कुल्ला करते हुए डमरू को डाँटा।

"और जो ई दुनिया कर-करके आरी है?" डमरू ने धीरे-से कहा।

"करके आरी है, पर वाको पहले पासपोर्ट बणवानो पड़े है और फिर दिल्ली जाके सिरकार सू इजाजत लेनी पड़े है।"

"ई कौन-सी बड़ी बात है, तैने भी तो बणवा राखो है। तोहे भी तो सिरकार सू इजाजत मिलगी ही। जैसे तोहे मिलगी, मोहे भी मिल जाएगी।"

"यार, तू तो ऐसे कहरो है जैसे ई काम बहोत आसान है। चल, पासपोर्ट बणगो और सिरकार सू भी इजाजत मिलगी, पर हज्ज पे जो दौलत खरच होएगी, ऊ कहान् सू आएगी?" इस बार कमाल खाँ ने असली जड़ बताते हुए डमरू का रास्ता रोकना चाहा।

डमरू एकदम चुप। देर तलक कुछ नहीं बोला।

तीनों भाई यानी जमाल खाँ, कमाल खाँ और नवाब ने कनखियों से एक-दूसरे की ओर देखा।

"याको मतलब या घर में मेरो कुछ ना है!"

दालान में छाई ख़ामोशी में मानो डमरू ने कोई कंकर उछाल दिया।

"किसने कह दी के तेरो या घर में कुछ ना है। अरे, जब या कमालू और नबाब को बिना हज्ज काम चलरो है, तो फिर तोहे हज्ज करणा की ऐसी कहा जरूरत आ पड़ी?"

डमरू से, अपने सबसे बड़े भाई जमाल खाँ के इस सवाल का कोई जवाब देते नहीं बना।

"देख, मेरी माने तो तू जमात पे निकल जा! अन्यायी, जैसी हज्ज वैसी जमात ... और फिर तोहे जियारत सू मतलब है, चाहे ऊ हज्ज होए या जमात—कहा फरक मारे... सारी जियारत-इबादत एक-सी होवे है।" डमरू को चुप देख जमाल खाँ सलाह देते हुए बोला।

"कैसे होगी सारी जियारत-इबादत एक जैसी! अरे, तेरी जियारत तो जहाज में मजा लेती डोले, और ई डमरू बदना-गूदड़ी ए बाँध गाँओ-गाँओ में धूल फाँकतो डोले... ना, मैं तो हज्ज ही करुँगो!"

डमरू के मुँह से यह ऐलान सुन पूरा दालान स्तब्ध रह गया। जमाल खाँ को तो ऐसे लगा जैसे उसके सबसे छोटे भाई ने सबके सामने उसे तमाचा जड़ दिया। उसे ही नहीं कमाल खाँ और नवाब को भी इसकी उम्मीद नहीं थी कि यह डमरू इस तरह खुलेआम बग़ावत पर उतर आएगा। वही डमरू जिसने आज तक मजाल है अपने भाइयों के आगे मुँह तो खोला हो।

जमाल खाँ को गुस्सा तो बहुत आया मगर न जाने क्या सोचकर खून का घूँट पीकर रह गया। कमाल खाँ समझ गया कि किसी न किसी तरह फिलहाल

डमरू को शान्त करना है। उसने डमरू से नज़र बचाते हुए जमाल खाँ को ख़ामोश रहने का इशारा किया, और फिर बेहद संयमित लहज़े में बोला, "जमालू को कहणा को ऊ मतलब ना है। वाको मतलब है के एकाध महीना, पहले तू जमात में हो आ। जमात ए समझ ले पहले तू। मेरे यार, हज्ज करण तू जरूर जा पर तरीका सू जा।"

पता नहीं डमरू अपने बड़े भाई कमाल खाँ के इस तर्क से कहाँ तक और कितना सन्तुष्ट और सहमत हुआ, मगर इसके बाद वह कुछ नहीं बोला। इससे पहले कि वह यह तय कर पाता कि उसे मस्जिद में जाना है, या नोहरे में—इशा की अज़ान लग गयी।

"चलो रे, निवाज पढ़ लेओ! ई गीबत तो पीछे भी होती रहेगी।"

जमाल खाँ के इस आदेश भरे निर्देश पर डमरू समेत सारे भाई इशा की नमाज़ पढ़ने के लिए मस्जिद की ओर चल पड़े।

4

नमाज़ के बाद तीनों भाइयों का मस्जिद से घर लेना मुश्किल हो गया। नीम अँधेरे में डूबा मुश्किल से फर्लांग भर का रास्ता जैसे मीलों लम्बा हो गया। जमाल खाँ ने मस्जिद में नमाज़ियों की क़तार में देखा भी लेकिन डमरू उसे कहीं नज़र नहीं आया। यानी या तो वह इस मस्जिद में नमाज़ पढ़ने आया नहीं, या फिर दूसरी मस्जिद में चला गया।

जमाल खाँ अभी अन्दर सहन में दाख़िल होता कि उसने तीनों दौर-जिठानियों नसीबन, फ़ातिमा और आमना को आपस में किसी बात पर उलझते हुए सुना। जिस तेज़ी से उसके कदम मस्जिद से घर की ओर बढ़े आ रहे थे, उसी तेज़ी से जहाँ थे, वहीं ठिठक गये। उसने अपने दोनों भाइयों को वहीं रुकने का इशारा किया, और अन्दर चल रही बातचीत को ध्यान से सुनने लगा।

"मैंने ई कितनी बेर हाथ जोड़के समझा दी के तू याहे मत छेड़े कर, पर या रंडी ने मेरी सुणी होए जब न। अब राजी रहेगी जब या घर का पाड़-तिवाड़ हो जाँगा।" यह नसीबन थी जिसके लगभग भीगे हुए स्वर में कातरता घुली हुई थी।

"कमालू, यार तेरी भावज किस्सू कहरी होएगी हाथ जोड़ के समझाणा की बात?" जमाल खाँ ने फुसफुसाते हुए अपने छोटे भाई कमाल खाँ से पूछा।

"एक मिनट, ध्यान सू सुन!" अन्दर से आने वाली आवाज़ को सुन कमाल खाँ ने अपने बड़े भाई से कहा।

"तू तो मेरे ऊपर बिना टिकट चढ़ी जारी है। मैंने वासू मजाक ही तो करी

है।" आमना यानी नवाब की पत्नी अपनी जिठानी को सफ़ाई देते हुए बोली।

"धसड़ी, मजाक भी होए करे हैं पर तैने तो वाके बर्छी-सी घुसा दी के ई तो थोड़ो-सो रंग-रूप ना दियो... दियो होतो तो पतो ना कैसी धरती ए फाड़तो!"

"आमना, नसीबन या बात ए तो ठीक कहरी है।" फ़ातिमा भी अपनी जिठानी नसीबन से सहमत होते हुए बोली।

"या कुलखणीचोद ए इतनो सहूर ना है के काई दिन वाके जी में आगी न, तो ई कलसंडा याकी खूसनी ए फाड़ देएगो!"

अपनी जिठानी के इस वाक्य पर फ़ातिमा की हँसी छूट गयी और अपनी दौरानी आमना को कोंचते हुए खिखियाई, "वैसे भी दारी, रुको हुओ मरद और बाँध को कोई भरोसा ना होवे है... पतो ना इनको ईमान कद खराब हो जाए।"

"ई रंडी, यही तो चाहवे है। ई जभी राजी रहेगी जब काई दिन याहे ऊ हरी कर देएगो!" नसीबन ने दाँत पीसते हुए आमना को डाँटा।

इससे पहले कि तीनों दौर-जिठानियों की यह नोंक-झोंक और आगे बढ़ती, जमाल खाँ मठारते हुए अन्दर दाख़िल हो गया।

जमाल खाँ सहित सारे भाई समझ गये कि इस फ़साद की असल जड़ यह आमना है। मगर अगले ही पल सोचा कि देवर-भावज के बीच हुआ ऐसा हँसी-ठट्ठा, चाहे वह कितना भी तीखा क्यों न हो, इतने बड़े फ़ैसले, वह भी हज पर जाने का, के लिए नहीं उकसा सकता।

तीनों भाइयों के दाख़िल होते ही घर में चुप्पी छा गयी। ऐसी चुप्पी, मानो यहाँ कुछ हुआ ही नहीं। बड़ी चतुराई से तीनों दौर-जिठानी अपने-अपने कामों में ऐसे जुट गयीं, जैसे उन्हें दीन-दुनिया का कुछ पता ही नहीं है।

इशा की नमाज़ के बाद जहाँ सारा घर इससे पहले इस वक़्त सोने के मीजान में लग जाता, आज मानो किसी को नींद नहीं आ रही है। जमाल खाँ देर तक मनन करता रहा उस जड़ की तह तक पहुँचने के लिए, जिसकी वजह से जिस डमरू ने अपने बड़े भाइयों से कभी नज़र नहीं मिलाई, उसने कैसे आज सारी सीमाओं और वर्जनाओं को लाँघते हुए अपना लिहाफ़ उतार कर फेंक दिया? आख़िरकार उसे एक ही रास्ता नज़र आया। क्या पता इसी से कुछ पता चल जाए।

"अरे फजल, अपणी माँ ए भेजियो!" जमाल खाँ ने अपने लड़के को आवाज़ देते हुए कहा।

नसीबन जैसे पहले से इसके लिए तैयार बैठी थी।

"तोहे कुछ अन्दाजो है के ई डमरू आज कैसे उखड़रो है। कैसे याको ब्यौहार बदलगो है?" जमाल खाँ ने पत्नी से पूछा।

"ना, मोहे तो कुछ पतो ना है।" नसीबन ने घर की मुखिया होने के नाते अपना फ़र्ज निभाते हुए, मामला निपटाना चाहा।

"तो फिर, तम तीनूँ दौर-जिठानी आपस में काँई बात पे जिदरी ही?" कमाल खाँ ने अपनी भावज के झूठ को पकड़ते हुए कहा।

"अच्छो ऊऽऽऽ! ऊ तो मैं या हरामण आमना ए डाँटरी ही के तू या डमरू ए जादा मत छेड़े कर... पर ई रंडी माने जब न। वैसे ऐसा हँसी-ठट्ठा तो देवर-भावज में चलता रहवे हैं।" हँसते हुए नसीबन ने बड़ी सफ़ाई से मामले को दबाने की कोशिश की।

"फिर ई डमरू किसने भड़काओ है?" इस बार जमाल खाँ इस उलझी हुई गिरह को सुलझाने की कोशिश करते हुए, पूरे दालान को सुनाते हुए ख़ुद से बोला।

इसी बीच फ़जल ने जो सुराग़ दिया, उसे सुनते ही तीनों भाइयों का चेहरा तमतमाता चला गया।

"अऽऽब समझ में आयी के ई सारी बिद्या वा लपरलेंडी की पढ़ाई हुई है। ई सारी आग वाही की लगाई हुई है।" जमाल खाँ ने उचकते हुए कहा।

"वैसे, या लपरलेंडी का चौतरा पे कोई और भी बैठो हो?" नवाब ने और गहरे में उतरते हुए पूछा।

"हाँ, ऊ फकीरा भी बैठो हो।" फ़जल ने बताया।

"जभीऽऽ तोऽऽऽ! मैं भी तो कहूँ के ई डमरू ना, वाके भीतर कोई और ही बोल रो है। ई सारी लंका वा लपरलेंडी और वा चकलेंडी फकीरा की फूँकी हुई है।" कमाल खाँ ने मुंडी हिलाते हुए कहा।

"कमालू, यार अभी चल... पहले या ज़ुगलजोड़ी को इलाज करके आएँ।" रहस्य से परदा उठते ही नवाब तमतमाते हुए बोला।

"ऐसी बेकूपी मत करियो। या जुगलजोड़ी ए तो पीछे भी देख लेंगा। फिलहाल काई तरह या डमरू को इलाज करो। कैसे भी याहे लेन में लाओ पहले!" जमाल खाँ ने सारा ध्यान अब डमरू पर केन्द्रित करते हुए, पूरे दालान से इस समस्या का समाधान करने की गुहार की।

"मैंने बतायो तो हो इलाज के याहे फिलहाल जमात कू तैयार करो। महीना-ड़ेढ़ महीना पीछे अपने आप ठंडो हो जाएगो।" कमाल खाँ ने एक बार फिर अपना तरीक़ा आजमाने का सुझाव देते हुए कहा।

"वैसे मैं एक बात कहूँ, अगर तीनूँ भाई बुरा ना मानो तो?"

नसीबन के इतना कहते ही पूरे दालान की नज़र उस पर ठहर गयी।

"मेरी मानो तो कहीं सू कोई बुरी-बावली लाके याका गला में बाँध देओ।

अपणे आप लेन में आ जाएगो।"

"कहा कही, कोई बुरी-बावली लाके याका गला में बाँध दओ! तेरो दिमाग तो खराब ना होगो है! याहे अब कौण ओटेगो?" जमाल खाँ ने पत्नी को डाँटते हुए कहा।

"जब उमर ही अगर जभी याका खूँटा सू काई ए लाके बाँध देता, तो आज ई नौबत ना आती। तमने तो ई सोच राखी है के मुफत को बधिया बैल है, जोत लेओ जितनो जोतो जाए... भाई तो तमने ई कदी मानो ही ना।" नसीबन भरे हुए मन से बोली।

नसीबन की इस मलामत पर तीनों भाइयों से कुछ भी कहते नहीं बना। बनता भी कैसे, नसीबन ने कुछ ग़लत थोड़े ही कहा है। गहराती रात पर तेज़ी से चढ़ती अँधेरे की परत के बीच दालान में सन्नाटा-सा छा गया।

"और अगर ई डमरू चुप रहे, तो या घर की एक मलूकजादी वाहे चुप ना रहण देए। जब देखो वाहे बेमतलब कौंचती रहवे है। ई तो ऊ बात होगी के राँड तो रँडापा काट लेए, पर ये ढेड रँडुआ काटण देएँ जब न!" परोक्ष रूप से फ़ातिमा अपनी दौरानी आमना की ओर इशारा करती हुई झल्लाई।

"जो बीतगी, वापे माटी गेरो। अब कोई रस्ता ढूँढो!" जमाल खाँ ने एक बार फिर सबसे गुहार की।

"वैसे अभी भी कुछ ना बिगड़ो है। कहीं सू कोई पारो लाके याका गला में लटका देओ।" नसीबन ने अपना पुराना सुझाव दोहराते हुए कहा।

"तैने ई कहा रट लगा राखी है। कदी कहरी है याका गला में कोई बुरी-बावली लाके बाँध देओ, तो कदी कहरी है कोई पारो लाके लटका देओ! तू ऐसे कर, अपणी या सलाह ए धरी राख।" जमाल खाँ ने इस बार नसीबन को बुरी तरह झिड़क दिया।

"या काम ए करवा के तो तू जरूर या घर का पाड़-तवाड़ करवाएगी।" अपने बड़े जेठ का समर्थन मिलते ही आमना ने एक तरह से अपनी जिठानी के सुझाव में पलीता लगा दिया।

"ये सारा बीज तेरा ही तो बोया हुआ है गुंडी! कदी तू वाहे कळसंडा कहवे है तो कदी कुछ।" नसीबन ने इसके बाद नोहरे में आमना द्वारा कही गयी सारी बातें बता दीं।

नसीबन का इतना कहना था कि नवाब तमतमाते हुए तेज़ी से अपनी पत्नी आमना की ओर लपका, "तेरी माँ का चुदाया में, तेरो ही फूटो जारो है सारो जोबन और रूप। ऐसी भी हूर की परी ना है तू!"

यह तो ग़नीमत था कि बग़ल में बैठे कमाल खाँ और फ़ज़ल ने नवाब को

रोक लिया वरना आमना की आज अच्छी-ख़ासी आरती उतर जानी थी। उधर फ़ातिमा भी जैसे फूट पड़ी, "तू भी आमना बेमतलब फटा में पाँव देती फिरे है। पतो ना, या डमरू सू तोहे कहा बैर है जो ई तोहे फूटी आँख ना सुहावे है। हमारी तो कुछ समझ में ना आरी है के आखर तू यासू कहा चाहवे है!"

"चाहवे कहा, ई जभी राजी रहेगी जब काई दिन ऊ याके लिपट जाएगो।"

"हूँऽऽऽ लिपट जाएगो... या भोला में मत रहियो... हरामी ए कच्चो चबा जाऊँगी।" आमना अपने पति नवाब के कहे पर फुँफकारते हुए बोली।

"तो फिर तू अपणी माँए चुदाण कू वाहे छेड़े है। बेमतलब, आ बैल मोहे मार!" नवाब ने डाँटते हुए कहा।

नवाब और आमना यानी पति-पत्नी की इस नोंक-झोंक में किसी ने बाधा डालना ठीक नहीं समझा। बस, लोकाचार का पालन कर सब चुपचाप देखते रहे।

"चलो छोड़ो, अभी सोओ! याहे पीछे देखँगा।" बात को यहीं खत्म कर जमाल खाँ खड़ा हो गया कि कहीं ऐसा न हो कि नसीबन के सुझाव का उसकी दौरानी फ़ातिमा भी समर्थन कर बैठे। खुदा-न-खास्ता यह बात डमरू तक पहुँच गयी, तो ऐसा न हो कि जो डमरू आज हज जाने की बात कर रहा है, कल सचमुच वह इसकी ज़िद कर बैठे जैसे उसकी भावज नसीबन कह रही है। इससे पहले कि नसीबन अपने देवर डमरू के भविष्य को लेकर और भावुक होती, जमाल खाँ इस मुद्दे को यहीं दफ़न कर दालान से बाहर निकल आया।

5

पूरे घर की पेशानी पर चिन्ताओं की अलग-अलग लकीरें खिंच आयीं। भले ही डमरू जमाल खाँ, कमाल खाँ और नवाब का सगा भाई है, और नसीबन, फ़ातिमा व आमना का सगा देवर, परन्तु इससे भी बड़ी बात यह है कि वह इस घर का एक सदस्य भी है। इस घर की एक-एक दर-ओ-दीवार पर जितना हक़ औरों का है, उतना ही डमरू का भी है। मगर औरों की तरह उसका यह हक़ उसके ही गले की फाँस बन गया है। हालाँकि बात यहाँ हज करने या जमात पर जाने की नहीं है, बात बक़ौल नसीबन कहीं से कोई बुरी-बावली पारो लाकर डमरू के गले में बाँधने की भी नहीं, बात असल में कुछ और है जिसे यह घर अच्छी तरह जानता है।

आमना ने तो जब से अपनी बड़ी जिठानी का यह सुझाव सुना है, तभी से उसके पेट में मानो घमेर-सी उठ रही हैं। कल्पनाभर से उसके पाँव ठंडे पड़ने लगे हैं। आज वह अपने आप को रह-रहकर कोसती है कि क्यों नहीं उसने नसीबन

द्वारा समझाने के बावजूद उसकी बात पर ध्यान दिया? क्यों उसके बार-बार चेताने के बावजूद उसकी यह बात समझ में नहीं आयी। अगर सचमुच नसीबन के सुझाव ने मूर्त रूप ले लिया, तो आमना कहीं की ना रहेगी।

अब आमना क्या करे?

रातभर आगामी अनिष्टता की गिरहों को सुलझाते-सुलझाते उसकी सोच के पोर दूखने लगे। इस बीच उसे कब नींद आ गयी, पता नहीं चला। हाँ, फ़ज्र की अज़ान लगने पर ही उसकी आँखें खुलीं, तो पिछली रात का एक-एक दृश्य फिर से ताज़ा हो उठा। एकाएक इन दृश्यों के ताज़ा होते ही उसका पूरा जिस्म ऐंठने लगा। हालाँकि फ़ज्र की नमाज़ तो वह बाकी की चारों नमाज़ों की तरह भी अदा नहीं करती है, मगर आज उसने तय कर लिया कि वह हर हालत में फ़ज्र की नमाज़ पढ़ेगी, और फिर पढ़ी भी।

आज पिछले कुछ दिनों की अपेक्षा उमस कुछ कम ही नहीं बल्कि भादों की घाम भी ज़्यादा है। इतनी ज़्यादा कि देह से पसीना ऐसे चू रहा है मानो किसी ने पानी से भरा बदना उँडेल दिया हो। इतनी उमस और गरमी के बावजूद आमना की नसों में दौड़ता लहू रात के दृश्यों को याद करते ही जमने लगता।

आमना ने चारों तरफ़ बड़ी बारीकी से देखा परन्तु वह उसे कहीं दिखाई नहीं दी। बहुत खोजा उसने। आख़िरकार बड़ी कोशिशों के बाद वह दिखाई दी, तो वह तेज़ी से उसकी ओर लपकी हुई गयी। उसने एक बार आसपास का मुआयना लिया और जब उसे पूरी तसल्ली हो गयी, तब बेहद सधे हुए अन्दाज़ में हिम्मत बटोरते हुए बोली, "फातिमा, बहाण तोसू एक बात कहणी है!"

फ़ातिमा ने कोई ध्यान नहीं दिया।

"बहाण तू सुणरी है के ना?" आमना ने अपने धीरज पर क़ाबू करते हुए कहा।

"हाँ कह न, मैं सब सुणरी हूँ।"

"हमारी ई जिठानी रात कू कहा कहरी ही?"

"कहा मतलब?" फ़ातिमा ने झटके से पलटते हुए उलटा आमना से पूछा।

फ़ातिमा ने पलट कर जिस तरह आमना से पूछा, आमना अकबका गयी, "यही... यही के कहीं सू कोई बुरी-बावली लाके या डमरू का गला में बाँध देओ।"

"ना कहे तो कहा करे, तैने या डमरू को जीणो जो हराम कर राखो है। आते-जाते जब मन करे तू वाके आँगली तोड़ती रहवे है। मैं तो कहूँ के जैसी भी मिले वाहे याके बैठा-बैठू के अलग हटो।"

फ़ातिमा द्वारा भी नसीबन के सुझाव का समर्थन सुनते ही आमना जैसे धड़ाम् से गिरी, "फा... फातिमा, मेरी बहाण तू भी नसीबन के साथ है?"

"यामें साथ की कहा बात है। जब कोई वाहे चौबीस घंटा कोंचतो रहेगो, तो यही काम करनो पड़ेगो।"

"पर तू थोड़ी देर कू ई तो सोच के अगर या घर में कोई चौथी आगी, और या जमीन-जादाद में सू अपणो हिस्सा-पाणी माँगण लगी तो?"

"क्यों, जब हमारो हिस्सा हो सके है, तो वाको भी हो जाएगो।"

"बहाण, फिर तो याको मतलब ई हुओ के, आज तो या जादाद में तीन हिस्सा हैं... कल यामें चार हो जाँगा?"

आमना ने अन्ततः अपने दिल की बात अपनी जिठानी फ़ातिमा से कह ही दी। रातभर अनर्थ और अनिष्टताओं की जिन गिरहों के सुलझाते-सुलझाते नाजुक पोर छिल-छिल गये थे, और जिनसे मुक्त होने की कामना में उसने पहली फ़ज्र की नमाज़ अदा की थी, एक बार फिर से उनमें उलझती चली गयी—यानी इस अनहोनी और अनर्थ को टालना अब मुश्किल है। इनसे बचने की उसकी सारी तरतीबों व तरकीबों ने जैसे हाथ खड़े कर दिये।

"चोखो बहाण, जब सब मटियामैट करणा पे तुला हुआ हैं, तो फिर मैंने ही कौन-सो याको ठेका ले राखो है।"

हारे हुए निहत्थे की तरह गहरी साँस ले आमना वापस जाने के लिए मुड़ी, कि पीछे से उसे फ़ातिमा ने टोका, "सुन!"

आमना धीरे-से वापस पलटी।

"ऐसे करियो, जुहर की निवाज के बखत डहर वाला खेत पे मिलियो।" फ़ातिमा ने एक कुटिल मुस्कान उछालते हुए आमना के चेहरे से मायूसी की धुंध पोंछते हुए कहा।

आमना ने अपनी जिठानी फ़ातिमा की इस मुस्कान को बाँचने में थोड़ी-सी भी चूक नहीं की। जिस मायूसी के साथ वह फ़ातिमा के टोकने पर मुड़ी थी, इस मुस्कान ने उसके जमे हुए ख़ून को मानो गति प्रदान कर दी। न जाने कहा से अचानक आसमान से बादल का एक विशाल चकत्ता आया और देह झुलसाते सूरज पर छा गया। आमना तेज़ी से वापस लौटी और बेसब्री से ज़ुह्र की अज़ान का इन्तज़ार करने लगी।

6

आमना भले ही मुसलसल पाँचों वक़्त की नमाज़ नहीं पढ़ती है। मगर नमाज़ की सारी सात शर्तें और तरक़ीबें उसे मालूम हैं। नमाज़ पढ़ने से पहले बदन का पाक होना, कपड़ों का साफ़ होना, जहाँ नमाज़ पढ़ी जाती है उस जगह का साफ़-सुथरा

होना, सतर का छिपा होना, क़िबले की तरफ़ मुँह करना और नीयत करना यानी यह इरादा करना व ध्यान लगाना कि मैं फलाँ नमाज़ पढ़ रही हूँ—जैसी सारी शर्तों को अच्छी तरह जानती है। वुज़ू या ग़ुस्ल के दौरान फ़र्ज़, वाजिब, सुन्नत, सुस्तबह, मक्रूह जैसे ज़रूरी क़ायदों का उसे पूरा ज्ञान है। इसीलिए उसे लगता है कि यह सब फ़ज्र की नमाज़ का ही असर है कि जो फ़ातिमा उसे पहले मुँह नहीं लगा रही थी, वही उससे डहरवाले खेत पर मिलने के लिए कह रही है। अगर एक नमाज़ इतना असर कर सकती है, तो पाँचों वक़्त की नमाज़ अदा करने का क्या असर होगा, और पाँचों वक़्त का इतना असर होगा तब रोज़े रखने का कितना असर होगा—सोचते हुए आमना की आँखें अपने परवरदिगार की स्तुति में मुँदती चली गयीं कि ऐ मेरे अल्लाह, इस घर को किसी तरह इस अजाप से बचा ले। मैं इस बार बिना नागा सारे रोज़े रखूँगी।

आमना ने अन्दाज़ा लगाया कि ज़ुहू की नमाज़ का वक़्त होने वाला है। इसलिए क्यों न नमाज़ पढ़ कर ही खेत पर जाया जाए। क्या पता जैसा वह सोच रही है वैसा ना हो। उलटा फ़ातिमा उसे किसी दूसरे मक़सद से बुला रही हो। इसलिए वह नमाज़ पढ़ कर जाए तो ज़्यादा ठीक रहेगा। यही सोच कर वह नमाज़ की तैयारी करने लगी।

नमाज़ पढ़ने के बाद आमना को लगा जैसे वह किसी अँधेरी सुरंग से निकल कर किसी उजाले से भरी दुनिया में आ गयी है। एक राहत भरे सुकून से पूरा ज़िस्म रुई की मानिंद किसी पतंग की तरह हल्का होता चला गया। भादों की ठंडी-ठंडी पुरवाई जब-जब पीछे से हरहरा कर उससे टकराती, तब-तब उसकी चाल में और तेज़ी आ जाती। तभी उसने देखा एक पतंग कट कर हवा में लहराती हुई तेज़ी से उसके ऊपर से गुज़री है और उसके पीछे-पीछे बदहवास पतंग लुटेरों की छोटी-सी टोली, उसे लूटने के लिए भागी जा रही है। हवा में तैरती इस आवारा पतंग को देख आमना के होंठों पर एकाएक, अपनी बड़ी जिठानी नसीबन द्वारा अक़्सर गुनगुनाये जानेवाली ये शोख़ पंक्तियाँ इतराने लगीं—

मेरा राजा की उड़ी पतंग
मैं हुचका पे खड़ी
मेरा राजा की कटी पतंग
मैं लुटवा के चली।

इसी बीच आमना की तन्द्रा भंग हुई। उसने देखा कि एक किशोर पतंग लुटेरे ने किलकते हुए इस पतंग को ज़मीन पर गिरने से पहले हवा में ही लूट लिया। बहुत बुरा लगा आमना को कि ज़मीन छूने से पहले इस पतंग को हवा

में लूट लिया गया है। आमना के होंठ वक्र होते चले गये और मन ही मन यह कहते हुए कदम तेज़ी से डहर की ओर बढ़ा दिये कि, वह इतनी आसानी से अपने राजा की पतंग नहीं लुटने देगी।

7

"रंडी, कहान् घुसी पड़ी ही इतनी देर सू! मैं तेरी हीं कद सू बाट देखरी हूँ!" आमना के आते ही फ़ातिमा ने तमतमाते हुए शिकायत करते हुए कहा।

"निगोडी, निवाज पढ़न् लग्गी ही। सोची के जब निवाज को बखत हो ही गयो है, तो क्यों ना पढ़ ही लूँ।" आमना ने देर से आने की वजह बताई।

"तू गधी कुम्हार की, तोहे कहा राम सू हेत... तू कद सू निवाज पढ़न् लगूगी?" फ़ातिमा ने हैरानी से पूछा।

"दारी, पढ़ली तो कौणू-सो गुनाह कर दियो।" इस बार आमना ने पलटवार करते हुए कहा।

"और मैं जो हीं धुप्परयाई में मरी जारी हूँ! वा बहाण, तू भली चतर की चोदी निकली... मैं तो बिठा दी या धूप में और खुद सहजादी..."

"अच्छो छोड़ या गपड़चौथ ए। पहले वा बात ए बता जाहे बताण कू तेरो हियो फटो जारो है!" आमना ने फ़ातिमा को टोकते हुए कहा।

"बात कहा, तोहे पतो ना है?" फ़ातिमा ने प्रतिप्रश्न करते हुए पूछा।

"बहाण, पतो है जभी तो गिरती-पड़ती आयी हूँ।" आमना ने गहरा साँस लेते हुए कहा।

"देख, ऐसे घबराणा सू काम ना चलेगो। मिल-बैठ के ठंडा दिमाग सू ऐसो रस्ता निकालणो पड़ेगो, जासू साँप भी मर जाए और लाठी भी ना टूटे।" फ़ातिमा अपनी दौरानी आमना की निराशा को कम करने की कोशिश करते हुए बोली।

"ऊ ढेड रस्ता ही तो समझ में नहा आरो है।"

"आमना, बुरो ना माने तो एक बात कहूँ... एक तो तू अपनी या काली जुबान एक काबू में राख। हरामण, सारी फिसाद की जड़ तेरी ई जुबान है। पहले तू अपणो तौर-तरीका बदल। बहाण, एक चुप सौ बोलन्ने हरावे है।"

आमना कुछ नहीं बोली। बस, चुपचाप सुनती रही।

"वैसे हमारी ई जिठानी नसीबन मन की बुरी ना है। तोहे पतो ना है ई डमरू जब छोटो-सो हो जभी सू हमारी या जिठानी ने माँ की तरह पालो हो... अब तू समझ सके है के जाने कोई बालक माँ सू भी बढ़के पालो होए, ऊ वाके साथ अन्याव होतो कैसे देख सके है। देख, मेरी बात को बुरो मत मानियो। अब ई

सोच के करणो कहा है।"

"याही मारे तो मैं तेरे पै आयी हूँ।" आमना एक बार फिर गहरी निराशा में उतरती चली गयी।

"देख, आदमी इतनो बाहर वाला को बुरो ना माने जितनो घरइय्यान को माने है... समझरी है न तू, मैं कहा कहरी हूँ। बड़ा-बूढ़ा ऐसे ही ना कहके गया हैं के–

कग्गा कसको धन हड़े, कोयल कसकू देय।
बोली में इमरत बसे, जासू जग अपणो कर लेय।।

मेरी माने तो थोड़ा-सा दिन अपणी बोली में इमरत तो खैर ना, थोड़ो-सो रस ही घोल ले।"

"ठीक है, अब मैं अपणी बोली में इमरत ही घोल के दिखाऊँगी...पर हमारी जिठानी ने जो बीज बो दियो है वासू कैसे पिंड छूटेगो?" आमना झल्लाते हुए बोली।

"या काम ए अब तू मेरे ऊपर छोड़ दे। नसीबन ए मैं देख लूँगी। बस तू अपणा मुँह पे ताला लगा के राख।" फ़ातिमा ने फिर से याद दिलाते हुए कहा।

"मैंने मान तो ली है तेरी बात। बस, अब तू ई बता के मोहे करणो कहा है?"

आमना से पूरी तरह आश्वस्त होने के बाद फ़ातिमा ने चारों तरफ़ दूर तलक फैली आदमकद हरी चादर को पंजों के बल उचक कर जाँचा, और जब उसे यक़ीन हो गया कि आसपास तो क्या दूर तक कोई भेदिया नहीं है, तब उसने पहली दफ़ा अपनी सिंगारवाली दौरानी के सामने अपनी सम्भावित कार्य-योजना से हल्का-सा आवरण हटाया।

"देख, हमन्ने कैसे भी सबसू पहले ई डमरू जमात कू राजी करणो है... अब ई कैसे तैयार करणो है, याही को जुगत लगाणो है। अगर ई एक बर राजी होगो न, तो समझ ले आधो फंद अपणे आप कट जाएगो... महीना-बीस दिनाँ की छुट्टी हो जाएगी।" इसके बाद फ़ातिमा धीरे-से आमना की तरफ़ खिसक कर उसके एकदम नज़दीक आयी, और उसकी आँखों में आँखें डाल फुसफुसाते हुए बोली, "रंडी, एकाध साल की बात और है। काई तरह ये कट जाएँ, फिर तो ई अपणे आप ही ठंडो पड़ जाएगो।"

"ठंडो पड़ जाएगो, मैं कुछ समझी ना?" आमना ने सहज भाव से पूछा।

"आमना, तू भी निरी बूबक है... ठंडा होणा को मतलब है के हमारी जिठानी नसीबन, जो हर तीसरे दिन या डमरू का गला में बाँधना की बात करे है न, ई राग अपणे आप खतम हो जाएगो।"

"पर या बात को डमरू का ठंडा होणा सू कहा मतलब है।" आमना अभी भी नहीं समझ पाई।

“आमना, दारी तू भी पूरी कुलखणीचोद लगे है... सारी बात ए खुल के कहवाणी चाहरी है... ठंडा सू मेरो मतलब है के एकाध साल में यामें बचेगो ही कहा... ई लुगाई-वुगाई सब ए भूल जाएगो।”

“सारो रोणो तो यही है... डमरू तो भूल जाए, पर ई हमारी जिठानी भूलण देए जब न।”

“अगर नसीबन ना भूलण देएगी, तो फिर हम किस मरज की दवा हैं... हम तैयार करँगा वाहे। बावली, थोड़ा दिन पीछे याहे कैसी भी ना मिलेगी और अगर मिल भी गयी तो ऊ ना रुकेगी याके... बीरबाणी को रोकणो हरेक मरद के बस की बात ना है मेरी बहाण।”

“वैसे यामें कहा कमी है? थोड़ो-सो रूप-रंग ही तो ना है। बाकी तो सबकुछ है।” आमना ने फ़ातिमा की कार्य-योजना पर सवाल खड़ा करते हुए कहा।

“तैने ई कद परख लियो जो तू याकी गवाही दे री है?” देखते ही देखते फ़ातिमा की आँखों में शरारत नाचने लगी, “कहींऽऽऽ ऐसो तो ना है के काई दिन मौका देखके नोहरा में तू या कळसंडा ने धर दबोची होए!”

“चल छिनाल, तू भी जो जी में आये बकती होवे है।” भादों की तल्ख़ धूप और उमस में पसीजी आमना के सुर्ख़ गालों पर तिरमिराती पसीने की बूँदें मारे हया के शरमाती चली गयीं।

“वैसे एक बात कहूँ, ईमान सू एक बर या कळसंडा के कोई हत्थे चढ़गी न, तो वाहे ई मचकण भी ना देएगो। याके नीचे पड़ी ऊ कसमसाती भले ही रहे, पर ई एक बर तो वाहे हुचका की रील-सी सूँत देएगो।” एक अप्रत्याशित कल्पना कर फ़ातिमा मुँह पर डाठा लगा, अपनी हँसी को मुश्किल से रोकते हुए बोली।

“याही मारे तो मोहे नोहरा में जाणा सू डर लगे है... ढेड, ऐसे घूर-घूर के लखातो रहवे है जैसे मोहे कच्ची ही निगल जाएगो, और तू कहरी है के ई एकाध साल पीछे ठंडो पड़ जाएगो। एक दिन तो पतो है मोहे देख के कहा कह रो हो?”

“कहा कहरो हो?” फ़ातिमा के भीतर जैसे सरसराहट-सी होने लगी। आँखें मारे जिज्ञासा के एक नये रहस्य जानने के लिए फैलने-सिकुड़ने लगीं।

“कहरो हो के—

ना तू घणी मलूक है, जो हरदम सुमरू तोए।
सज-मज के आगे खड़ी, तेरी अदा मारगी मोए।।”

“ऐ खुदा तोड़ी, या डमरू ने ऐसे कही ही।” मारे रोमांच के फ़ातिमा की पूरी देह पर चींटियाँ-सी सरसराने लगी।

“तो कहा मैं कोई झूठ बोल री हूँ।” मैं तो वा दिन सू बहाण यासू बचके

निकलू हूँ। ऐसा को कहा भरोसो, मौका देखके कद धर दबोचे। मरद है, कद ईमान डिग जाए, कहा पता।"

"ई बात तो तेरी सही है आमना। ऐसा रुका-ठुका माणस पे तो कतई भी भरोसा ना करणो चहिए। ऐसा सू तो दो बोल हँस के बात करणा में भी डर लगे है... ना बहाण, अपना आपा ए बचाणा में ही भलाई है।" फ़ातिमा ने अपनी दौरानी को 'अपनी सुरक्षा, अपने हाथ' सिद्धान्त पर अमल करने की सलाह देते हुए कहा।

"तेरी सारी बात मेरी समझ में आगी है। तू चिन्ता मत कर, या कळसंडा ए मैं ऐसो सीसा में उतारुँगी के ई तो कहा याका फरिस्ता भी जमात में दौड़ा-दौड़ा जाँगा, फिर ई तो किस बाड़ी को बथुआ है। मैं भी असल सिंगार की ना, जो मैंने ई डमरू जमात में भिजवा के ना दिखा दियो।"

"बस, याही मारे मैंने तू हीं बुलाई ही। चल, खड़ी हो असर क़ी निवाज को टैम भी होगो।" अपनी योजना को अमली जामा पहना फ़ातिमा घर जाने के लिए खड़ी हो गयी।

खेत से घर आने तक कई पतंगें कट कर लहराती हुईं और उनके पीछे-पीछे भागते लुटेरे फ़ातिमा और आमना के अगल-बग़ल से गुज़रते रहे, मगर इस बार आमना का इन पर ध्यान नहीं गया। कैसे जाता। इस बार उसका ध्यान इन पतंगों पर नहीं बल्कि अपने देवर डमरू को जमात में भेजने की जुगत में जो लगा हुआ है। अब इसका ध्यान न तो अपने राजा की उड़ती पतंग के हुचके को कस कर पकड़ने पर है, न उसके लुटने पर। उसने तो अपना सारा ध्यान अपने देवर को ठंडा करने पर केन्द्रित किया हुआ है।

पर यह क्या? अचानक एक पतंग कट कर उसके सामने आकर गिरी। आमना जब तक कुछ समझ पाती, तब तक लगभग आधा दर्जन पतंग लुटेरे एकसाथ उस पर टूट कर पड़े। इस छीना-झपटी में पतंग चिंदी-चिंदी हो इन लुटेरों के हाथों में आ गयी। अपनी इस बेमानी कामयाबी पर सब एक-दूसरे को देखकर आपस में खिसियाने लगे। इस दृश्य को देख आमना अन्दर तक सिहरती चली गयी। जब तक वह इस अनिष्टता से उबर, पलटकर अपनी जिठानी की ओर देखती, फ़ातिमा और उसके बीच का फ़ासला काफ़ी हो चुका था। वह तेज़ी से फ़ातिमा की ओर बढ़ गयी। जिन पंक्तियों को वह लगभग भुला चुकी थी, अचानक वे आमना के अन्तर्मन में एक दुस्साहस भरी कम्पन पैदा करने लगे—
मेरा राजा की कटी पतंग/मैं लुटवा के चली।

8

डमरू रातभर इसी सोच में डूबा रहा कि लगता है कि हज करना उसके नसीब में नहीं है। यही सोच उसने मन को यह कर समझा लिया कि हज न सही, जमात तो है। वैसे भी हज करके कौन-सा उसे 'हाजीजी' कहलाना है। इतना ही ग़नीमत है कि उसके भाई जमात के लिए तैयार हो गये। अगर वे इसके लिए भी तैयार नहीं होते, तो वह कौन-सा उनकी पूँछ उखाड़ लेता। एक मुफ़्त का बलद जमात तो कर आएगा। कम से कम इस बहाने उसके कुछ दिन इबादत में तो कट जाएँगे। कुछ दिनों के लिए उसे इस हाड़-तुड़ाई से मुक्ति तो मिल जाएगी। एकाएक डमरू को हज के बजाय जमात के अनेक फ़ायदे नज़र आने लगे। रही बात इस सिंगारवाली भावज की, तो उसके कहने से क्या फ़र्क पड़ता है। है तो भावज, ऐसी छोटी-छोटी बातों पर क्या ध्यान देना। अगर भावजें ही उससे चुहल या छेड़खानी नहीं करेंगी, तब कौन करेगी। भाइयों से उसकी क्या शिकायत। भला, कहीं भाइयों से भी नाराज़ हुआ जाता है। अरे, भाई तो मारेंगे भी, तो कम से कम छाँव में डाल देंगे। इस हज के चक्कर में कहीं ऐसा न हो कि वह अपने भाइयों से भी हाथ धो बैठे। नहीं, उसे ही अपना दिल बड़ा करना होगा। वैसे भी भाई-भावजों के उसका दूजा है कौन। सोचते-सोचते डमरू की आँखें पनीली हो उठीं कि–

मेरा वे भाई कितलू (कहाँ) गया, जो हा दिल का परखनहार।
वे सुपना में भी ना मिला, दिन में जो मिले हा सौ-सौ बार।।

डमरू ने हज का इरादा छोड़ अपने मन को जमात के लिए तैयार कर लिया। हाँ, बक़ौल सबसे छोटी भावज आमना, उसकी बड़ी भावज नसीबन ने कहीं से कोई बुरी-बावली लाकर उसके गले में बाँधने का जो सुर्रा छोड़ा था, उसकी कल्पना से डमरू के जिस्म के भीतरी हिस्सों में रह-रहकर सरसराहट-सी ज़रूर होने लगी है। इसकी कल्पना मात्र से उसका अंग-प्रत्यंग और पोर-पोर चटकने लगता है। जब से उसने अपनी बड़ी भावज के मुँह से यह सुना है, तब से वह कई बार नोहरे में जाकर अपने उसी धुँधले पड़ चुके और जगह-जगह से झड़ चुके बहुकोणीय आईने में अपने आपको निहार चुका है। बाँकपन के बचे कुछ अंशों को वह रह-रह कर सहलाता, तो सुप्त मछलियों की शिराओं में सहसा मानो आवेग-सा दौड़ने लगता। अगर रंग-रूप को थोड़ी देर के लिए छोड़ भी दिया जाए, तो उसकी इन भुजाओं की मछलियों में इतनी तो ताक़त है कि एक बार इनकी गिरफ़्त में कोई आ गयी, तो मजाल है वह इनसे आसानी से खुद को छुड़ा तो जाए। नसीबन की सलाह डमरू की शिराओं और धमनियों में जैसे नये

प्रवाह का संचार कर गयी। उसके भीतर उम्मीदों की किलकारियाँ गूँजने लगीं।

कलसंडा यानी डमरू को इसका बिलकुल भी गुमान नहीं था कि नोहरे में इस समय कुछ चौपायों व उसके अलावा कोई और भी मौजूद है। वह तो पूरी तन्मयता और तल्लीनता के साथ भैंस का दूध दुहने में जुटा हुआ है। हाँ, बीच-बीच में कुछ याद आ जाता, तो गुनगुना लेता। इस वक़्त भी उसके होंठों से एक 'होली' की पंक्तियाँ झर रही हैं। पंक्तियाँ भी किसकी, अपने सबसे पसन्दीदा लोककवि की। उस लोककवि 'एवज'[1] की जो ऐसे ही विरक्ति के समय अक्सर याद आता है–

उठ गयी प्रीत-परीत, टूट गया नाता-रिस्ता
मया-मोह कित गया, पड़ा भाईन में भाँता
मतलब की संसार है, मतलब की संसार
माया की सब दोस्ती, नहीं अच्छी ढूँढे नार
कलजुग आयो बुरो जमानो।

"देवर, किसकी किस्सू पिरीत उठगी?"

अचानक जेठ-षाढ़ के महीने में किसी आवारा बादल से गिरे दोंगड़ों ने डमरू की एकाग्रता भंग की। पलट कर देखा तो देखते ही एक पल के लिए जाँघों के बीच फँसी दूध की अधभरी बाल्टी ज़मीन में औंधते-औंधते बची। डमरू को अपनी आँखों पर यक़ीन नहीं हुआ। होता भी कैसे, जिस फूटे मुँह से सदा ज़हर बुझे शब्द बाणों की बारिश होती हो, उसी से आज मानो मोगरे की पत्तियाँ झर रही हैं। इतना ही नहीं, जो उससे गज़भर का फ़ासला बना कर रखती थी, वही हाथ में महेरी का कटोरा थामे उससे बड़े प्यार से कह रही है, "देवर, महेरी लाई हूँ। ले, पी लीजो!"

डमरू को लगा जैसे किसी ततैए ने उसे डंक मार दिया। इस स्नेहिल सम्बोधन पर उसने कोई प्रतिक्रिया व्यक्त नहीं की। बस, उसने पहले तो उसे ऊपर से नीचे देखा और फिर, यह कहते हुए अपने हिल्ले सिर लग गया, "धर जा, पी लूँगो।"

"ठीक है, आळा में धरके जा री हूँ।"

इसके बाद दूध से भरी बाल्टी में तेज़ धार की ही आवाज़ सुनाई देती रही। लगता है वह जा चुकी है। उसे जब भरोसा हो गया तब उसने धार रोक कर पहले अपने पिछवाड़े को टोहा, और फिर जितना दूध दोहना था, उसे वहीं बीच

1. मेवात का एक लोककवि। इन्होंने अपना परिचय देते हुए लिखा है–
दिल्ली सदर जिला गुड़गाँवा, मूलथान में रहता हूँ
फिरोजपुर के बसू परगने, सारा पता बताता हूँ
खत गेरन कू डाक नगीना, मेव जात कहलाता हूँ
हरसुखदास संत मेरा सतगुरु, जिसका सिखाया गाता हूँ।

में छोड़ खड़ा हो गया। बाल्टी को एक तरफ़ रख, बेहद चौकसी बरतते हुए उसने इधर-उधर देखा। क्या पता किसी भीत-पाखे की ओट में छिपी खड़ी हो। वैसे भी—

काया माया स्त्री, हरा रूख की छाँय।
ये बदले हैं पल्ल में, ये काए की नाय।।

बाल्टी को गमछे से ढक, वह आले में रखे महेरी के कटोरे के पास आया और उसे शक भरी निगाह से निहारने लगा। डमरू की समझ में इस असमय बदलाव का भेद नहीं आया। उसने एक बार फिर अपने आसपास बारीक नज़र मारी और खुद से, कटोरे की ओर देखते हुए बोला, 'यार डमरू, ई सिंगारवाली या महेरी में कोई नक्कस-ताबीज तो पढ़वाके ना लाई है... ई बिना मतलब तो काई का चिरा पे भी ना मूते है... फिर आज बड़ी अदा सू महेरी कैसे लेके आई है... और तो और, अन्यायी देवर कहके और बुलारी है... आखिर ई रगड़ा है कहा... ई इतनी भली तो है ना।'

अपने आपसे उलझे डमरू के कुछ पल्ले नहीं पड़ रहा है कि या इलाही यह माज़रा क्या है? उसने कटोरे को छुआ और यही सोचकर उसे उठा लिया कि होगा जो देखा जाएगा। मगर इससे पहले कि वह महेरी में घूँट भरता, कटोरा होंठों के पास आकर ठिठक गया। न जाने क्यों डमरू का मन उसे पीने की गवाही नहीं दे रहा है। हथेली पर रखे कटोरे को वह फिर से टकटकी लगाकर देखने लगा और उसे अपलक निहारते-निहारते उसकी हँसी छूट गयी। बायीं हथेली पर रखे कटोरे को देखते हुए, इस बार डमरू अपने आपसे कहने लगा—

कै तो पकगी फालतू, कै कग्गा गयो बिटाल।
कै साँई मेरा दिन फिराँ, कै आगो मेरो काल।।

इतना कह डमरू एक ही साँस में महेरी से भरे कटोरे को हलक में उतार, यह कहते हुए खाली कटोरा हवा में उछाल दिया, 'ले भई डमरू, अब जो होएगी देखी जाएगी... पट्ठा, या तो तेरा दिन फिरगा या फिर तेरो समझ ले आज काल आगो!'

ख़ाली कटोरा एक हल्के-से चीत्कार के साथ ख़ामोश हो गया। डमरू ने पाँवों में हवाई चप्पलें डालीं और लम्बे-लम्बे डग भरता हुआ तेज़ी से नोहरे से निकल, बग़ल वाली तंग गली में समा गया।

9

आमना ने पूरा वाकया अपनी जिठानी फ़ातिमा को सुना कर जैसे ही ख़त्म किया, फ़ातिमा ने मुस्करा कर, आँखें तरेरते हुए कहा, "हरामण, तू तो बड़ी छिनाल निकली। मैं तो तोहे निरी नाज को भरत समझे ही।"

"छिनाल बणनो पड़े है।" आमना ने निस्पृह भाव से जवाब दिया।

"वैसे डमरू ने कुछ कही तो ना?"

"कहतो तो जब, जब मैं नोहरा में रुकती... पर ढेड मोहे ऐसे देखे जारो हो, जैसे भगके मेरे चिपट जाएगो... मैं तो बहाण डर के मारे आला में महेरी धर के चली आई। ऐसा को कहा भरोसो... और फिर इतनी जल्दी अकीन भी ना करणो चहिए। वैसे तू चिन्ता मत कर, थोड़ो-सो टैम जरूर लगेगो... मैं भी वाहे जमात में भेजके ही दम लूँगी।"

"बस, एक चीज को ध्यान रखियो। तू वासू अपना आपा ए बचा के चलियो ...आखिर डमरू भी है तो मरद ही न।" फ़ातिमा ने अपनी दौरानी आमना को सावधान करते हुए सलाह दी।

"रंडी, याही डर के मारे तो मैं नोहरा में जाणा सू बचू हूँ। ऐसा को कहा भरोसो, मौका देखके कद कोठा में खेंच लेए।"

"फिर तो बहाण मत जाए कर नोहरा में इकल्ली। काई दिन कुछ उल्टो-सूधो होगो, तो हम कहीं मुँह दिखान लायक भी ना रहँगा। हरामी चूल्हा में जाए ई हज्ज और भाड़ में जाए ई जमात... काई दिन ऐसो ना होए के ई कळसंडा मौका देखके कहीं तोहे ही हज्ज पे भेज देए... बहाण, जियारत सू बड़ी है आबरू!"

फ़ातिमा ने अपनी दौरानी आमना के सामने ऐसा ख़ौफ़नाक मंज़र पैदा कर दिया, जिसे सुनने भर से आमना के होंठ पपड़ा गये। लगा जैसे आमना के पीछे-पीछे कोई स्याह दैत्य दौड़ा आ रहा है! एक ऐसा दैत्य जिसकी बलिष्ठ भुजाओं की मछलियाँ आमना को दबोचने के लिए व्याकुल हो छटपटा रही हैं। भयातुर आँखें अनिष्टता के सुर्ख़ डोरों से पटती चली गयीं। लगा मानो डमरू ने उसे सचमुच नोहरे के सूने कोठे में खींच लिया है।

"वैसे मेरी एक सलाह है?"

"ऐं!" आमना अकबकाते हुए जैसे सूने कोठे से, डमरू की बलिष्ठ भुजाओं से मुक्त होते हुए बोली।

"रंडी, तेरे भीतर ऐसो कहा घुसगो जो तू पसीना-पसीना हुई जारी है?" आमना को इस तरह डरा और सहमा हुआ देख फ़ातिमा ने पूछा।

"ना बहाण, मैं तो कतई ना जाउँ वा हरामी नोहरा में।" बमुश्किल अपने आप पर क़ाबू पाते हुए आमना बोली।

"याही मारे मैं एक सलाह दे री हूँ!"

"ना, मोहे ना चहिए तेरी कोई सलाह। कदी ऐसो ना होए तेरी ई सलाह

मोहे कहीं की ना छोड़े।"

"पहले सुण ले, ऐसे मत बिदके!" फ़ातिमा ने आमना को हल्के से डाँटा।

आमना को लगा शायद उसकी जिठानी ठीक कह रही है। आख़िर इसकी सलाह सुनने में क्या बुराई है। मानना न मानना तो उसका अधिकार है।

"देख, मेरी माने तो नोहरा में तू नसीबन के साथ जाए कर। मेरा हिसाब सू इतनो डमरू ना, जितनो या नसीबन को दिल जीतनो जरूरी है... जाने ई आग लगाई है न, वाके नकेल गेरनी जरूरी है। कोसिस करियो या नसीबन के आगे गंडजली बात ना करके, लल्लो-चप्पो लारा-लप्पा सू काम लीजो... सबसू जरूरी अपनी या जिठाणी का पेट घुसनो है।"

आमना जिस तरह फ़ातिमा के एक शब्द पर सिर हिलाते हुए अपनी सहमति जता रही थी, उससे फ़ातिमा समझ गयी कि उसकी सलाह काफ़ी हद तक आमना की समझ में आ गयी लगती है। इसीलिए वह आमना का हौसला बढ़ाते हुए बोली, "वैसे मैं भी कोसिस करुँगी के काई तरह ई डमरू जमात कू तैयार हो जाए... मेरी बात तो ऊ जरूर मानेगो। डरे मत, मैं हूँ न तेरे साथ। या घर का पाड़-तिवाड़ इतनी आसानी सू ना होण दूँगी, जितनी आसानी सू हमारी ई जिठाणी नसीबन करणो चाहरी है।"

अपनी जिठानी फ़ातिमा के इस संकल्प पर आमना ने राहत की लम्बी साँस ली, कि वह बे-मतलब तिल को ताड़ बनाने पर तुली हुई थी। फ़ातिमा सही कह रही है कि ज़मीन-जायदाद के हिस्से होने इतना आसान नहीं हैं।

"वैसे या मामला में पूरा घर को कैसो माहौल है?" आमना ने आत्मविश्वास बटोरते हुए फ़ातिमा से पूछा।

"माहौल कहा, सबकी यही राय है के कैसे भी या डमरू ए जमात में जाणा कू तैयार करो... एक बर याको जी जमात में रमगो न तो ई खुदी सबकुछ भूल जाएगो।"

"सबकुछ भूल जाएगो, मतलब?" आमना ने हैरान होते हुए पूछा।

"मतलब ई के जमात में जाणा के पीछे याहे कहाँ फुरसत मिलेगी।"

"और अगर ई जमात में ही डोलतो रहेगो, तो बहाण इन ढोरन्ने कौन देखेगो... ई काम भी हम कर लेंगा, पर खेतन्ने कौन सँभालेगो?" आमना की पेशानी पर आने वाली परेशानियों और दुश्चिन्ताओं की लकीरें गहराती चली गयीं।

"देख बहाण, अगर या जमीन-जादाद का और हिस्सा होना सू बचाणा हैं, तो थोड़ी-बहोत कुरबानी तो देनी पड़ेगी ही... थोड़ो-बहोत तो नफा-नुकसान उठानो पड़ेगो।"

आमना चुप। वह मन ही मन अपने हिस्से में आने वाले कामों की फ़ेहरिस्त बनाने लगी।

"चल छोड़, ये पीछे की बात हैं। पहले या डमरू ए जमात में भिजवाणा की जुगत भिड़ाओ।" इतना कह फ़ातिमा काम का बहाना कर आमना से पीछा छुड़ाने की ग़रज से खड़ी हो गयी। आमना की इस अन्तहीन गीबत का तो कोई छोर नहीं है जैसे।

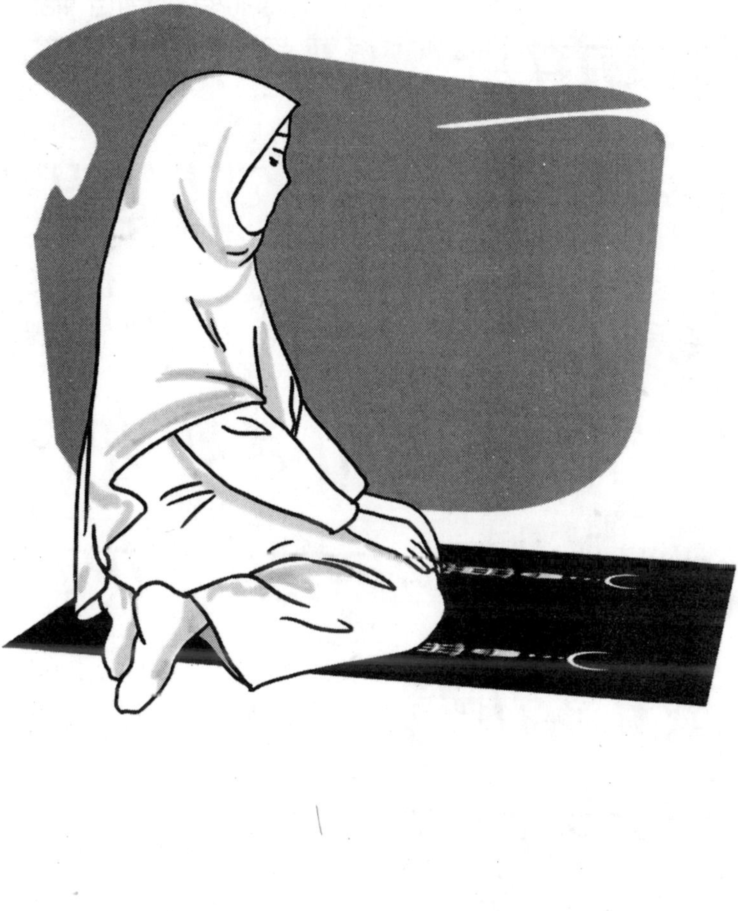

मर्द औरतों के सिरधरे (क़व्वाम) हैं। इसलिए अल्लाह ने एक को दूसरे पर प्रमुखता दी है। तो जो नेक औरतें होती हैं वे अपने शौहरों का आज्ञा पालन करने वाली, और उनकी ग़ैर-मौजूदगी में अल्लाह की तौफ़ीक से उनके हक़ों की हिफ़ाज़त करने वाली होती हैं।

—क़ुरआन, अन-निसा 4:34

मर्द औरतों के सिरधरे (क़व्वाम) हैं। इसलिए अल्लाह ने एक को दूसरे पर प्रमुखता दी है। तो जो नेक औरतें होती हैं वे अपने शौहरों का आज्ञा पालन करने वाली, और उनकी ग़ैर-मौजूदगी में अल्लाह की तौफ़ीक से उनके हक़ों की हिफ़ाज़त करने वाली होती हैं।

जुह्र[1]

लपरलेंडी का असली नाम बहुत से नामों की तरह आज तक गाँव की तो छोड़िए, मुहल्ले में ज़्यादातर को नहीं पता। स्थिति और परिस्थिति के अनुसार यह नाम सबकी ज़ुबान पर इस क़दर चढ़ चुका है कि अब कोई इसके असली नाम को जानने के पचड़े में ही नहीं पड़ता। यही हाल इस जुगलजोड़ी के दूसरे नाम यानी फकीरा उर्फ़ चकलेंडी का है। कुछ देर के लिए अगर थोड़े-से ज्ञानियों को छोड़ दिया जाए, यानी जिनका सामाजिक ज्ञान समृद्ध है और जिन्हें चकलेंडी का मतलब मालूम है, वे तुरन्त समझ जाएँगे कि इस फकीरा की जाति क्या है। हालाँकि इस नाम को सुनकर एक पल के लिए कोई भी यह सोचने पर मजबूर हो जाएगा कि यह हिन्दू है या मुसलमान। इस नाम में हमारी साँझी विरासत, गंगा-जमुनी तहज़ीब और साम्प्रदायिक एकता का ऐसा गाढ़ा रंग मिला हुआ है कि इसकी धार्मिक पहचान करना बेहद मुश्किल है। हाँ, फकीरा के पक्ष में जो बात जाती है वह यह कि भले ही कुछ शरारती तत्त्व उसे उत्तेजित और उकसाने के लिए चकलेंडी शब्द का इस्तेमाल करते हैं लेकिन इसी शब्द में इसकी जातिगत और सामुदायिक पहचान भी छिपी हुई है, जो यह बताती है कि हिन्दू होने के साथ-साथ उसकी जाति क्या है। दरअसल, हमारे समाज में ऐसे अनेक शब्द हैं जो हमारी जातिगत पहचान के सूचक हैं। मसलन किसी के लिए अगर राँपी शब्द का इस्तेमाल किया जाता है, तो कोई भी स्थानीय समाजविज्ञानी तुरन्त उसकी जाति का अनुमान लगा सकता है। चकलेंडी भी फकीरा की जातिगत पहचान का सूचक है—यानी एक कुम्हार, कुलाल, कुमावत, प्रजापति, प्रजापत, कुमार अपने चाक के किनारे खुदे छोटे-से गड्ढे में जिस लकड़ी के कलमनुमा गोल सिरे को डालकर उसे घुमाता है, उसे चकलेंडी कहा जाता है।

लपरलेंडी और चकलेंडी यानी फकीरा तो महज कुछ उदाहरण हैं वरना खिच्चू, पकौड़ी, टूँगा, बोसा, बंडू, बुच्ची, बोंगा, ऐंडा, बेंडा समेत बरबरी, लपना, लंका, कायरी, भग्गो, गुट्टो जैसे ऐसे उपनामों से हमारी पोथियाँ अटी पड़ी हैं।

1. जुह्र : दिन ढलने का समय।

पता नहीं यह किस समाज विज्ञानी की देन है कि हमारी असली पहचान पर इन उपनामों ने कब्ज़ा किया हुआ है?

अब इसी कलसंडा यानी डमरू को ही लीजिए। भला कलसंडा या डमरू भी कोई नाम हुआ। इसकी जगह शहजाद अली, मुनव्वर हुसैन या इश्हाक अली भी तो हो सकता था। एक मिनट! लो डमरू का नाम लिया और डमरू हाज़िर।

लपरलेंडी ने दूर से उसे अपनी ओर आता देखा, तो वह भाँप गया कि लगता है डमरू के घर में पहले से चल रही टिसल-फिस्स ने और ज़ोर पकड़ लिया है। बावजूद इसके वह डमरू को जानबूझ कर अनदेखा कर गया। डमरू जब उसके चौतरे पर चढ़ गया और मूढ़ी खींचकर बैठ गया, तब लपरलेंडी चौंकने की मुद्रा अपनाते हुए बोला, "अरे डमरू, तू कद आयो?"

"समझ ले, जब तैने देख लियो।" डमरू ने चेहरे पर आते भावों को छिपाने की कोशिश करते हुए जवाब दिया।

"कैसे, सब ठीक तो है?" लपरलेंडी ने डमरू को हल्के से खुरचा।

"हाँ, सब ठीक है।"

"ना भई लाला, मोहे तो कुछ भी ठीक ना लगरो है।"

"यार काका, तोसू एक बात कहणी है।" इतना कह डमरू चुप्पी साध गया।

"चुप कैसे होगो, बोले न!"

"बोलूँ कहा, आज तो कमाल होगो... मेरी जा भावज का फूटा मुँह सू कदी दो मीठा बोल भी ना फूटे हा, वाही का मुँह सू जैसे आज फूल बरस रा हा।"

"साफ-साफ कह, बातन्ने मत चोद!" लपरलेंडी अपने आपको सीधा करते हुए झल्लाया। उसकी व्यग्रता मानो जवाब देने लगी।

डमरू ने इसके बाद सवेरे का पूरा वृत्तान्त लपरलेंडी को सुना दिया।

पूरी बात सुनने के बाद लपरलेंडी ने पहले गरदन हिलाई। फिर एक लम्बा हुंकारा भरा, और इसके बाद बेहद गम्भीर हो डमरू को सुनाते हुए जैसे खुद से बोला—

तिरिया और तूमड़ी, सब बिस की सी बेल।
बैरी मारे दाव सू, तिरिया मारे हँस-खेल।।

"काका, मोहे भी कुछ ऐसे ही जँचे है वरना सिंगारवाली इतनी भली ना है, जो मोहे महेरी का भर-भर कटोरा पियावे।"

"लाला, कुछ तो गड़बड़ है!" फिर कुछ पल सोचने के बाद डमरू की तरफ़ देखते हुए बोला, "कहीं ऐसो तो ना है के तेरी या हरामण भावज ने या महेरी में कुछ उल्टी-सूधी चीज मिला दी होए, ई सोच के ना रहेगो ई खाली बाँस और

ना बजेगी याकी तूमड़ी।"

"अगर कोई ऐसी बात होती, तो ई डमरू तेरे आगे बैठो ना पातो! अब तलक तो याको जनाजो निकल चुको होतो।"

"यार, ई बात भी तेरी सोलह आने ठीक है... फिर यामें कहा राज है जो ई तिरिया या खेल ए खेलरी है।" इतना कह लपरलेंडी ने सिर खुजलाते हुए अपने अनुभवों के घोड़ों की लगाम ढीली छोड़ते हुए पूछा, "वैसे, पिछला एकाध दिनाँ में तिहारे घर में कुछ बात हुई ही?"

"बात कहा हुई, एक दिन इसा की निवाज सू पहले मैंने अपणा भाई ऐसेई छेड़ दिया हा के मैं तो हज्ज करण जाऊँगो।"

"फिर?"

"फिर कहा, मेरो बड़ो भाई जमालू बोलो के हज्ज कोई बातन् होवे है।"

"फिर?" लपरलेंडी थोड़ा आगे की ओर झुकते हुए फुसफुसाया।

"बस, यही बात हुई ही।"

"देख, ऐसे दाई सू पेट मत छुपा। जो असल बात है वाहे बता?" लपरलेंडी डमरू की आँखों में उतरते हुए खीझा।

"ऐसी तो कोई बात ना ही, बस कमालू ने ई जरूर कही ही के हज्ज पे जो दौलत खरच होएगी, ऊ कहान् सू आएगी।"

"फिर तू कहा बोलो?" लपरलेंडी की आँखें चमकने लगीं।

"मैं बोलो के या घर में मेरो कुछ हक ना है? मेरो भी तो जी करे है हज्ज पे जाण कू।"

"यापे तेरा वोनूँ भाई कुछ ना बोला?" एक-एक कर लपरलेंडी के अनुभवों के घोड़े अब पूरी गति से दौड़ने लगे।

"हाँ, नवाब बोलो हो के आज तेरो हज्ज करण कू जी कर्रो है... कल पतो ना कुछ और कू करेगो... ऐसो कर पहले तू जमात कू चलो जा। अन्यायी, सारी जियारत-इबादत एक जैसी होवे हैं।"

"फिर पलट के तैने कहा जुआब दियो?" लपरलेंडी की छोटी-छोटी आँखें तेज़ी-से फैलने-सिकुड़ने लगीं।

"मैंने भी कह दी के हमारा या बड़ा भाई हाजी जमालू की जियारत तो डोले जहाजन् में मजा लेती, और डमरू बदना-गूदड़ी ए कन्धा पे लटका के डोले धूल फाँकतो।"

"वा मेरे बब्बर शेर! याहे कहवे हैं असली मरद।" लपरलेंडी हुमकते हुए डमरू की पीठ थपथपाते हुए उसका हौसला बढ़ाते हुए बोला, "और तेरी भावज,

वे ना बोली कुछ?"

"बस्स, बड़ी भावज नसीबन बोली ही केऽऽऽ"

"के याहे हज्ज करण भेज देओ।" लपरलेंडी ने अनुमान लगाते हुए डमरू का वाक्य बीच में काटते हुए कहा।

"ना, भावज ने हज्ज की बात ना कही। वाने ई बात मेरे पीछे कही बताई के कहीं सू कोई पारो लाके याका गला में बाँध देओ।"

"डमरू, अन्यायी तेरी तो लाटरी निकलगी!" उचकते हुए लपरलेंडी डमरू की कोच में तर्जनी धँसाते हुए बोला।

"काका, तू तो बावली बात करे है। ऐसा मेरा भाग कहाँ। तैने तो ई बात कर दी के–

कहा ओस को मेह, कहा बादल की छाया।
कहा भूत की जूण, कहा सुपना की माया।।"

"ऐसी बात ना है डमरू। अन्यायी, मरद की किस्मत और औरत का चलित्तर बदलते टैम ना लगे है। अब देखे न, तेरी वही भावज जो हर बखत कलसंडा कह-कह के तेरी गेंऽऽऽड में लट्ठ दिए राखे ही, वही आज देवर-देवर करती टिटयाँती हुई तेरे आगे-पीछे डोल री है। फिकर मत कर। खुदा ने चाही, तो मेरे यार एक दिन तेरी ई मुराद भी पूरी होके रहेगी।" कहते-कहते लपरलेंडी की पलकें भारी होती चली गयीं।

"खुदा भी अच्छी तरह जाणे है काका के किसकी मुराद पूरी करनी है, और किसकी ना। पिछला जनम का कोई करम हा, जो आज ये दिन देखना पड़रा है... काका, सऽऽब तकदीरन् का खेल हैं।" डमरू ने लम्बा साँस ले उसे बाहर छोड़ा।

"वैसे तैने या जमात का बारा में कहा सोची है?" लपरलेंडी वापस असल मुद्दे पर आते हुए बोला।

"सोची कहा, जो मिलरो है वाही पे सबर करणो पड़ेगो।"

"बुरो ना मानो तो एक बात कहूँ?"

"बुरा मानूना की होएगी तो मान जाऊँगो... वैसे भी मेरा बुरा मानूना या ना मानूना सू काई पे कहा फरक मारे है।" डमरू ने निस्पृह भाव से कहा।

"देख भई डमरू, वैसे तो ई तिहारो घर को मामलो है पर फिर भी मोपे कहे बिना रुको ना जारो है... मेरी एक सलाह है के अगर तेरा भाइन्ने जमात की कही है न, तो तू चुपचाप उनकी बात मान ले।"

"मेरी भी यही सलाह है।" डमरू ने लपरलेंडी की सलाह से सहमत होते हुए कहा।

"अन्यायी, तेरी कौन-सी आस-औलाद है जाकू तोहे दौलत जोड़नी है। अरे,

पेट ही तो भरणो है... ई तो कहीं भी भर जाएगो। कम सू कम या बेमतलब की राँडा-निपूति सू पीछो तो छूटेगो।"

"काका, ईमान सू कहूँ मेरो हंस रोवे है जब मेरी भावज मोहे ताना देवे है!" कहते-कहते डमरू की आँखें भर आयीं। हिलकियाँ बँध गयीं, "या... या घर में मेरो इतनो भी हक ना है के..."

"जी भारी मत कर। हिम्मत सू काम ले। बावळा भाई, तैने सही कही ही के सब करमन् का खेल हैं। अब तू मोहे ही देख, तेरी काकी तीन-तीन बाळकन्ने छोड़ के वा तेली का के साथ उडगी। पतो ना वा कीचक में ऐसी कहा बात ही। बता मैंने वाहे कहा सुख ना दियो? अब ये करमन् का खेल ना हैं तो कहा हैं।" लपरलेंडी के भीतर जैसे कुछ टूटने लगा, "पर मैं किसके आगे रोऊँ!"

"काका, तू बुरो मान जाएगो पर सच्ची कहूँ, वा काकी का लक्खण मोहे शुरू सू ही ठीक-सा ना लगरा हा। मैं तो वाका माथा पे तौड़ी देख के समझगो हो के–

जाके माथा पे तौड़ी पड़ें, ऐरा-गेरा तौर।
'कोक' कहे सुण ब्यासजी, तिरिया खसम करेगी और।"

"तू या बात ए कहा कहरो है, मोहे सब पतो ही। अरे–

गज को घूँघट काढ़ के, तिरछा राखे तौर।
'कोक' कहे सुण ब्यासजी, तिरिया खसम करेगी और।।

रात-बिरात ऊ कहाँ जावे ही मोहे सब पतो ही, पर हीं तो घर बसाणो हो।"

"ईमान सू कहूँ काका, इन तिरिया चरित्तरन्ने देखके ही मेरो मन घर बसाना कू ना करे है... वैसे भी मेरा जैसा मलूकजादा के पै बीरबाणी कदी ना रुकेगी।"

"मेरे यार, या करम का लेखा काई ने पढ़ा होता, तो हमूभी पढ़ लेता। आए दिन तो तेरी काकी अपणा भुखलंडिया भाईनू के पै पीहर में पहोंची रहवे ही। मैंने खूब समझा ली के–

सुनियो तिरिया बावली, पीहर कू मत जाए।
मिलें चना का टीकड़ा, तू हूँ बोदी हो जाए।।

पर मेरी मानी होए जब न। अरे, जभी तो काई ज्ञानी ने कही है के–

परारब्ध पहले बणी, पीछे बणो सरीर।
तुलसी अपणा जी की, कौन बँधावे धीर।।"

"ना भई काका, मैंने तो अब ठान् ली के जमात में मैं जाके रहूँगो।"

"बिल्कुल सही ठानी है। कम सू कम या दुनियादारी सू दूर रहके, खुदा की इबादत में तो लगो रहेगो... पर मैं तो कहीं को भी ना रहो, न दीन को न दुनिया को। मेरी तो हालत ऐसी हो री है के–

रँडुआ को कहा माजनो, जमीं बिना कहा लोग।
पुतर बिना कहा रोसनी, दूध बिना कहा भोग।।

कहा करूँ, मैं तो या औलाद ए छोड़ के कहीं जा भी ना सकूँ।" अधेड़ लपरलेंडी का पूरा जिस्म अधसूखे दरख़्त-सा लरजने लगा। पता नहीं वह अतीत की किन कन्दराओं में खो गया। उसे तो यह भी पता नहीं चला कि डमरू उसके चौतरे से कब चला गया।

2

लपरलेंडी के चौतरे से उतर डमरू अपने नोहरे की ओर न जाकर, बीच वाली मस्जिद की ओर मुड़ गया। हालाँकि मग़रिब की नमाज़ में अभी वक़्त है। मस्जिद में दो-चार लोग तो मिल ही जाएँगे। अगर उनसे पता नहीं चला तो कुछ देर बाद आने वाले नमाज़ियों से पूछ लेगा, और अगर इनसे भी बात नहीं बनी, तो मस्जिद का इमाम तो है ही। इमाम की याद आते ही डमरू की सारी मुश्किलें जैसे दूर हो गयीं।

जहाँ चाह, वहाँ राह यानी डमरू को न तो किसी नमाज़ी से पूछने की ज़रूरत पड़ी, न किसी से दरयाफ़्त करने का मौक़ा आया। इमाम साब अर्थात् हाजी याहिया ख़ुर्रम उसे मस्जिद के बाहर ही मिल गया। अब आप सोच रहे होंगे कि इस इमाम यानी हाजी याहिया ख़ुर्रम का सम्बन्ध मेवात के मेवों के कौन-से गोत्र या पाल से है? ख़ुर्रम तो मेवों के न यदुवंशियों में पाये जाते हैं, न सूरजवंशियों में। आप सही सोच रहे हैं। दरअसल, इमाम साब का सम्बन्ध मेवात से दूर-दूर तलक नहीं है। इसे तो दारूल उलूम से यहाँ इसलिए बुलाया गया है कि बहुतों को ख़ासकर कुछ चंद्रवंशियों और सूरजवंशियों को अभी तक यही लगता है कि वे पूरी तरह मुसलमान नहीं बन पाये हैं। इसलिए अपने आपको सच्चा और असली मुसलमान बनाने की नीयत से वक़्त-बेवक़्त बुलाये गये उलेमाओं में से कुछ यहाँ के स्थायी रहवासी बनकर रह गये। क्योंकि मेवों को असली मुसलमान बनाने से अच्छा दूसरा कोई सबाब इन्हें अब लगता ही नहीं है। ठीक उन बहुत-से सरकारी मुलाज़िमों की तरह, जो पहले तो इस काले पानी में आने से कतराते हैं, मगर बाद में वे यहाँ से जाने का नाम नहीं लेते हैं।

वही इमाम हाजी याहिया ख़ुर्रम डमरू को मस्जिद के बाहर मिल गया।

"इमाम साब, अस्सलामालैकुम!" डमरू ने बड़े अदब और संजीदगी के साथ कहा।

"वालैकुम अस्सलाम... और मियाँ डमरू कैसे हो, अभी तो नमाज़ का वक़्त भी नहीं हुआ है?" इमाम ने मुस्कराते हुए पूछा।

"इमाम साब, मैं कदसू मियाँ होगो! मेरे पीछे ना कोई बाल, ना बच्चा... और आप मोहे मियाँ कहरे हो।"

इमाम हाजी याहिया खुर्रम समझ गया कि डमरू का इशारा किस तरफ़ है।

"मियाँ ऐसा लफ़्ज है जिसे किसी भी मर्द के लिए इस्तेमाल किया जा सकता है। ख़ासकर बड़ों के लिए। जैसे हिन्दुओं को ही लीजिए उनके यहाँ जाहिल से जाहिल आदमी को भी पंडिज्जी कह दिया जाता है... पंडित तो आपको मालूम है न किसे कहते हैं?"

"मालूम क्यों ना है... हमारा गाँओं में कई घर है पंडतन् का... पंडत, बामण ान् सू कहवे हैं और किस्सू कहवे हैं।" डमरू ने अपनी कुशाग्रता का इस्तेमाल कर बड़े भोलेपन से जवाब दिया।

"डमरू मियाँ, पंडित आलिम को कहा जाता है और आलिम की कोई जमात नहीं होती। मगर आज जिसे देखो वही पंडिज्जी बना घूम रहा है।"

"जैसे मैं मियाँ बणो घूमरो हूँ।"

डमरू के इस भोलेपन पर इमाम ज़ोर से हँसा, "मियाँ का मतलब खाली शौहर ही नहीं होता, उसके कई मतलब होते हैं।" कहते-कहते अचानक इमाम को जैसे कुछ याद आया, "ख़ैर छोड़ो, यह बताओ इस वक़्त कैसे आना हुआ?"

"इमाम साब, या गाँओं सू कोई जमात जारी होए तो मोहे भी बताओ!"

"बताना क्या, अगले हफ़्ते जा रही है एक जमात।"

"फिर तो इमाम साब उनमें मेरो नाम भी जुड़वा दीजो।"

"ठीक है।"

डमरू मस्जिद में अन्दर भी नहीं गया। उसका काम बाहर जो हो गया। रास्तेभर वह जैसे हवा से बातें करता रहा। जिस्म एकाएक यह सोच कर रूई के फाहे जैसा हो गया कि चलो रात-दिन खटने से कुछ तो पीछा छूटेगा।

3

पूरा घर हैरान।

सबसे ज़्यादा हैरानी उस नसीबन को हो रही है, जो अपने लाड़ले देवर को जब कभी आईने के सामने खड़ा देखती, तो उसके हाथ अपने परवरदिगार के सामने खड़े हो जाते कि किसी तरह उसके इस देवर का घर बस जाए। यह बात अलग है कि जहाँ पहले नसीबन अपने इस देवर का घर बसने की चिन्ता में

डूबी रहती, वहाँ अब इस नयी फ़िक्र में मरी जा रही है कि इस मरे डमरू को आख़िर यह हो क्या गया है? वह तो इसका घर बसाने की सोच रही है, और इसने जैसे फ़कीरी ले ली।

नसीबन ने कई बार डमरू को कुरेदते हुए उसके इस बदलाव की थाह लेनी चाही मगर डमरू ने कभी इसका कोई सन्तोषजनक उत्तर नहीं दिया। नसीबन को इस पर और भी ज़्यादा हैरानी हुई जब डमरू ने एक दिन पहले उसे बेहद दार्शनिक अन्दाज़ में सीधा जवाब न देकर, सिर्फ़ इतना भर कहा, "भावज, कुछ ना धरो है या दुनियादारी में।"

"मैं कुछ समझी ना।" नसीबन की पेशानी पर अचानक उभरे धोरे गहराते चले गये। दिल जैसे बैठने लगा उसका।

"यामें समझणा की कहा बात है—

ना कोई तेरो कुटम-कबीला, मात-पिता न भाई है
ना कोई तेरो बेटा-बेटी, ना संग चले लुगाई है
रोवे पीटे रुदन मचावे, बिछट चलो मेरो घर को
सुमरन कर बन्दा हर को।

और आगे सुण भावज—

पैदा है ना पैद होण कू, सब लेखो है मालक को
अमर नहीं कोई या दुनिया में, अमर नाम है मालक को
मूलधान को 'एवज' गावे, जामें शील सबर को
सुमरन कर बन्दा हर को।"

नसीबन सिहरती चली गयी। एक पल के लिए लगा जैसे उसके भीतर कुछ बिखर रहा है। उसे अपने इस लाड़ले देवर डमरू के ढंग कुछ ठीक नज़र नहीं आ रहे हैं। थोड़ी देर उसे कुछ नहीं सूझा मगर अगले ही पल वह झुँझलाते हुए बोली, "आजकल तू किसके पै बैठे है जो ऐसी बेसहूरी बात कर्रो है!" नसीबन का कलेजा जैसे फटने को हुआ। एक अनिष्टता की थाप ने उसे विचलित कर दिया। इसके बाद नसीबन से नोहरे में रुका नहीं गया और अपनी सबसे छोटी दौरानी आमना के पास पहुँच गयी, एकदम तमतमाते हुए।

"ऐ री रंडी, तैने अब कहा कह दी वासू?" नसीबन का पूरा ज़िस्म मारे गुस्से के काँपने लगा।

"मैंने काई सू कहा कह दी, जो तू इतनी ताती हुई जारी है?" आमना ने अपनी जिठानी नसीबन से पूछा।

"देख, कैसी भोळी बणरी है, जैसे तोहे कुछ भी पतो ना है। मैं सब जाणू हूँ के तू कैसी चुप छिनाळ है!" नसीबन का आपा खोने लगा जैसे।

"रिजक की सौं मोहे कुछ भी पतो ना है।" आमना लगभग रिरियाते हुए बोली।

यह तो अच्छा हुआ जो इस समय फ़ातिमा मौजूद है। मगर उसकी भी कुछ समझ में नहीं आया। हाँ, इतना ज़रूर है कि आमना और फ़ातिमा भाँप गयीं कि नसीबन किसके बारे में बात कर रही है। फ़ातिमा ने दख़ल देते हुए पूछा, "ऐसी कहा बात होगी दारी, जो तू या आमना पे बिना टिकट चढ़ी जारी है?"

"फातिमा, समझ तू भी सब रही है। मैं सब जाणू हूँ तिहारो जो ई गुंडगोळ बणरो है... और तेरे पै ई जो साँप की मावँसी बैठी है न, याहे सब पतो है... याही सू पूछ!" नसीबन का सीधा-सीधा इशारा आमना की ओर था।

"ठीक है दारी मैं सब समझरी हूँ पर तू भी तो अपणा फूटा मुँह सू कुछ बता।" फ़ातिमा ने अपनी जिठानी को डाँट दिया।

"बहाण, पतो ना या हरामन् ने वा डमरू सू फिर कहा कह दी... ऊ तो पतो ना कहा अंड-बंड बोलरो है। पतोई ना कुछ-कुछ हिन्दून् की सी बेढंगी बात कर्‍रो है के सुमरन कर बन्दा हर को।"

सुनते ही फ़ातिमा और आमना दोनों सहम गयीं, यह सोच कर कि कहीं यह डमरू हिन्दू तो होने नहीं जा रहा है?

"नसीबन, बहाण मोहे अपणी औलाद की सौं है जो मैंने डमरू सू अलीफ सू बै भी कही होए। हाँ, मैं एक दिन महेरी जरूर लेके गयी ही नोहरा में... अच्छो सुण..." एकाएक आमना को जैसे कुछ याद आ गया, "एक बात बताऊँ, वा दिन मैंने भी वाका मुँह सू कुछ ऐसी ही बात सुणी ही के उठगी पिरीत, नाता-रिस्ता टूटगा... कलजुग आगो। मैंने जब पूछी के देवर किसकी किस्सू पिरीत... उठगी, तो कुछ ना बोलो।" आमना ने डमरू से 'एवज' की 'होली' की जो चंद पंक्तियाँ सुनी थीं, और उसको जो याद रह गया, वह बता दिया।

इससे पहले कि आमना अपने और फ़ातिमा के बीच डहर वाले खेत पर बनी तरतीब और करार से गर्द पोंछने की ओर हाथ बढ़ाती, फ़ातिमा ने बिना किसी देरी के बीच में ही डोर लपक ली, "याने ई बात बताई तो ही, पर मैंने ही यापे ध्यान ना दियो... पर बहाण, अब तू कहरी है तो ठीक ही कहरी होएगी। एक बात पूछूँ, कहीं ऐसो तो ना है के हमारो देवर बैरागी बण जाए?" फ़ातिमा अपने भीतर उठ रही हिलोरों को शान्त करने की कोशिश करती हुई बोली।

"पतो ना बहाण या निपूता का भाग में कहा लिखो पड़ो है, याहे तो ऊपरवालो ही जाणे!" नसीबन की आवाज़ भीग-सी गयी।

आमना ने चुपके-से अपनी जिठानी फ़ातिमा की ओर देखा और आँखों ही आँखों में कहा कि यही है गरम लोहे पर चोट करने का सही वक़्त। फ़ातिमा

ने भी एक पल गँवाना उचित नहीं समझा। आमना की आँखों की भाषा तुरन्त समझ गयी।

"नसीबन, बहाण मेरी तो एक राय है के यासू पहले ई डमरू हिन्दू या कोई बैरागी होए, क्यों न याहे हम जमात में भेज देएँ!"

"तू सही कहरी है फातिमा।" इसके बाद नसीबन गहरी साँस लेते हुए अपनी दोनों दौरानियों को सुनाते हुए जैसे खुद से बोली, "बहाण, मोहे ना लगे या डमरू को घर बसतो हुओ।"

अपनी जिठानी को लगभग सहमत होता देख आमना ने किलकते हुए, मगर बेहद संजीदगी से कहा, "मैंने भी अपणो देवर वा दिन सू छेड़नो बन्द कर दियो, जा दिन हमारी या जिठानी ने मैं सबके आगे धमकाई ही। आखिर है तो ई हमारो देवर।" आमना का एक-एक शब्द मानो ठंडे शीरे में डूबा हुआ था।

मगर उदास नसीबन का सारा ध्यान सिर्फ़ और सिर्फ़ अपनी दौरानी फ़ातिमा की इस सलाह पर टिका हुआ है कि कैसे वह अपने देवर डमरू को जमात के लिए तैयार करे? उस देवर को जिसे उसने देवर से ज़्यादा अपने बेटे की तरह पाला हो? वह कैसे इस बेटे समान देवर से कहे कि वह जमात में चला जाए। अगर वह चला गया और लौट कर कभी इस घर में नहीं आया, तो दुनिया उससे क्या कहेगी। सोचते ही नसीबन के होंठ दाँतों तले भिंचते चले गये। वह धीरे-से उठी और चुपचाप अन्दर चारपाई पर आकर धम्म्-से बैठ गयी।

नसीबन के जाते ही फ़ातिमा और आमना खिखियाते हुए हँस पड़ीं। जिस काँटे को निकालने के लिए वे दोनों तरह-तरह की जुगत भिड़ा रही थीं, वह इतनी आसानी से अपने आप निकल जाएगा—इसकी इन दोनों ने कल्पना भी नहीं की थी।

"आमना, रंडी कुछ दिन कू अब तू अपने आप ए सुधार ले। अपने आप ए ऐसी बणा ले जैसे तोसू भली या गाँओं में कोई हैई ना।" फ़ातिमा ने आमना को सलाह देते हुए कहा।

"और कितनी भली बणाऊँ? रात-दिन या कळसंडा ए देवर कहते-कहते मेरी जुबान ना टूट री... और तू कहरी है के मैं अपने आप ए सुधार लूँ!"

"दारी, तू तो बुरो मानगी। मेरा कहणा को मतलब ई है के या नसीबन को सक सूधो तोपे ही जावे है। ठीक है, फिर ऐसो कर तू या डमरू सू बोलनो-बतलाणो सुरु कर दे!"

फ़ातिमा के इस सुझाव पर आमना सोच में पड़ गयी। इधर भाँप गयी फ़ातिमा कि उसकी दौरानी आमना क्या सोच रही होगी।

"अब कहा हुओ?" फ़ातिमा ने आमना को उसकी सोच की सुरंग से बाहर खींचते हुए पूछा।

"मैं ई सोचरी हूँ बहाण के कहीं तू मोहे मरवा तो ना देएगी! कहीं ऐसो ना होए के मैं वाहे देवर-देवर कहती रहूँ, और ऊ काई दिन दिन-धुप्पराई मैं मेरे चिपट जाए!" आमना ने अपनी सोच का ख़ुलासा करते हुए अपनी चिन्ता प्रकट की।

"निगोडी, मैं कौन-सा तेरा हाथन् सू वाका मुँह में आबे जमजम टपकवारी हूँ जो ऊ तेरे चिपट जाएगो... थोड़ी-सी नरमाई सू ही तो बात करना की कहरी हूँ। और फिर अगर चिपट भी गयो तो यामें कौन-सी बुराई है, है तो आखिर तेरो देवर।" इतना कह फ़ातिमा की हँसी छूट गयी।

आमना एक बार फिर किसी दुविधा में घिरती चली गयी कि वह इससे ज़्यादा अपने आपको आख़िर और कितना बदले? कहीं ऐसा न हो कि इस अदला-बदली के चक्कर में असली आमना ही ख़त्म हो जाए?

4

पूरे घर में किसी को यक़ीन नहीं हो रहा है कि डमरू जमात के लिए तैयार हो जाएगा। वही डमरू जो कहाँ तो हज की ज़िद कर रहा था, और कहाँ चुपचाप जमात के लिए तैयार हो गया। सबसे बड़े भाई जमाल खाँ ने बहुत अन्दाज़े लगा लिए, सारे सोतों को खँगाल मारा, मगर वह इस रहस्य को जानने में नाकामयाब रहा। एक बार उसने सोचा भी कि क्या पता नसीबन ने उसे मना लिया हो। पूछा तो नसीबन ने भी कह दिया कि उसकी तो डमरू से बात तलक नहीं हुई। कमाल खाँ और नवाब से पूछा तो वे भी मुकर गये।

"यार कमालू, ई बात मेरे कुछ गले ना उतरूरी है... जरूर याके पीछे कोई राग है?" अपने छोटे भाई कमाल खाँ को कुरेदते हुए बोला जमाल खाँ।

"मोहे तो ई सारी बिदुया वा लपरलेंडी की पढाई हुई लगरी है!"

"ना, लपरलेंडी इतनो भलो आदमी ना है जो काई की जलती ए बुझाए। अन्यायी, ऊ तो पूरो लंकेसरी है।" कमाल खाँ ने नवाब के अन्दाज़े को नकारते हुए कहा।

"मेरे यार, सबसू बड़ी बात तो ई है के ई ऐसो पेश इमाम बण जाएगो, मोहे तो अकीन है ना।" जमाल खाँ अभी भी किसी बच गये सोते के नज़दीक जाते हुए बोला।

"पर एक बात है, जमात में जाना की बात तो हमने ही कही ही। अब अगर ऊ जारो है तो यामें हैरत की कहा बात है?"

"यही तो हैरत की बात है के ऊ एकाएक तैयार होगो!" जमाल खाँ अपने छोटे भाई कमाल खाँ की बात को जैसे अभी भी मानने को तैयार नहीं है।

"तू भी हद करे है... तोहे काई भी तरह अकीन ना होरो है।" कमाल खाँ अपने बड़े भाई पर झल्ला उठा।

"तो फिर ऐसे करें, वासू मना कर देएँ?" नवाब अपने दोनों बड़े भाइयों को आपस में उलझता देख, एक बेमानी सलाह देते हुए बोला।

"ना, मना करनो ठीक ना रहेगो।"

"तू अपणी ऐसी-तैसी करा... अन्यायी, काई बात पे तो टिको रह... ठीक है, जो तोहे अच्छो लगे वाहे कर, हम तो चला। चल रे नवाब खड़ो हो!" इतना कह तमतमाते हुए कमाल खाँ जाने के लिए खड़ा हो गया।

"इतनो तातो मुल्ला मत बण, आराम सू बैठ... अगर ई या बात ए कहरो है तो कोई न कोई वजह होएगी।" नवाब ने अपने बड़े भाई कमाल खाँ को शान्त करते हुए कहा।

"यार, ई असली बात ए क्यों न बतारो है... बेमतलब बात ए रबड़-सी क्यों बढ़ा रो है?"

जमाल खाँ एकदम ख़ामोश हो गया। उसे जँच गया कि अपनी दुविधा अपने दोनों छोटे भाइयों को बताये बिना काम नहीं चलेगा। हारकर उसे कहना ही पड़ा, "मेरी असल चिन्ता या बदनामी सू बचना की है जो पूरा गाँओं में उडी पड़ी है के डमरू ए हम जानबूझ के हज्ज पे ना भेजरा हैं।"

"हाँ, ना भेजरा हैं, तो?" नवाब एकाएक हत्थे से उखड़ गया जैसे, "मेरे यार, गाँओं तो कल ई भी कहेगो के डमरू का घर ए हम ना बसारा हैं।"

"तू कहा समझरो है दुनिया या बात ए कह ना री है।" जमाल खाँ बेहद शान्त भाव से बोला।

"तो फिर करवा दे डमरू को निकाह!"

नवाब के इस आवाह्न पर जमाल खाँ चुप हो गया।

"तो फिर तू बताए न पूरा गाँओं में जो बदनामी होरी है, वासू कैसे पिंड छूटे?" कमाल खाँ ने बात नवाब पर डाल दी।

"मेरी तो एक सलाह है... थोड़ा ठंडा दिमाग सू सोच के देखियो..."

"देख, हज्ज पे जाणा की बात तो करियो मत।" अपने सबसे बड़े भाई जमाल खाँ को बीच में टोकते हुए बोला नवाब।

"यार, पहले याकी पूरी बात तो सुन ले!" कमाल खाँ नवाब को लगभग डाँटते हुए जमाल खाँ की ओर पलटा, "हाँ, पहले तू अपनी बात पूरी कर!"

“मेरी भी वही सलाह है जो तिहारी भावज की है के कहीं सू कोई बुरी-बावली पारो लाके याका गला में ला बाँधो।”

“कहाऽऽऽ!” कमाल खाँ और नवाब दोनों के मुँह से एकसाथ निकला। एक झटके के साथ खड़े हो गये दोनों।

“अन्यायी, ई कहा सोची तैने? जा बात पे या घर में महाभारत मचणा को डर है, तू भी वही बात ले बैठो!” कमाल खाँ की आवाज़ बैठने लगी जैसे।

“तोहे या रामाण ए बाँचना सू पहले कुछ तो सोचणी ही।” नवाब भी कमाल खाँ के समर्थन में उतर आया।

“तो फिर तुम दोनूँ बताओ आखिर या जंजाल सू कैसे पीछा छूटे?” जमाल खाँ ने पस्त होते हुए गुहार लगाई।

“पर तेरा या जंजाल को डमरू की जमात सू कहा मतलब है?” नवाब ने हैरानी के साथ पूछा।

“मतलब क्यों ना है। अगर ई जमात में चलोगो तो पूरो गाँओं ई कहेगो के घर बसाणा की जगह डमरू जमात में भेज दियो।”

“पर या बात ए तो दुनिया जबूभी कहेगी जब हम याहे हज्ज पे भेजँगा?” कमाल खाँ ने सवाल दागते हुए पूछा।

“बावळा भाई, ऊ हज्ज है। वामें रकम खरच होवे है। अरे, जमात कू कहा चहिए—एकाध जोड़ी लत्ता, एक गूदड़ी और एक बदना।”

अपने बड़े भाई का यह समाजशास्त्र दोनों भाइयों के बिलकुल भी पल्ले नहीं पड़ा। सब आपस में गड्डमड्ड हो गया। उनकी समझ में नहीं आ रहा है कि आख़िर उनका बड़ा भाई जमाल खाँ चाहता क्या है—डमरू को जमात में भेजना, उसे हज पर भेजना या फिर कोई बुरी-बावली पारो-सारो लाकर उसका घर बसाना। तीनों भाइयों के बीच सन्नाटा दबे पाँव आकर कब बैठ गया, उन्हें पता ही नहीं चला। आख़िर नवाब ने सारी मर्यादाओं, शिष्टताओं और शालीनताओं की दीवारों को डहा अपना एकतरफ़ा फ़ैसला सुनाते हुए, इस समस्या का पटाक्षेप कर दिया, “ऐसो है अगर डमरू जमात कू तैयार होगो है, तो याहे मत रोको। बाकी पीछे देखँगा। अन्यायी, अगर हाल-फिलहाल हजार-पाँच सौ में पीछो छूटरो है, तो यामें कहा बुराई है... महीना-बीस दिन घर सू बाहर रहेगो, तो जी अपणे आप ठिकाने आ जाएगो... और फिर वैसे भी अभी कौन-सा मुल्ला मरगा या रोजा घटगा। पूरी जिन्दगी पड़ी है। हज्ज को कहा, वाहे तो माणस जब चाहे कर ले।”

“नवाब सही कहरो है।” कमाल खाँ ने अपने छोटे भाई का समर्थन करते हुए कहा।

“ठीक है, जैसी तिहारी मरजी।” जमाल खाँ भी अन्ततः उनसे सहमत हो

गया और जाने के लिए खड़ा हो गया।

इधर जमाल खाँ गया, उधर वे दोनों भी अपने-अपने काम के लिए अपनी-अपनी दिशाओं में बढ़ गये।

अपने देवर डमरू यानी कलसंडा के जमात में जाने का दिन तय होते ही आमना ही नहीं पूरे घर ने जैसे राहत की साँस ली। आमना ने तो जैसे ही यह ख़ुश-ख़बरी सुनी, बिना एक क्षण गँवाए सीधी अपनी जिठानी फ़ातिमा के पास जा पहुँची और किलकते हुए बोली, "अब तो राजी है?"

"यामें राजी की कौन-सी बात है?" फ़ातिमा ने उदासीनता के साथ उलटा आमना से पूछा।

"ले, बहाण तैने धरती फाड़ दी... कितनी मुसकल सू तो ऊ मैंने जमात कू राजी करो है और तू कहरी है के यामें राजी की कहा बात है... हीं तो देवर कहते-कहते और वाकी लल्लो-चप्पो करते-करते हालत खराब होगी और तू..."

"तो कहा डमरू तैने ही राजी करो है, मैंने कुछ भी ना करो?"

"मैं कद कहरी हूँ के तैने कुछ ना करो होएगो, पर सबसू जादा तो आबरू पे मेरी ही बणरी ही... देर-सबेर, इकल्ली-दुकल्ली तो नोहरा में मैं ही जावे ही।"

"ऐ इकल्ली-दुकल्ली?" फ़ातिमा की आँखों में शरारत तैरने लगी।

"हाँ इकल्ली-दुकल्ली।" आमना ने सहजता से हामी भरी। वह अपनी जिठानी की शरारत के हिज़्ज़ों को समझने में चूक कर गयी।

"फिर भी वा कलसंडा ने तू छोड़ दी!" फ़ातिमा के कल्ले में जीभ अठखेलियाँ करने लगी।

"रंडी, कहा मतलब है तेरो?" आमना के जैसे ही फ़ातिमा का व्यंग्य समझ में आया, वह तमतमाते हुए बोली।

"यही, के तू वाने इकल्ली देखके भी ना दबोची।"

"कैसे दबोचतो।"

"बहाण, तू ही वासू बचती डोले है। तू ही कहती डोले है के मोहे नोहरा में जाणा सू डर लगे है... ढेड ऐसे घूर-घूर के लखातो रहवे है जैसे मोहे कच्चो ही चबा जाएगो।" इसके बाद फ़ातिमा धीरे-से आमना के क़रीब आयी, और उसकी आँखों में उतर चुहल करते हुए बोली, "आमना, ईमान सू बता... कहींऽऽऽ तम देवर-भावज के बीच नोहरा में कोई टिसल-फिस्स तो ना होगी है?"

"हट रंडी, तू भी कैसी कुलखणी बात करे है!" आमना ने अपनी जिठानी को एक बेमानी डाँट मारते हुए झिड़का। मारे हया के आमना के गाल सुर्ख़ होते चले गये।

"तो फिर तेरा कहणा सू ऊ कैसे मानगो?" फ़ातिमा ने आँखें मटकाते हुए पूछा।

"मे... मेरा कहणा को मतलब ऊ ना है जो तू समझ री है।"

"दारी छोड़, मैं तो मजाक कर्री ही।" आमना को सफ़ाई देती देख फ़ातिमा बात ख़त्म करते हुए बोली, "चलो, या घर में कुछ दिन तो चैन सू कटँगा... कम सू कम रोज-रोज की राँडा-निपूती तो खत्म होगी।"

"पर अपणी वा जिठानी को कहा करें जो खटपाटी लेके पड़ी है।" आमना ने एक नयी समस्या से अवगत कराते हुए कहा।

"एकाध दिन में सब ठीक हो जाएगी। वैसे बहाण कसूर नसीबन को भी ना है... वाकी खटपाटी भी जायज है। थोड़ी देर तू सोचके देख के जाने अपणो देवर बेटा सू भी बढ़के पालो होए, वाका जी पे कहा बीतरी होएगी। पहली बर नसीबन की आँखन् सू इतनी दूर जो जारो है।" कहते-कहते फ़ातिमा की आवाज़ भारी होती चली गयी।

"ऐसी हेजवाल तो ना है ऊ।" आमना ने अपनी बड़ी जिठानी नसीबन पर तंज़ कसते हुए कहा।

"तू ना समझेगी इन बातन्ने।" तर्जनी के पोर से भर आये आँख के कोर को पोंछते हुए फ़ातिमा बात को वहीं ख़त्म कर, किसी काम के बहाने उठकर चली गयी।

आमना के पास भी वहाँ रो उठने के अलावा कोई विकल्प नहीं था जैसे। उसने अपने आसपास देखा और फिर वह भी वहाँ से चली आई।

5

नसीबन की खटपाटी ने पूरे घर के आत्मबल को डगमगा दिया। सब यह सोच-सोच कर परेशान हो उठे कि कहीं ऐसा न हो कि डमरू को अपनी भावज की इस बेचैनी की भनक लग जाए, और वह जमात में जाने से मना कर दे। इसी डर के चलते सबने नसीबन को अपनी-अपनी तरह से खूब समझा लिया मगर सब बेकार।

मगर न जाने कैसे इसकी भनक सचमुच डमरू को लग गयी और उसी दिन दोपहर को रोटियों के समय सीधा नसीबन के पास चला आया। जिसको भी उसके आने की ख़बर लगी, वह अपना काम छोड़ नसीबन के पास आ गया।

"भावज, सुणी है तैने कल सू अन्न-जल सब त्याग राखो है?" आते ही डमरू ने साधिकार नसीबन से पूछा।

"ना, ऐसी कोई बात ना है।" नसीबन ने टालना चाहा।

"पर तू खटपाटी तो ऐसे लेके पड़ी है जैसे मैं कोई बिलात कू जारो होऊँ...

पन्द्रह-बीस दिनाँ की बात है, फिर आ जाऊँगो।"

डमरू का वाक्य पूरा होते-होते नसीबन की हिलकियाँ बँध गयीं। इससे पहले कि डमरू कुछ समझ पाता, नसीबन ने लपक कर उसे अपने अंक में समेट लिया। आँखों से तपे हुए दोंगड़े बरसने लगे। पूरे सहन की दीवारें और महराब जैसे सुबकियों से भीग गयीं। अपनी सुबकियों को बमुश्किल क़ाबू में कर फ़ातिमा ने लपक कर अपनी जिठानी नसीबन को थाम लिया।

डमरू भौंचक। उसे लगा जमात पर जाने वालों के घरों में शायद ऐसे दृश्य पैदा होते होंगे। अपनी भावज नसीबन से इसके बाद उसने कुछ नहीं पूछा। हाँ, इस दौरान डमरू ने अपने आप पर पूरी निर्ममता के साथ क़ाबू पा, आँखों को पोंछते हुए अपनी सबसे छोटी भावज आमना की आँखों में झाँककर ज़रूर देखा था। प्रतिक्रिया में आमना की नज़रें झुकती चली गयीं। इस दृश्य ने अपनी जिठानी के प्रति बनी उसकी धारणा, और रिश्तों की अनदेखी-अदृश्य परत को जिस तरह बेरहमी से उधेड़ा, उससे आमना विचलित होती चली गयी।

6

कलसंडा यानी डमरू की जमात में जाने की पूरी तैयारी हो गयी। हालाँकि तैयारी के नाम पर ऐसा कुछ नहीं है जिसे यहाँ बताया जाए। वह कोई हज करने थोड़े ही जा रहा है। जमात में ही तो जा रहा है, वह भी किसी पराये देश में नहीं, अपने ही मुल्क़ में जा रहा है।

जमाल खाँ ने सबसे बड़े भाई का फ़र्ज अदा करते हुए पाँच सौ रुपये डमरू के हाथ पर रख दिये। डमरू ने रुपये लेते हुए अपने भाई की ओर देखा, तो कमाल खाँ ने तुरन्त बात सँभाल ली, "धर ले! काम आएँगा... कहा पतो कब जरूरत पड़ जाए... वैसे भी तू कौन-सो बिलात जारो है। और फिर कौन-सो तोहे जहाज में सफर करणो है, पैदल ही तो जाणो है... रही बात रोटी-पाणी की तो उनको बन्दोबसत जहाँ-जहाँ रुकोगा, वो कर देंगा। देख लीजो, ये पाँच सौ भी सूखा-सट्ट बच जाँगा... रख ले!" कमाल खाँ ने पाँच सौ रुपये का पूरा तर्क और वजह बता दी।

पता नहीं डमरू अपने बड़े भाई के इस तर्क से कहाँ तक सहमत हुआ लेकिन उसने रुपये चुपचाप ले लिए। कुछ नहीं कहा उसने।

अब तो पूरे घर को बस उस दिन का इन्तज़ार है जिस दिन डमरू जमात के लिए रवाना होगा। उन पलों का इस घर को ही नहीं, सारे पड़ोसियों को भी इन्तज़ार है। सब देखना चाहते हैं कि आख़िर जमात पर जाता हुआ डमरू कैसा लगता है।

आख़िर वह दिन भी आ गया।

सुबह से डमरू अपनी ख़ास ज़रूरतों की चीज़ों को सहेजने में जुटा हुआ है। हालाँकि ज़्यादातर चीज़ें उसने रख ली हैं फिर भी कुछ छूट न जाए, इसको लेकर वह आश्वस्त होना चाहता है। वैसे जब तक उसके पास मस्जिद में जमा जमातियों की तरफ़ से बुलावा नहीं आ जाएगा, तब तक उसकी यह अनिश्चितता और संशय बनी रहेगी। इस बीच तीनों भावजें, सारे भाई और अपने-अपने अनुभवों के आधार पर जिसको जैसा मुनासिब लग रहा है, अपने-अपने तरीक़े से डमरू को समझाने की कोशिश कर रहा है कि उसे जमात के दौरान कौन-कौन सी सावधानियाँ बरतनी चाहिए। अभी बिचली भावज फ़ातिमा उसे कुछ ताकीद करती कि डमरू का बुलावा आ गया।

डमरू ने रस्सी से बँधी गुदड़ी, एकमात्र थैला (जिसमें कुछ ज़रूरी सामान रखा हुआ है) और डोरी में बँधे बदने को एक-एक कर उठाया, और चलने वाला ही था कि एक बच्चे ने ज़ोर से छींक दिया।

"देवर, रुक जा थोड़ी देर!" आमना ने अपने कलसंडे देवर को किसी भी तरह के अज़ाप से बचाने की ग़रज़ से कहा।

दालान में पीछे खड़ी नसीबन के लिए इतना ही काफ़ी था। उसे तो मानो किसी ऐसे ही मौक़े की तलाश थी। उसने धीरे-से आवाज़ देकर डमरू को अपने पास बुलाया। अपनी भावज की आवाज़ पर वह उसकी ओर बढ़ गया।

नसीबन डमरू को एक कोने में ले गयी और इससे पहले कि उन दोनों पर किसी की नज़र पड़ती, बड़ी सफ़ाई से नसीबन ने उसकी मुट्ठी में कुछ दिया और उसे ज़ोर से भींचते हुए फुसफुसाई, "ले, इन्ने चुपचाप धर ले!"

"कहा है ई?" अचकचाते हुए पूछा डमरू ने।

"मैं कोई गंडा-ताबीज ना देरी हूँ... हजार रुपिया हैं, काम आंगा।"

"पर कमालू तो कहरो हो के..."

"तेरो ई चोदा कमालू जाए चूल्हा में, चुपचाप जेब में पटक ले!" नसीबन ने लगभग डाँटते हुए साधिकार कहा।

जितनी चपलता से पूरी कार्रवाई सम्पन्न हो गयी, उसके चलते डमरू से कुछ भी कहते नहीं बना और चुपचाप रुपये कुर्ते की बग़ल वाली जेब के न जाने कब हवाले हो गये।

"अरे, इन देवर-भावज में अब कौन-सी बतलावण होरी है... हीं आदमी खडो है और इनकी गपड़चौथ चलरी है... डमरूऽऽऽ!"

अपने भाई जमाल खाँ की आवाज़ पर आख़िरी बार डमरू ने अपनी भावज की पनीली आँखों में देखा।

"जा, अल्लाह तोहे बणाए राखे!" इतना कह नसीबन ने दुपट्टे के डाठे से अपना मुँह दाब लिया।

"अच्छो भावज! अपणो ध्यान रखियो... सलाम!"

"स... सलाम!" नसीबन के होंठों से साढ़े तीन अक्षर बाहर आते-आते छिन्न-भिन्न हो गये।

नसीबन जब तक सलाम का जवाब देती, डमरू दालान को पार कर चुका था। उसने वहीं से दीवार की ओट से बाहर की ओर देखा। डमरू अपने पीछे-पीछे चलते छोटे-से हुजूम के साथ लम्बे-लम्बे डग भरता हुआ मस्जिद की तरफ़ जा रहा है।

7

'ई कलसंडा भलो जमात में गयो!'

तीन दिन में ही आमना को दिन में तारे नज़र आने लगे। सोते-जागते, उठते-बैठते उसके मुँह से बस यही निकलता। कहाँ फ़ज्र की नमाज़ के वक़्त वह चारपाई पर अलसायी-सी कुनमुनाती रहती थी, और कहाँ फ़ज़्र की अज़ान के बोल कानों में पड़ते ही नोहरे की तरफ़ हो लेती है। पता नहीं कम्बख़्त वह कौन सी घड़ी थी जिसमें उसने सुबह की सानी और दूध दुहने की ज़िम्मेदारी ओट ली। उसे क्या पता था कि जिस काम को वह इतना आसान समझ रही थी, वह उसके पोर-पोर को तोड़ देगा। नोहरे से निपटते-निपटते दोपहर की रोटीटूक का वक़्त हो जाता। वैसे भी भादों के महीने में पसीना ऐसे चूता है मानो पानी से भरे पठार की देह चू रही हो।

आमना को रह-रहकर अब लगने लगा है कि उससे बहुत बड़ी चूक हो गयी है। आगे की कल्पना और देह को भीतर तक सोखने वाली भादों की उमस भरी गरमी के चलते आमना सप्ताह भर में कुम्हला गयी कि आखिर डमरू के आने तक बाकी के दिन कैसे कटेंगे?

अस्र की नमाज़ के बाद सब अपने-अपने कामों को निपटा, थोड़े से फ़ुरसत के क्षणों में दालान में बैठी हैं। बाहर सहन में एकदम सीधी पड़ती धूप को चीरता हुआ, हवा का कोई आवारा झोंका चिपचिपाते जिस्मों से टकराता, तो लगता जैसे किसी ने ठंडे पानी की गगरी उँडेल दी है। इन्हीं आवारा झोंकों के बीच नसीबन को हल्की-सी झपकी आ गयी।

आमना ने बेहद चौकसी बरतते हुए अपने आसपास देखा, और जब उसे पूरा यक़ीन हो गया कि उसकी जिठानी नसीबन को नींद ने पूरी तरह दबोच

लिया है, तो मौक़ा पाते ही फ़ातिमा से बोली, "फातिमा, दारी हमारो ई देवर डमरू वैसे आएगो कद?"

फ़ातिमा ने कोई जवाब नहीं दिया। लगता है चँगेरी में सींक ग़लत डल गयी है!

"फातिमा, बहाण मैं तोसू कुछ पूछरी हूँ!"

"रंडी रुके न! हीं तो चँगेरी बिगड़री है, तोहे अपणा देवर की पड़री है।" सींक को वापस निकालते हुई फ़ातिमा झल्लाई।

आमना चुप। शायद ग़लत समय पर पूछ बैठी वह।

"हाँ अब पूछ, कहा पूछरी ही?" सींक को सही जगह पिरोते हुए फ़ातिमा ने पूछा।

"मैं ई पूछरी हूँ के डमरू जमात सू कद आएगो?" इस बार आमना शब्दों को चुबलाते हुए बोली।

"क्यों, आरी है न याद अब चिरी की चिट्ठी!"

आमना को काटो तो ख़ून नहीं। पूरे दालान में ख़ामोशी छा गयी। किसी को इसका बिलकुल भी गुमान नहीं था कि फ़ातिमा की जगह आमना को जवाब नसीबन देगी। वह नसीबन जिसे आमना गहरी नींद में सोने का भ्रम पाले हुए थी।

"छिनाल, बड़ी हरी-हरी चुगी ही डमरू का राज में... रंडी ए अब पतो चलरी है जब सिलवार ऊपर सू नीचे तलक गीली होरी है। आई देवर वाली... ई तो तोहे जभी सोचणी ही जब तैने ऊ गरीब जमात में भिजवायो हो!"

"मेरा कौण सा ऊ लत्तान्ने फाड़े हो, जो मैंने भिजवायो।" इस बीच आमना अपने आपको सँभाल चुकी थी।

"ना, तो फिर मैं चलावे ही वापे तीर... कदी वासू कहवे ही के चारू पहर या सीसा के आगे धरो पावे है, तो कदी कहवे ही के खुदा ने थोड़ो-सो मलूक ना बणायो... देखो, अब कैसी देवरवाली बणरी है।"

"सायना, बेटी पलैंढी पे सू सींकन्ने उतारके लइयो!" अपनी जिठानी और दौरानी के बीच बढ़ती नोंक-झोंक को थोड़ा भोंथरा करने की ग़रज़ से फ़ातिमा अपनी लड़की को आवाज़ देती हुई बोली।

"हुँ, चौबारा में खसम की बगल में पड़ी बड़ा बीजणा झले ही। पटरानी, अब झल वा बीजणा ए!" नसीबन कहते-कहते चारपाई पर बैठ गयी।

"तिहारे वा बीजणा को हीं तो जलन है।"

"बहाण, हमारे काँई लू है जलन तेरा बीजणा को।" अपने आपको शामिल हुआ देख, फ़ातिमा ने पहली बार दख़ल देते हुए कहा।

"जलन है जभी तो भिजवायो है हमने ऊ जमात में?" नसीबन ने व्यंग्य

कसते हुए फ़ातिमा की ओर देखा।

"आमना, बहाण बुरो ना माने तो एक बात कहूँ... रंडी, ना तू वाहे कौंचती और ना ऊ आज जमात में होतो। अब ये दस-बीस दिन जो भी हैं तोहे गोडना ही पड़ँगा, चाहे तू इन्ने रोके गोड या हँसके गोड।" फ़ातिमा ने एक तरह से आमना के सवाल का जवाब दे दिया।

"मैं तो चाहूँ खुदा वाहे जमात में ही राखे। वा डमरू के होते या हरामण ने चूतड़न सू बड़ा चना फोड़ा हा... अब पतो चलेगी याहे... आदमी की असली कदर तो पीछे ही पतो चले है, पर या बेहूदी-कुलखणीचोद ए कौण समझाए... याको तो ऊ कहणो है के—

पूरा तो पूरा रहें, ओछा रहें अनेक।
बिल्ली के पर होवता, मूसो न रहतो एक।।"

नसीबन ने अपना पूरा गुबार निकाल दिया। आमना खिसियाई-सी इधर-उधर देखने लगी। कुछ नहीं बोली। फ़ातिमा को जब लगा कि अब बहुत हो चुका है, तब उसने इस बीच किसी बेख़्याली के चलते चँगेरी में ग़लत डल चुकी सींक को एक झटके से खींचा, और झुँझलाते हुए यह कह कर उसे सहन की ओर उछाल दिया, "जा हरामण, तैने भी खून पी राखो है... पड़ी रह अब तू!"

दूर पड़ी चँगेरी को देखकर यह कहना मुश्किल है कि फ़ातिमा ने यह चँगेरी के बारे में कहा था, या फिर अपनी दौरानी आमना के बारे में।

"ऐसी को यही माजना होणो चहिए।"

समझ गयी आमना कि उसकी दोनों जिठानियों का इशारा उसी की तरफ़ है, चँगेरी तो महज़ एक बहाना है। इस बीच नसीबन ने तमतमाते हुए आमना की ओर देखा, तो अपनी जिठानी से नज़र मिलते ही आमना खिखियाकर हँस पड़ी।

नहीं रुका गया नसीबन से, "कैसी बेहया हुई पड़ी है। रंडी सू कितनी कह लेओ, पर मजाल है याके कुछ फरक तो पड़ जाए... कैसी दाँत फाड़ री है। हरामण, तेरी जैसी गुंडी ना देखी आज तलक!"

"अब तो देख ली!" आमना ने उसी तरह हँसते हुए अपनी जिठानी को छेड़ते हुए कहा।

"सही कही है काई ने के नंग बडो परमेसर सू... बहाण, मैं जोडूँ तेरे आगे हाथ, तू मोहे बखस।" भनभनाते हुए नसीबन पीठ फेर कर फिर से लेट गयी।

दालान में एक ज़ोर का ठहाका गूँजा। ऐसा ठहाका कि जिस दालान की कड़ियाँ भादों की उमस भरी गरमी से बिलबिला रही थीं, और थोड़ी सहमी हुई थीं, एकाएक फिर से चहचहाने लगीं। एक-एक कर सब उठ गयीं। दालान में

अब नसीबन के मन्द-मन्द मुस्कराते बेफ़िक्र खर्राटे गूँजने लगे, जिन्हें सप्तम् सुर में कड़ियों में झूलती चिड़ियों की चहचहाहट और मधुर बना रही है।

8

सचमुच आमना के लिए एक-एक दिन जैसे एक-एक साल लम्बा हो गया। उसने क़सम खा ली कि डमरू के जमात से लौटने के बाद उससे अलीफ़ से बै भी नहीं कहेगी। उसने मन ही मन कान में अंटा लगा लिया कि वह अपनी जिठानी नसीबन का भी इसके लिए विरोध नहीं करेगी कि डमरू का घर बसेगा या नहीं। हाँ, नहीं बसेगा तो ज़मीन-जायदाद के और हिस्से होने से बच जाएँगे, और अगर बस गया, और जो इस घर में आएगी अपना हिस्सा लेने से उसे कोई नहीं रोक पाएगा। मगर उसे अपनी जिठानी फ़ातिमा पर शक़ ही नहीं पूरा यक़ीन हो गया कि यह किसी दोधारी छुरी से कम ख़तरनाक नहीं है। जैसा मौक़ा होता है उसी के मुताबिक़ अपनी धार का इस्तेमाल करने से नहीं चूकती है। इसका मतलब साफ़ है कि उसे इस फ़ातिमा नाम की छुरी से और ज़्यादा चौकन्ना रहने की ज़रूरत है। भली आदमन खुद तो अच्छी बन जाती है, और फँसवा देती है इस बेचारी आमना को। आमना ने पूरब की ओर पीठ कर, पच्छिम यानी क़ाबा की ओर मुँह कर मन ही मन एक बार फिर यह अहद ले लिया कि वह अपने देवर डमरू को कम से कम कलसंडा तो हरगिज़ नहीं कहेगी। रही बात जमात या हज की, सो इन पर तो दुनिया जाती है। अगर आदमी का अपने दीन में भरोसा नहीं रहा, तो वह काहे का आदमी।

आमना ने मानसिक रूप से अपने आपको मज़बूत किया कि जैसे भी कटे, ये दिन तो उसे काटने ही होंगे। क्या पता इसमें भी उसकी कोई भलाई हो। बस, जमात से किसी तरह डमरू लौट आये।

आख़िर वह दिन भी आ गया जिसका दूसरों को पता नहीं इन्तज़ार था या नहीं, मगर आमना को उसका बेसब्री से इन्तज़ार था। जैसे ही यह पता चला कि डमरू घर की ओर आ रहा है, नसीबन लगभग दौड़ते हुए आयी और दरवाज़े पर खड़ी हो गयी।

नसीबन को पल भर के लिए अपनी आँखों पर यक़ीन-सा नहीं हुआ। भौंचक रह गयी वह। मग़रिब की मटमैली ढलती उदास शाम बल्कि कहिए उदास झुटपुटे में एक बार तो अपने डमरू को वह पहचान ही नहीं पाई। सिर पर गोल टोपी, तहमद की जगह ऊँचा पायजामा और सबसे बड़ी बात यह कि बुद्धन नाई से आठ-दस दिन में जो ख़त अपने आपको तराशे बिना नहीं रहता था, उसकी

जगह भरी-पूरी दाढ़ी ने ले ली। कहने का मतलब यह कि वही कलसंडा जो उसकी सबसे छोटी भावज आमना के लिए उपहास का पात्र बना हुआ था, उसे एकदम मासूम नज़र आ रहा है।

डमरू के दरवाज़े पर पहुँचते ही पूरा घर उसके स्वागत के लिए मानो उमड़ पड़ा।

"भावज, अस्सला वालैकुम!" डमरू ने आते ही सबसे पहले अपनी बड़ी भावज नसीबन को सलाम किया।

नसीबन तो मानो निहाल हो गयी। सिर से पाँव तक जैसे बर्फ़ के बुरादे से नहा गयी। वहाँ बड़े भाइयों समेत दोनों भावजें भी मौजूद थीं लेकिन इन सबमें उसे नसीबन ही नज़र आयी?

"आ जा, भीतर आ जा!" हाथ में झूलती गुदड़ी की गाँठ को लेते हुए नसीबन बोली।

कन्धे से झूलता थैला और बग़ल में लटका बदना धीरे-धीरे नसीबन के पीछे हो लिया। इससे पहले कि नसीबन अपने देवर डमरू के लिए किसी से चाय-पानी के लिए कहती, सामने से आमना गिलास लिए तेज़ी-से आयी और डमरू को पूरा सम्मान देते हुए बोली, "ले, सरबत पी ले!"

अपनी दौरानी आमना का यह रूप देख नसीबन की आँखें विस्मय और हैरानी से फैलती चली गयीं। नसीबन से कहे बिना नहीं रुका गया, "आज तो बड़ो लाड़ आरो है अपणा देवर पे...कहाँ तो चारू पहर चुटकी-सी भरे ही, और कहाँ आज अपणा हाथ सू सरबत पिया री है।" मारे व्यंग्य के नसीबन के होंठ वक्र होते चले गये।

आमना कुछ नहीं बोली। बस, एक हल्की-सी मुस्कान बिखेर कर रह गयी। एक मद्धम-सा ठहाका गूँज कर, अँधेरे में तब्दील हो चुके साँझ के झुटपुटे में घुल गया। बातों-बातों में किसी को पता ही नहीं चला कि कब इशा की नमाज़ का वक़्त हो गया।

"अरी कुछ रोटी-टूक को भी मीजान है कै ना?" नसीबन ने जैसे पूरे घर से पूछा।

"पहले निवाज पढ़ आऊँ।" इससे पहले कि सामने ओसारे से कोई जवाब मिलता, डमरू नमाज़ पढ़ने के लिए चल पड़ा। अभी उसने दालान पार किया ही था कि मस्जिद के लाउडस्पीकर से इशा की अज़ान फ़िज़ा में गूँजने लगे।

9

फ़ज़्र की अज़ान के बोल कानों में पड़ते ही आमना हड़बड़ा कर खड़ी हो गयी। अन्य दिनों की तरह अलसायी-सी वह तेज़ी-से नोहरे की तरफ़ हो ली। मगर

बीच रास्ते में अचानक उसे ख़याल आया कि अब तो जमात से डमरू आ गया है। फिर वह क्यों जा रही है नोहरे में। एकाएक उसकी चाल मंदी पड़ती चली गयी और बीच रास्ते में ठिठक गयी। देर तलक वह इसी दुविधा से जूझती रही कि वह नोहरे में जाए या नहीं। मगर यह सोचकर कि जब इतनी दूर आ ही गयी है, तो क्यों न नोहरे में जाया जाए। जब इतने दिनों से वह सानी-पानी करती आ रही है, तब एक दिन और सही।

नोहरे में डमरू की खाली चारपाई को देख आमना ने इधर-उधर टोहा मगर डमरू उसे कहीं नज़र नहीं आया। आमना समझ गयी कि वह फ़ज्र की नमाज़ पढ़ने गया होगा। जबं तक डमरू नमाज़ पढ़कर आता है, तब तक वह भैंसों की सानी ही कर दे। दूध डमरू ख़ुद आकर दुह लेगा। यही सोच आमना अपने काम में लग गयी।

आमना अभी सानी कर ही रही थी कि उसे लगा जैसे कोई साया चारपाई के पास खड़ा है। हालाँकि पौ पूरी तरह फट चुकी है बावजूद इसके एक अनजाने ख़ौफ़ से आमना का रोआँ-रोआँ सिहरता चला गया। पूरा बदन पसीने में नहा गया। एक झटके से वह भैंसों के बीच से बाहर निकल कर आयी, तो एक अपनेपन की डाँट ने उसका सारा भय दूर कर दिया।

"भावज, तू हीं कहा कर्री है?" डमरू ने हैरानी के साथ साथ, थोड़े नाराज़गी भरे अन्दाज़ में पूछा।

"सानी कर्री हूँ।"

"ई डमरू कहा मरगो है जो तू इतनी सिदौसी उठके सानी करण आयी है?" डमरू गुस्सा दिखाते हुए बोला।

"सोची के घणाई दिनाँ में आयो है, या मारे..."

"घणा दिन तो तू ऐसे कहरी है जैसे कोई मैं साल-छह महीना में बिलात सू आयो होऊँ। चल हट, हाथ धोके अपणे घर जा... ये काम भला घर की बहू-बेटीन् का ना होवे हैं। वैसे भी ई डमरू अभी जिन्दो है, मरो ना है!"

आज पहली बार सुबह के कुनमुने उजास में आमना के दिल से अपने इस कलसंडा देवर यानी डमरू के लिए यह दुआ निकली, 'अल्लाहताला, तोहे सही-सलामत राखे... तेरो घर बस जाए!'

आमना ने हाथ धोए और नोहरे से घर चली आई। वापस लौटते हुए उसे लगा कि जो देह कई बार बाँस की खपच्चियों-सा लरज़ जाता था, और पोर-पोर मूँज की मानिंद ऐंठा रहता था, लग रहा है वह रूई के फोहे-सी हल्की हो गयी है।

10

डमरू से दोपहर लेनी मुश्किल हो गयी।

अचानक बिना किसी सूचना के डमरू को सामने से आता देख, दालान में थोड़ा आराम करने की ग़रज़ से अस्त-व्यस्त लेटी हुई तीनों भावजों ने अपने आपको फटाफट व्यवस्थित किया। हालाँकि देवर होने के नाते नसीबन और फ़ातिमा डमरू के सामने कम ही अदब से रहती हैं लेकिन जब से डमरू जमात से आया है, वे अपनी इस बेख़्याली और लापरवाही के प्रति थोड़ा चौकन्ना रहने लगी हैं। नसीबन ने लपक कर सिरहाने रखे दुपट्टे को उठाया और सिर पर डाल लिया।

"आ जा! आज कैसे गैल भूलगो?" पाँयते की ओर सरकने की कोशिश करते हुए नसीबन ने हुलसते हुए पूछा।

मगर डमरू ऐसी बेअदबी कभी नहीं कर सकता। इससे पहले कि उसकी भावज नसीबन पाँयते की ओर सरकती, वह पाँयते की ओर बैठ गया। अपने देवर डमरू की इस शिष्टता पर नसीबन निहाल हो गयी। होंठों पर एक वक्रता छा गयी एकाएक।

आमना चुपचाप देवर-भावज के बीच चल रहे इस मौन संवाद को देखती रही। कोई प्रतिक्रिया व्यक्त नहीं की उसने, यह सोच कर कि कहीं डमरू नोहरे वाले प्रसंग को न छेड़ बैठे। इधर डमरू भी जैसे मौक़ा तलाशने लगा। मौक़ा मिलते ही उसने पहले अपने आपको सहज किया, और फिर धीरे-से कुर्ते की बग़ल वाली जेब में हाथ डाल, उसमें से कुछ निकालते हुए अपनी बड़ी भावज नसीबन की ओर बढ़ाते हुए बोला, "भावज, ले अपणी अमानत!"

नसीबन ही नहीं उसके इर्द-गिर्द बैठे पूरे दालान की समझ में नहीं आया, कि डमरू के पास ऐसी कौन-सी अमानत है, जिसे वह भरी दोपहरी में देने आया है?

"मेरी कौण-सी अमानत है तेरे पै, जाहे तू या बखत देण आयो है?" हैरान नसीबन ने पूछा।

"वही, जो तैने जमात पे जाते बखत दी ही।" डमरू ने बेहद भोलेपन से कहा।

डमरू के इतना कहते ही नसीबन का चेहरा सफ़ेद पड़ता चला गया। लगा मानो उसके देवर ने सबके सामने उसे बेपर्दा कर दिया। इधर फ़ातिमा और आमना की आँखों में रह-रह कर, एक के बाद एक अकुलाहट भरे सवाल तैरने लगे कि उनकी जिठानी ने जमात पर जाने से पहले उसे ऐसा क्या दे दिया, जिसकी उन्हें भनक तक नहीं लगी और जिसे यह लौटाने आया है?

"धर ले, बखत-बेबखत कदी और काम आ जाँगा!" नसीबन चेहरे के भावों को छिपाने की कोशिश करते हुए बोली।

"जब ये अभी जमात में काम ना आया, तो अब कद आँगा... और फिर

जब की जब देखी जाएगी।"

अब क्या करे नसीबन?

और इससे पहले कि वह कुछ कह पाती सौ-सौ के कई नोट अपने आप से बग़ावत कर उसकी मुट्ठी में क़ैद हो गये।

"अच्छोऽऽऽ तो ई है ऊ अमानत जो चुपचाप वा दिन बरामडा में दी गयी ही। फातिमा, देख ली अपणी जिठानी की चतराई!" आमना ने फ़ातिमा को सुनाते हुए नसीबन की आँखों में आँखें धँसाते हुए कहा।

"यामें चतराई की कोई बात ना है... खरच ना हुआ होंगा!" फ़ातिमा भाँप गयी आमना के शब्दों की आहट।

"बात खरच की ना है बहाण, बात आदमी की सयानपत की है। ई तो हीं हम बैठा हैं जो हमन्ने पतो चलगी नहीं तो..."

"आमना, तू चुप कर! चौबीस घंटा सींग ना अलझाए करे हैं।" फ़ातिमा थोड़ा सख़्त होते हुए बोली।

"ले, मैं सींग अलझाती डोलू हूँ। बहाण, तैने तो धरती फाड़ दी। हीं तो घर लुटरो है और ऊपर सू ई कहरी है के..."

"रंडी, तू चुप्भी रहेगी कैसे!" फ़ातिमा ने दाँत पीसते हुए आमना को रोकना चाहा। अपनी जिठानी नसीबन के तमतगाए चेहरे और मारे गुस्से के फड़फड़ाते नथुनों को देख, उसे समझते हुए देर नहीं लगी कि आने वाले कुछ पलों में दालान का दृश्य क्या होगा।

"फातिमा, या तो या रंडी ए चुप कर ले... नहीं याको ऐसो माजना झाड़ूँगी के याद राखेगी।" नसीबन ने फ़ातिमा को सम्बोधित करते हुए जैसे आमना को चेतावनी दी।

"अगर मेरा चुप रहणा सू ई घर लुटना सू बचरो होए, तो ले मैंने अपणा मुँ पे ताला लगा लियो... पर बहाण, खरी बात कहे बिना तो मैं अपणा बाप की भी ना मानूँ।" कहते-कहते आमना का साँस चढ़ने लगा।

इधर फ़ातिमा की समझ में कुछ नहीं आ रहा है। अपनी जिठानी नसीबन और दौरानी आमना को किंकर्तव्यविमूढ़ देखती रही। हार कर नसीबन ने अपनी लड़ाई ख़ुद ही लड़ने में बेहतरी समझी।

"ओ कुलखणीचोद, बिगड़ा खानदान की... बेसहूरी, सीख ले कुछ। ई पिछाण होवे है खानदानी माणस की। ई ना है के जो भी माल मिले, वाहे गुल्लक में धर लेए!" आमना अपनी जिठानी के इस अनपेक्षित हमले से अकबका गयी। अनुभवी नसीबन के लिए इतना ही काफ़ी था। यही मौक़ा है आमना को दबोचने का,

"कुछ सहूर सीख ले गुंडी! सरम कर कुछ। मेरो डमरू तेरा जैसा बिगड़ा खानदान को ना है। अगर ई तेरी तरह चंट होतो न, तो ये रुपिया सबके आगे ना देतो!"

हैरानी हुई आमना को कि यह तो उलटा चोर कोतवाल को डाँटने जैसी बात हो गयी। सिर भन्ना गया उसका। आँखों के आगे यह सोचते हुए अँधेरा छा गया कि एक तो उसने इतना बड़ा पर्दाफ़ाश किया है, ऊपर से उसे ही बेशऊरी, बिगड़ा खानदान की, गुंडी जैसे विशेषणों से सुशोभित किया जा रहा है। आमना की सारी तरतीबें एक ही पल में धराशायी हो गयीं। निरीह आमना ने बेहद कातरता के साथ अपनी जिठानी फ़ातिमा की ओर देखते हुए मानो गुहार-सी लगाई। मगर यहाँ भी आमना को निराशा ही हाथ लगी।

"आमना, नसीबन ठीक कहरी है। डमरू का मन में अगर जरा भी खोट होतो न, तो ऊ इन रुपियान्ने देतो ही ना। वैसे बहाण, बुरो ना माने तो एक बात कहूँ... तोमें जरा-सो भी सहूर ना है।"

आमना को अपनी इस जिठानी फ़ातिमा से ऐसी उम्मीद नहीं थी। अपनी इन दोनों जिठानियों से वह अब कैसे लोहा ले? कुछ नहीं सूझा उसे। हार कर उसे फ़ातिमा पर ही पलटवार करना मुनासिब लगा, "जाऽऽऽ बेपेंदी की... तेरो भी कोई दीन-ईमान। कदी तू नसीबन में घुस जाए और कदी काई और में। सही कही है के सड़क पे खड़ी होण वाली को कोई दीन-धरम ना होवे है।" आमना ने फ़ातिमा पर सीधी चोट करते हुए कौंचा।

"रंडी, तैने कद देख ली मैं सड़क पे?" इसके बाद फ़ातिमा अपनी जिठानी की ओर पलटी, "नसीबन, देख ले! अब ई मेरे ऊपर कैसा-कैसा तोफान लगारी है!"

"बहाण, मैंने तो जो सुणी है वही कही है के 'भादस की बकरी, मालब की गधी और घासेड़ा की छोरी सड़क पे ही खड़ी मिला हाँ।"

बेबस फ़ातिमा ने नसीबन की तरफ़ देखा। आमना अपनी इस विजय पर मन ही मन मुस्कराई। इधर नसीबन समझ गयी कि आमना ऐसे उनके क़ाबू में आने वाली नहीं। बिना पत्तल फड़वाए यह मानेगी नहीं। एक बार फिर अपने अनुभव का इस्तेमाल कर, संयम बरतते हुए एक-एक शब्द को चुबलाते हुए नसीबन ने नुकीला वार करते हुए कहा, "फातिमा, तू यासू ना जीत पाएगी। ई तो उनमें सू है कि नकटा की नाक कटी, सवा हाथ और बढ़ी... वैसे भी बहाण काई भला माणस ने सही कही है के 'जो करे बाप घर, वही करे आप घर'।"

"सही कही है तैने... और फिर सिंगार जैसी बिगड़ैल तो पूरी दुनिया में ना मिलेगी।" फ़ातिमा ने हिकारत भरी मुद्रा अपनाते हुए नसीबन का साथ देते हुए कहा।

"देख फातिमा, तू मेरा पीहर तलक तो जाए मत... पत्तल फाड़ना मोपे भी

अच्छी तरह आवे हैं।"

"बहाण, तू मेरी कौन-सी पत्तल फाड़ेगी?" फ़ातिमा ने आमना से पूछा।

"अच्छोऽऽऽ बता दूँ डहरवाली बात?"

"बता दे... और फिर मैं भी तो बता दूँगी के वा दिन चौबारा में तुई आयी ही मेरे पै।"

एकाएक आमना का पासा उलटा पड़ गया। सहम गयी वह यह सोच कर कि कहीं फ़ातिमा उसके किये-कराये पर पानी न फेर दे। उसने उसी समय हथियार डाल दिये, "बहाण, तमसू तो खुदा भी ना जीत सके है... मैं तो चली। कौन लगे तिहारे मुँह।"

इधर फ़ातिमा भी नहीं चाहती थी कि उनकी योजना का उसकी जिठानी को पता चले। वह भी चुप्पी साध गयी परन्तु नसीबन रह-रह कर आमना को सुनाते हुए कहती रही।

"ई खुदा भी कैसे बरसे जब ऐसी-ऐसी गुंडी या धरती पे पैदा होरी होएँ!"

"तू तो बहाण ऐसे कहरी है जैसे मैंने तेरा खुदा का नल की टोंटी भींच राखी होए।" आमना भी कहाँ रुकने वाली थी।

"अच्छो अब तू हीं सू जा, नहीं तो कुछ को कुछ हो जाएगो।" अन्ततः नसीबन ही लगभग पस्त होते हुए बोली।

इस बीच किसी का ध्यान इस ओर नहीं गया कि इस नोंक-झोंक का मुख्य पात्र डमरू अब वहाँ नहीं है। किसी ने इस पर ध्यान ही नहीं दिया कि जिस पात्र के चलते तीनों दौर-जिठानियाँ एक-दूसरे की पत्तल फाड़ने पर आमादा थीं, वही वहाँ से चुपचाप खिसक गया। वैसे डमरू का वहाँ से खिसकना ही ठीक था वरना ये तीनों धीरे-धीरे जिस चरम पर पहुँच चुकी थीं, उसे देखकर वह भाँप गया कि अब यहाँ ज़रूर विशुद्ध भारतीय ग्रामीण संस्कृति के पुष्पों की वर्षा होने वाली है।

11

"अरे ओ पेश इमाम! अन्यायी, तू तो जब सू जमात सू आयो है या काफर ए बिल्कुल ही भूलगो!"

तस्बीह के मणकों की फेरी लगाता अँगूठे का पोर इस आवाज़ पर ठिठक गया। अपने ही ख़यालों में डूबा डमरू यह भी भूल गया कि वह इस वक़्त लपरलेंडी के चौतरे के सामने से गुज़र रहा है।

"ऐसी बात ना है काका... मोहे खयाल ना रहो।" डमरू ने झेंपते हुए कहा।

"आ जा, कहान् जा रो है?" लपरलेंडी डमरू को बुलाते हुए बोला।

"अभी थोड़ी जल्दी में हूँ... काई दिन फुरसत में आऊँगो।" तस्बीह के मणकों को थोड़ा विराम देते हुए कहा डमरू ने।

"हाँ भई लाला, अब तो तू जल्दी में रहेगो ही।" गहरी साँस लेते हुए लपरलेंडी लगभग शिकायत करते हुए बोला, "लगे है अपणी भावज सू जो तेरी टिसल-फिस्स चलरी ही, ऊ अब खतम होगी दीखे है!"

"काका, काँई की टिसल फिस्स। ये तो घर-घर की कहानी हैं।"

"यार, जमात सू आते ही तू तो वाकई इमाम साब बणगो... पर एक बात याद रखियो, बखत पे तेरे यही लपरलेंडी काम आएगो!" इतना कह लपरलेंडी ज़ोर से हँसा।

"सही कहरो है। तेरा कहणा सू ही मैं जमात में गयो हो।"

"वैसे जमात में जाके काम तो तैने बहोत बढ़िया करो है।"

"मैंने तो अब अपणो ई असूल बणा लियो है काका के–

असुख चहावे जीव को, काम छोड़ दो चार।
चोरी, चुगली, जामनी और पराई नार।।

सही कहूँ, खुदा की इबादत सू मोहे तो फुरसत ही ना है। बहाण ए चुदाए ई दुनियादारी, कुछ ना धरो है यामें और फिर काम-धंधा भी कौण-सा कम हैं।"

"ई तो तू सही कह रो है... और फिर मेरे यार–

बैठे पूरी ना पड़े, बैठे देएगो कौन।
ज्यों धन्धा सू धन उपजै, त्यों पंखा सू पौन।।"

इतना कह लपरलेंडी थोड़ा गम्भीर होता चला गया। मगर अचानक उसे जैसे कुछ याद आ गया, "अन्यायी, एक बात तो बता तेरी ऊ सिंगारवाली भावज अब ठीक तो है?" लपरलेंडी का इशारा आमना की तरफ़ था।

"तू तो बावली बात करे है। भला, कुत्ता की पूँछ कदी सूधी होती देखी है?" डमरू फिर हँसते हुए बोला, "वैसे भी, कुल में कोई न कोई तो कुल्हाड़ी होणो चहिए।"

"गोली मार तू तो ...तेरी बला सू कुछ भी होए। मेरे यार, तेरो तो ऊ कहनो है के *जोरू न जापा, अल्लाह मियाँ सू नाता।"*

इस बार वे दोनों ठहाका मार कर हँस पड़े।

"अच्छो काका, काई दिन फुरसत सू बैठके बतलाँगा।" इतना कह डमरू तेजी से, लम्बे-लम्बे डग भरता हुआ आगे बढ़ गया।

वे तुम्हारे लिए लिबास समान हैं और तुम उनके लिए यानी मर्द-औरत का आपस में चोली-दामन का साथ है। दोनों एक-दूसरे के लिए अमन की वजह बनाते हैं।

–क़ुरआन, अल-बक़रा 2:187

जब तुम खाओ, उसको भी खिलाओ। जब तुम पहनो तो उसे भी पहनाओ।

–अबूदाऊद (किताबुन्निकाह)

वे तुम्हारे लिए लिबास समान हैं और तुम उनके लिए यानी मर्द-औरत का आपस में चोली-दामन का साथ है। दोनों एक-दूसरे के लिए अमन की वजह बनाते हैं।

जब तुम खाओ, उसको भी खिलाओ। जब
तुम पहनो तो उसे भी पहनाओ।

अस्र[1]

धान पुराणो घी नयो और कुटम-परिवार।
उनको टोटो कहा करे, जिनकी हँसती पावें नार।।

यह दोहा हाजी खुदाबख़्श उर्फ टटलू सेठ की बिचली बहू नज़राना पर सौ फीसदी सही बैठता है। सुख हो या दुःख, हारी हो या बीमारी यानी कैसे भी हालात रहे हों, नज़राना को पूरा मोहल्ला हमेशा हँसता-मुस्कराता देखता आया है। मजाल है किसी ने उसके चेहरे पर शिकन और माथे की त्योरियाँ चढ़ी हुई तो देखी हों। मोहल्ले के रिश्ते में लगने वाले तथाकथित व कथित चंचल देवरों की तो हालत यह है कि जब तलक वे अपनी इस हँसमुख भावज का मुँह ना देख लें, उनका कोई काम सधता ही नहीं है। लगता है ऐसी ही कामनियों को लेकर हमारी ऋचाओं में यह वर्णित है कि *यत्र नार्येस्तु पूज्यन्ते, रमन्ते तत्र देवता।* इन देवरों की क्या कहें खुद हाजी खुदाबख़्श के भी दिन तभी रो फिरे हैं, जब से यह नज़राना उसके घर में बहू बन कर आयी है। वरना इस खुदाबख़्श नाम के खाती को कौन जानता था। किसने सोचा था कि यह खुदाबख़्श एक दिन तीन-तीन जेसीबी मशीनों का मालिक बन जाएगा। किसने सोचा था कि जिस खुदाबख़्श को दिनभर रंदा चलाने से फुरसत नहीं मिलती थी और जिसे पाँचों वक़्त की तो छोड़िए, एक वक़्त की नमाज़ पढ़ने की फुरसत नहीं मिलती थी, एक दिन हज कर आएगा और पूरे गाँव की गलियों व रास्तों को, हाजी बन सीना तान कर खूँदता नज़र आएगा। किसने सोचा था कि जिस खुदाबख़्श को गाँव के आधे से ज़्यादा सरमाएदार उसे जाति सूचक शब्द यानी 'खाती का' कह कर सम्बोधित करते थे, वही उनके लिए एक दिन टटलू सेठ हो जाएगा। इसे कहते हैं माथे की लकीरों का करिश्मा कि पता नहीं इनसान का वक़्त किसके भाग्य से बदल जाए।

हालात यह हो गये कि जिसने भी सुना उसी के मन से रह-रह कर यह बद्दुआ निकल रही है कि खुदाबख़्श तूने यह अच्छा नहीं किया। जिस दौलत पर तू इतना इतरा रहा है, देखना एक दिन सब मटियामेट हो जाएगा। क्योंकि

1. अस्र : दिन का चौथा पहर।

बेईमानी और हराम से कमाई गयी दौलत के पाँव नहीं होते हैं। पता नहीं इसके पाँव कब डगमगा जाएँ और चुपचाप खिसक कर किसी और को निहाल कर दे। वैसे भी जिस घर में औरत, वह भी नज़राना जैसी भली और नेक औरत की इज़्ज़त न हो, उस घर का कोई काम सफल नहीं होता। हाजी खुदाबख़्श भले ही इस बात को नहीं समझ पा रहा है मगर है तो यही सही कि—

जाने आन-बान समझी नहीं, होए चाहे चौदह बिदा-बिदान।
गयो बखत आवे नहीं, 'भीकजी' पच-पच फिरे जहान।।

परेशान तो टटलू सेठ भी बहुत है लेकिन वह करे भी तो क्या करे। उसके बिचले लड़के नियाज़ ने यह ठीक नहीं किया। उसने तो क़व्वाम का हक़ भी कायदे से अदा नहीं किया। और तो और उसने क़ुरआन की इस नसीहत का भी ख़्याल नहीं रखा कि मर्द औरत पर क़व्वाम है। इसीलिए अल्लाह ने उसको औरत पर तरज़ीह दी है। जबकि नज़राना को तीन-तीन बच्चों की माँ होने के बावजूद मोहल्ले में किसी ने अपने शौहर की बात तो दूर रही, मजाल है किसी से ऊँची आवाज़ में बात करते हुए देखा हो। सच तो यह है कि बकौल क़ुरआन के *अन-निसा* की एक आयत नज़राना ऐसी नेक औरत है जो न केवल अपने शौहर के हुक्म को मानने वाली है, बल्कि उसकी ग़ैर-मौजूदगी में अल्लाह की तौफ़ीक से उसके हक़ों की भी हिफ़ाजत करने वाली है। टटलू सेठ के बिचले लड़के नियाज़ ने ऐसी ही नेक और भली औरत को एक झटके से किसी पुराने दरख़्त की तरह उसकी जड़ों से उखाड़ कर फेंक दिया। उस नेक औरत को जिसके लिए शौहर को राज़ी और ख़ुश रखना सबसे बड़ी इबादत है। जिसने अपने प्यारे नबी सल्लाहवालेहअस्ल्लम द्वारा फ़रमाए गये शौहर के हक़ों जैसे जब कोई मर्द अपनी बीवी को अपने काम के लिए बुलाए, तो ज़रूर उसके पास आये। भले ही वह चूल्हे पर क्यों न बैठी हो, की कभी ना-फ़रमानी नहीं की। वह हकीमुल उम्मत हज़रत मौलाना अशरफ़ अली थानवी द्वारा रचित असली और मुकम्मल कशीदाकारी वाले *बहिश्ती ज़ेवर* में वर्णित मियाँ के साथ निबाह करने के तरीकों का मन से पालन करती रही है। उसने कभी शौहर की हैसियत से ज़्यादा खर्च माँगना तो दूर रहा, सोचा तक नहीं। उसे अपने क़व्वाम से जो भी मिला, अपना घर समझ कर और चटनी-रोटी खाकर बसर करती रही। यहाँ तक कि नियाज़ की अच्छी माली हालत होने के बावजूद नज़राना ने कभी किसी चीज़ की फ़रमाइश नहीं की।

यही टटलू सेठ पिछले कई दिनों से बेहद परेशान है। इतना परेशान तो वह तब भी नहीं रहा जब वह आये दिन लोगों का टटलू काटता और पुलिस उसके पीछे-पीछे दौड़ती। इतना तो वह तब नहीं टूटा जब उसने पुलिस अधीक्षक के

बेटे का तबियत से टटलू काटा था। पुलिस अधीक्षक उसे ज़िन्दगीभर नहीं भूल सकता कि उसका कैसे शातिर टटलूबाज़ से पाला पड़ा है।

पूरे इलाके में हाजी खुदाबख़्श के टटलू काटने के क़िस्से मशहूर हैं। किस तरह एक बार उसने और उसके दूसरे साथी रहमत ने दिल्ली के एक सेठ का टटलू काटा, इस क़िस्से को जब कभी खुदाबख़्श रस ले-लेकर हुमकते हुए सुनाता है, तब सुनने वाले का रोआँ-रोआँ मारे रोमांच और थ्रिल के काँपने लगता है। लपरलेंडी के भरे हुए चौतरे पर जब उसने पहली बार यह क़िस्सा सुनाया था, जब वहाँ मौजूद पूरा चौतरा मानो उसका मुरीद हो गया था। लगभग दर्जनभर अकर्मण्य युवाओं ने उसी समय मन ही मन एक बार तो यह प्रण-सा ले लिया था कि ऐसी-तैसी में जाए यह मेहनत-मजूरी। क्यों न इस खुदाबख़्श की तरह इसी धन्धे को अपनाया जाए। मगर पुलिस अधीक्षक के बेटे का टटलू काटने के बाद पुलिस ने खुदाबख़्श की जो हालत की, उसके बाद तब कहीं जाकर इन युवाओं के सिर से टटलूबाज़ बनने का भूत उतरा। हाजी खुदाबख़्श की चाल में आज जो लोच है, वह उसी पुलिस अधीक्षक द्वारा अपनाये गये थर्ड डिग्री का नतीजा है। आज भी खुदाबख़्श को लगता है मानो उसके तलुओं में नुकीली कीलें ठुकी हुई हैं। पिंडलियों की मांसपेशियों को जैसे आपस में कस दिया गया है और कमर में मानो अनगिनत खपच्चियाँ बँधी हुई हैं। यह बात अलग है कि खुदाबख़्श का यह आख़िरी टटलू साबित हुआ। मगर तब तक वह इतना 'इन्तज़ाम' कर चुका था कि आज उसके पास न केवल तीन-तीन जेसीबी हैं बल्कि हाई-वे के किनारे कई एकड़ ज़मीन का भी मालिक है।

पहली बार जब खुदाबख़्श लपरलेंडी के चौतरे पर रहस्य और रोमांच से भरे अपने इस कारनामे को सुना रहा था, तो पूरा चौतरा साँसें रोक इसे सुन रहा था। मारे कौतूहल के लगभग दो दर्जन आँखें फैल और सिकुड़ रही थीं। इसे ज़रा आप भी सुनें–

"तो भई लाला, फजर की अजान के बखत हमने बड़कली सू सूधी दिल्ली की मोटर पकड़ी। बस अड्डा पे पहले हमने हाथ-मुँह धोया और फिर पैदल ही चल पड़ा मुरगी की तलास में। एक जिगह हमन्ने घणाई सारा मिस्त्री और बेलदार दिखाई दिया, तो हम भी उनमें जा मिला। सबसू पहले एक सेठ आयो और बोलो के भई दो बेलदार चहिएं। सुनतेई हम तो झट तैयार होगा... पर जब हमने पूछी के सेठजी काम कहा है, तो ऊ बोलो के ईंट ढुवाणी हैं...ईंटनू को नाम सुनते ही हमने पट्ट मना कर दी।

"ऐसे एक-एक करके कई सेठ आया। आखिर में एक कार में एक सेठ

आयो। हमने जब काम का बारा में पूछी, तो ऊ बोलो के आठ-दस फुट गहरो एक गड्ढा खुदवाणो है। गड्ढा को नाम सुनतेई हम तो झट तैयार होगा और कार में बैठके वाकी कोठी पे जा पहोंचा। सेठ ने गड्ढा की जिगह बताई और ई कहके अपणी दुकान पे चलोगो के धुप्पर में आके मैं तिहारी दिहाड़ी दे दूँगो।"

लपरलेंडी के चौतरे में से किसी की यह समझ में नहीं आया कि सेठ के उस आठ-दस फीट गहरे गड्ढे का टटलू से क्या सम्बन्ध है। इसीलिए किसी को खुदाबख़्श के इस क़िस्से में मज़ा नहीं आया। हार कर लपरलेंडी ने ही एक तरह से पूरे चौतरे की ओर से यह सवाल किया।

"तो तमने ऊ गड्ढा धुप्पर तलक खोद दियो हो?"

"खोद दिया हो...अन्यायी, असली किस्सा तो अब है।"

"असली किस्सा!" एकसाथ पूरे चौतरे के मुँह से निकला।

"हाँ, असली किस्सा...तो भई, जुहर की निवाज तलक हमने ऊ गड्ढो खोद दियो। या बीच सेठानी कदी चाय लारी ही, तो कदी सरबत। भई वा बिचारी सेठानी ने हमारी बड़ी सेवा करी ही। काई भला खानदान की ही बिचारी। बडी मलूक ही। एक बर तो मेरा जी में आयी कि दारीकी के चिपट जाऊँ।" खुदाबख़्श ने दाँत पीसते हुए सिसकारी भरी।

गड्ढा खुदाई के बीच अचानक आये इस 'चिपटम-चिपटाई' से भरे छोटे से प्रसंग को सुन, लपरलेंडी समेत उसका पूरा चौतरा थोड़ी के लिए गड्ढे को छोड़ एक दूसरी ही कल्पना में गोता लगाने लगा।

"...और जैसे ही हमने सेठ की कार कोठी में घुसती देखी, तो देखते ही रहमत और मैं आपस में गुत्थमगुत्था...कदी रहमत माटी का डूह में मेरे ऊपर, और कदी मैं रहमत के ऊपर। सेठ ने हम दोनूँ लड़ता देखा, तो दौड़ो-दौड़ो हमारे पै आयो और हमन्ने छुड़ातो हुओ बोलो के भई तम आपस में कोई बात पे झगड़ा कर्‌रा हो। तो भई लाला, हम दोनूँ चुप। सेठ ने जब जोर देके पूछी तो तब जाके मैंने असल बात को खुलासा करो।"

"खुलासा?" खुलासा का नाम सुन सबकी आँखें हैरानी से फैलती चली गयीं।

"हाँ खुलासा। मैंने बताई के सेठजी गड्ढा खोदते बखत यामें एक मूर्ति निकली है। मूर्ति को नाम सुनते ही सेठ तो जैसे बावलो होगो और मेरे कनै आके बोलो के दिखइयो कैसी मूर्ति है। मैंने तहमद में लपेट के धर राखी मूर्ति दिखाई और बोलो के सेठजी ई रहमत कहरो है के जब ई मूर्ति मैंने निकाली है, तो ई मेरी है। अब आप ही बताओ सेठजी के ई मूर्ति रहमत की कैसे होगी, मेरो भी तो हिस्सा है यामें। तो भई लालाओ, सेठ ने इतनी सुणी और हमारे ऊपर टूटके

पड़ो के ई मूर्ति तिहारी कैसे होगी, जब ई मेरा गड्ढा में निकली है तो मेरी हुई।"

"यार खुदाबकस, सेठ ने ई बात तो सही कही ही।" लपरलेंडी ने बेहद भोलेपन से कहा।

"लपरलेंडी, तू भी है कोरो बावलंडी। मेरे यार, सेठ की तो ऊ खाली जगह ही पर मूर्ति तो हमने निकाली ही।"

"ई बात भी तेरी सही है।" लपरलेंडी खुदाबख़्श से सहमत होते हुए बोला।

"अब कही तैने असली बात। तो भई, यासू पहले के सेठ कुछ कहतो मैंने ऐसेई तुक्का भिड़ा दियो के सेठजी ई मूर्ति तो घणी कीमती ना होएगी कै। मैंने तो इतनी कही सेठ ने तुरन्त अपणी जेब सू पाँच-पाँच सौ का चार नोट निकाला और उनमें सू हजार-हजार देतो हुओ बोलो के लेओ तीन-तीन सौ तिहारी दिहाडी और बाकी का तिहारा इनाम। बस भई लाला, सेठ के इतना कहतेई मैं तो वापे बिना टिकट चढ़गो के सेठजी लक्खोन की मूर्ति ए लेके हमन्ने हजार-हजार रुपिया में चूतिया बणारा हो...ठीक है हम अभी पुलिस के पै जारा हैं... पुलिस को नाम सुनतेई सेठ तो घबरागो...और फिर तो वा मूर्ति का बदला में सौदा कितना में पटो, पतो है... पूरा..."

"दोऽऽऽ लाख में!"

पूरे चौतरे को मानो अपने कानों पर यक़ीन नहीं हुआ।

"ऐ वा मूर्ति का सेठ ने दो लाख रुपिया दिया हा... ऐसी कहा बात ही वा मूर्ति में?" लपरलेंडी ने हैरान होते हुए पूछा।

"अन्यायी, जब वा सेठ ने तमकू दो लाख दिया हा, तो वाने कितना कमाया होंगा?" चौतरे से दूसरे ने कहा।

"अभी तो आगे सुणो... दो लाख देके वा सेठ ने हम अपणी कार में बिठाया और बस अड्डा पे जब तलक खड़ो रहो, जब तलक हमारी मोटर चल ना पड़ी।"

"खुदाबकस, यार ई तो अच्छो बिजनस है। अन्यायी, तिहारी तो एक ही गड्ढा ने किस्मत बदल दी...वाड़ी कल सू हमूभी गड्ढा खोदण दिल्ली जाँगा। कदी न कदी तो काई गड्ढा में कोई मूर्ति निकलेगी।" लपरलेंडी की आँखों में मानो छोटे-छोटे जुगनू तिरमिराने लगे।

"अरे, इनकी किस्मत वा गड्ढा ने ना... मूर्ति ने बदली है।" किसी ने लपरलेंडी को समझाना चाहा।

"अरे तो मैं भी वही कहरो हूँ के ना ये दिल्ली जाता, न गड्ढा खोदता, ना वामें सू मूर्ति निकलती और ना इनकी किस्मत चमकती।"

"घंटा की किस्मत और घंटा की मूर्ति मेरे यार। सेठ भी वा बखत मूँड पकड़

के खूब रोयो होएगो, जब ऊ वा मूर्ति ऐ बेचण गयो होएगो।"

"मूँड पकड़ के रोयो होएगो, कहा मतलब...मैं कुछ समझो ना?" लपरलेंडी अकबका गया।

"और, तू कहा समझरो है। अरे, जो मूर्ति वा गड्ढा में निकली ही ऊ तो एक मामूली-सी मूर्ति ही, जो हमने पहले खरीद राखी ही। हमने तो ऊ घिस-घिस के ऐसी बणा दी जैसे कितनी पुराणी है...मेरे यार, हमने तो उल्लू का पट्ठा वा दिल्ली का सेठ को टटलू काटो हो।"

"टटलू काटो हो, तो फिर तिहारी ऊ गुत्थमगुत्था, हाथापाई?"

"सब डिरामा हो। तिहारे एक बात समझ में ना आई के ये खुदाबकस और रहमत मेवात सू दिल्ली गड्ढा खोदण जाँगा।"

"भई वा, मानगा। असली मरद निकला तम तो।" लपरलेंडी ने खुदाबख़्श और रहमत की दिलेरी और चालाकी को सराहते हुए कहा।

लपरलेंडी का पूरा चौतरा खुदाबख़्श और रहमत के इस कारनामे यानी दुस्साहस भरे टटलू को सुन, दाँतों तले अँगुली दबा कर रह गया। इसके बाद तो खुदाबख़्श ने जैसे पीछे मुड़ कर नहीं देखा। कभी नकली मूर्तियों को बेशकीमती बता कर, तो कभी सोने की नकली ईंटों के बल पर उसने ऐसे-ऐसे मोटे टटलू काटे कि देखते ही देखते पूरे इलाके में टटलू सेठ के नाम से उसकी जो शोहरत और इज़्ज़त बनी, उसके चलते छोटे-छोटे टटलूबाज़ उसे अपना उस्ताद और आदर्श मानने लगे। इलाके के पहले कामयाब टटलूबाज़ के रूप में टटलूबाज़ों के बीच आज भी टटलू सेठ यानी हाजी खुदाबख़्श का नाम बड़ी इज़्ज़त से लिया जाता है।

मगर उसके बिचले लड़के नियाज़ ने मानो उसकी यह इज़्ज़त मिट्टी में मिला दी। जिन टटलूबाज़ों के बीच उसका नाम बड़े सम्मान के साथ लिया जाता था, उन्हीं के बीच वह जैसे अब मुँह दिखाने लायक नहीं रहा।

2

कलसंडा यानी डमरू से बेहतर और कोई ज़रिया नहीं हो सकता, जो इस पूरे मामले की सही और पुख़्ता जानकारी दे सके। मगर इस डमरू के साथ दिक़्क़त यह है कि जब से वह जमाती होकर आया है, तब से वह अपनी ही दुनिया में रमा रहता है। हर वक़्त जब देखो बस तस्बीह के मणकों से उसकी अँगुलियों के पोर बतियाते नज़र आते हैं। बल्कि अब तो उसने मस्जिद जाने का रास्ता भी बदल लिया है। वैसे भी वह पिछले कई दिनों से दिखाई नहीं दे रहा है।

लपरलेंडी के पेट में मारे मरोड़ों के अनगिनत गोले रड़कने लगे कि वह कैसे इस डमरू से सम्पर्क साधे। आख़िर लपरलेंडी क्या करे?

यह तो ग़नीमत था कि अगले दिन डमरू उसे नज़र आ गया। इससे पहले कि अपनी दुनिया में खोया डमरू उसकी पहुँच से दूर होता, उसने बिना किसी देरी के उसे दबोच लिया।

"अरे भई हाजी डमरू साब ऐसी कहा नाराजगी है, जो तैने रस्ता ही बदल लियो?" लपरलेंडी ने शिकायत भरे लहज़े में व्यंग्य कसते हुए कहा।

डमरू की अँगुलियों में सरसराते तस्बीह के मणकों ने चौंक कर देखा, कहा कुछ नहीं।

"मेरे यार, ऐसी इबादत भी कहा काम की जो दुनियादारी ए ही भुला देए।" लपरलेंडी ने आ़ज जैसे तय कर लिया कि वह इस नये-नये इमाम को ऐसे नहीं जाने देगा।

"काका, ऐसी कोई नाराजगी ना है। बस, ऐसेई फुरसत ना मिलरी है।"

"हाँ भई लाला, अब कहाँ मिलेगी तोहे फुरसत। देवर-भावज की टिसल फिस्स जो दूर होगी है। सुणी है अब तो भर-भर कटोरा महेरी भावज अपणे आप नोहरा में दे जावे है...कहींऽऽऽ अपणी भावज को तैने मीटर तो ना खेंच दियो है!" एक कुटिल मुस्कान उछालते हुए आँख मारी लपरलेंडी ने।

"तू भी काका कदी-कदी बेमतलब की बात करे है...ऐसो कुछ भी ना है।"

"अच्छो, अब हम बेमतलब की बात करे हैं। ठीक है, कसूर तेरो ना। काई ने सही कही है के *मतलब निकलो हीर को, तो खड़ो दिखायो तीर।* सब बखत-बखत की बात है लाला।" लम्बी गहरी साँस ले उसे धीरे-धीरे बाहर छोड़ते हुए लपरलेंडी ने डमरू की ओर कनखियों से देखा।

"ऐसी कोई बात ना है।" इतना कह डमरू ने तस्बीह को आराम दे, उसे जेब के हवाले किया और चौतरे पर चढ़ गया।

लपरलेंडी के नथुनों से निकली गहरी फुंकार ने डमरू पर सही असर किया।

इधर-उधर की बात करते हुए लपरलेंडी जल्दी ही उसी मुद्दे पर आ गया, जिसकी वजह से उसके पेट के मरोड़े उसे दम नहीं लेने दे रहे थे।

"डमरू, यार या टटलू का घर में ई कहा टिसल फिस्स चलरी है?"

"काका, खुदा तलक मोहे तो कुछ पतो है ना।" डमरू ने बड़े भोलेपन से उत्तर दिया।

"यार, तू भलो इमाम को चोदो बणो। अन्यायी, यासू तो तू जभी चोखो हो जब जमात में ना गयो हो। कम सू कम माणस तो हो। मेरे यार, पड़ोस में

इतनो तगड़ो कांड होगो और तू कहरो है के मोहे तो कुछ पतो ना है।" लपरलेंडी एकाएक हत्थे से उखड़ गया, "एक बात कहूँ डमरू, बुरो तो ना मानेगो!"

डमरू एकदम चुप। उससे तुरन्त कुछ भी कहते नहीं बना। बस, टकटकी लगाए अपने सामने बैठे लपरलेंडी को निरखता रहा।

"तेरो माजनो ही ऐसो है। तेरी ऊ सिंगारवाली भावज तेरा बारा में सही कहवे है। अगर तोमें इतनी अकल होती न, तो अब तलक तेरो घर बस चुको होतो...तू अपणी इन भावजन् का रहमो-करम पे ना रहतो।" कहते-कहते लपरलेंडी का चेहरा तमतमा उठा।

लपरलेंडी की इस लानत-मलामत पर डमरू भीतर तक तिलमिला गया। लगा जैसे जाँघ पर हुए कच्चे बालतोड़ को किसी ने ज़ोर से भींच दिया।

"ठीक है, तू अपणी या इबादत में घुसो रह...फेरतो रह या तस्बीह ए।"

डमरू के लिए चौतरे से उतरना मुश्किल हो गया। इससे पहले कि वहाँ कोई और आता, उससे पहले डमरू ने अपने ऊपर डाली हुई भोलेपन और अनजान बने रहने की चादर उतारने में ही अपनी भलाई समझी।

"काका, सुणी तो मैंने भी है कि नियाज और नजराना में कुछ खटपट हुई है...पर याकी असल वजह कहा है, याहे पता लगाणा की पूरी कोसिस करूँगो।"

लपरलेंडी होंठों ही होंठों में अपनी कामयाबी पर मुस्कराया। तीर एकदम निशाने पर लगा। फिर डमरू को कुछ सूत्र थमाते हुए बोला, "खटपट तो हर घर में चलती रहवे है, पर याको मतलब ई ना है के बात तल्लाक तक जा पहुँचे... मोहे तो ई खटपट ना कुछ और ही टिसल फिस्स लगे है।" अँधेरे में यूँ ही तीर छोड़ते हुए बोला लपरलेंडी।

"कोई और टिसल-फिस्स?"

"हाँ, यामें जरूर कोई गहरी बात है वरना नजराना जैसी अल्लाह की गाय के संग इतनो बड़ो जुलम ना होतो।" कहते-कहते लपरलेंडी एक गहरे विषाद में उतरने लगा और क़िबला की तरफ़ मुँह कर दोनों हाथों को उठा, उन्हें कानों की लौ के बराबर ले जाते हुए डमरू को सुनाते हुए बोला, "रहम कर खुदा! ऐसी भली और नेक औरत के संग भी अगर आदमी निबाह ना सके, तो वासू बड़ो निरभाग या दुनिया में और कोई ना है।"

बातों-बातों में उन दोनों का इस ओर ध्यान ही नहीं गया कि साँझ के गहराते ख़ामोश झुटपुटे में सफ़ेद बगुले, अपने-अपने घोंसलों को छोड़ चमगादड़ों के साथ ठिठोली कर रहे हैं। लग रहा है मानो स्याह आसमानी चादर पर धवल थक्के तिरमिरा रहे हैं। इसी बीच सामने कीकरों में बने बगुलों के घोंसलों से एक

दुर्गन्धभरा भभूका नथुनों में समा गया। नहीं रुका गया लपरलेंडी से, "डमरू, गाँओं-बस्ती में बुगला बसणा अच्छी निसानी ना है। अभी तो देखियो और कितना अजाप आएँगा या गाँओं पे।"

डमरू ने बगुलों के उड़ते हुए झुंड की ओर देखा। तेज़ी से गहराते अँधेरे में रह-रह कर बगुलों के झुंड से आती कर्कश आवाज़ डमरू के कानों को भी नहीं भायी। एक अनजाने-अप्रत्याशित अनहोनी के डर वे वह सिहरता चला गया। इससे पहले कि लपरलेंडी कुछ और कहता, वह चौतरे से उतर सीधा अपने नोहरे की ओर बढ़ गया।

3

डमरू ने लपरलेंडी की बातों में आकर इतनी बड़ी ज़िम्मेदारी ओट तो ली मगर अब उसे लग रहा है कि यह काम उससे होगा नहीं। जितना आसान इस काम को वह समझ रहा था, उतना है नहीं। आख़िर किसी के घर की दरारों, मोखियों और उसके कच्चेपन में सेंध लगाना इतना आसान थोड़े ही है।

डमरू ने अपनी युक्तियों के सारे घोड़े दौड़ा लिए किन्तु सब बेकार। एक बार उसने सोचा भी कि क्यों न अपनी सिंगारवाली भावज आमना से पूछा जाए। वैसे भी एक औरत की दुनिया का औरत को ही ज़्यादा पता होता है। मगर अगले ही पल यह सोच कर उसने अपने कदम पीछे खींच लिए कि कहीं आमना इसका दूसरा मतलब न निकाल बैठे। डमरू के कई दिन इसी ऊहापोह से जूझते हुए बीत गये कि वह आमना से पूछे या नहीं। जबकि सच्चाई यह है कि इसका भेद आमना के अलावा और किसी के पास होगा भी नहीं। बमुश्किल उसने जो होगा, सो देखा जाएगा का सहारा लिया और आमना से सुराग़ लेने का निश्चय कर लिया।

अन्य दिनों की अपेक्षा डमरू की जहाँ फ़ज्र की अज़ान से नींद टूटती थी, आज उसने पौ भी नहीं फटने दी। यह बात अलग है कि पौ फटने से पहले परिन्दे उठ चुके हैं। देर तलक डमरू यूँ ही कुनमुनाता रहा और सोचता रहा कि एक समय ऐसा भी था जब इस वक़्त तक घरों से आटा पीसती चक्कियों की आवाज़ें आनी शुरू हो जाती थीं। मगर अब या तो फ़ज्र की अज़ान से पता चलता है या कुछ ग़ायब होते परिन्दों की नस्ल के कलरव से।

जैसे-जैसे सुबह का उजाला तेज़ी से फैलने लगा, वैसे-वैसे डमरू की व्यग्रता भी बढ़ने लगी। रह-रह कर उसे लगता मानो दूर से सुनाई देते कलेवा के पदचाप धीरे-धीरे उसकी ओर बढ़े आ रहे हैं। आमना का इन्तज़ार आज उसे इन्तज़ार

नहीं, हिलोरे लेता ऐसा दरिया नज़र आ रहा है, जिसके थपेड़े उसे किनारे तक नहीं पहुँचने दे रहे हैं।

आख़िरकार वह घड़ी आ ही गयी जिसके लिए डमरू ने आज पौ भी नहीं फटने दी। आमना ने महेरी का कटोरा रोज़ की तरह डमरू को दिया और कलेवा करने तक वह ऊपले निकालने बटेवड़े में घुस गयी। एक-एक पल का बड़ी चतुराई और सफ़ाई से इस्तेमाल कर अभी आधा ही कलेवा किया था कि इसी बीच आमना भी अपना काम पूरा कर उसके पास आ गयी।

अपने देवर को किन्हीं ख़यालों में खोया देख आमना ने हल्के-से मठारते हुए पूछा, "डमरू, कौण-सी सोच में डूबो पड़ो है?"

अकबकाने की मुद्रा अपनाते हुए डमरू ऐसे चौंका मानो किसी ने उसे कच्ची नींद से झिंझोड़ते हुए जगा दिया।

"ऐसी कोई बात ना है।" डमरू ने जानबूझ कर एक बेपरवाह हँसी उछालते हुए जवाब दिया।

"ना, कुछ तो बात है...नहीं तो इतनी देर में पूरा कटोरा ए हलक में उतार, मूँछन पे ताव देरो होतो!" आमना उसे सोच की गहरी ख़न्दक़ से बाहर लाते हुए बोली।

पहले तो डमरू कुछ नहीं बोला मगर जब उसने देखा कि आमना के कल्ले में ठिठोली करती जीभ को कुछ शक हो गया है, और आँखों ने उसके चेहरे के भावों की चोरी पकड़ ली है, तब उसने होगा सो देखा जाएगा का मन ही मन स्मरण किया और पूछ लिया, "या टटलू का घर में कहा कळेस चलरो है?"

"तोहे कहा लेणो है वाका या कळेस सू?" कल्ले में चक्कर लगा रही जीभ को रोकते हुए पूछा आमना ने।

"लेणो-वेणो कुछ ना है...पूरा गाँओं में मुनादी-सी पिटी पड़ी है के..."

"जब तोहे सब पतो है तो मोसू काँई लू पूछरो है!" आमना की आँखें डमरू के चेहरे पर चस्पाँ हो गयीं जैसे।

डमरू चुप। इसी का डर था उसे। उसकी समझ में नहीं आ रहा है कि इस विषय पर वह कैसे माटी डाले। इस लपरलेंडी ने भला फँसाया उसे।

आमना के होंठों पर एक शोख़ मुस्कान तैरती चली गयी, "तो मेरा देवर का हलक सू या गम में महेरी ना उतर्‌री है!"

"क.... कहा मतलब है तेरो?" हलक़ से उतरता घूँट जैसे गाँठ बन बीच में अटक गया।

"तू सब समझरो है मेरो मतलब...गीदड़ान का पकाया सू ऐसे बेर ना पके हैं।"

"तेरो कहीं दिमाग तो ना चलगो है जो तू ऐसी ऊट-पटाँग बात कर्‌री है।"

कटोरे को ज़मीन पर लगभग पटकते हुए भन्नाया डमरू।

"अच्छोऽऽऽ अब मेरो दिमाग चलरो है... मैं अब ऊट-पटाँग बात कर्री हूँ।" आमना एक कुटिल मुस्कान उछालते हुए बोली।

"तू ऐसो कर, फूट ले हीं सू, नहीं तो बेमतलब कुछ हो-हा जाएगो...जब देखो बस सूधी कुल्हाड़ी सू लत्ता धोती डोले है।"

"ले, मैंने कौन-सा सूधी कुल्हाड़ी सू लत्ता धो दिया"

"तो फिर ई कहा है...जो तू या रामाण ए ले बैठी।"

"ले, ई भली कही। बात छेड़ी खुद ने और मैं ले बैठी रामाण ए। चल तेरी बात ठीक है, पर एक बात बता तैने ऐसी बात पहले तो कदी पूछी ना, जो आज पूछरो है?"

"खुदा तलक भावज, मोहे कुछ पतो ना है...मैं तो लपरलेंडी का..."

"...चौतरा पे गयो हो तो हूँ लपरलेंडी ने बताई ही के..."

"हाँ-हाँ।" डमरू की जैसे जान में जान लौट आयी।

"डमरू, इतनो भोलो मत बण!" शब्दों को चुबलाते हुए कोंचा आमना ने।

डमरू ने दोनों हाथों से सिर थाम लिया। उसके कुछ पल्ले नहीं पड़ रहा है कि आमना आख़िर कहना क्या चाहती है। मन ही मन अपनी बेवकूफ़ी पर डमरू झल्ला उठा कि उसे इस टटलू सेठ से क्या लेना-देना। वह क्यों आ गया इस लपरलेंडी के झाँसे में। उसे तो अपनी इबादत से मतलब रखना चाहिए लेकिन यह क्या। अगले ही पल जैसे लपरलेंडी उसके सामने आकर खड़ा हो गया, और उससे कहने लगा, 'यार, ऐसी इबादत भी किस काम की जो दुनियादारी ही भुला दे!'

डमरू एक अजीब-सी दुविधा में फँस कर रह गया कि वह अपनी इबादत और इस दुनियादारी के बीच एकाएक आ गये इस झोल को कैसे साधे। इन दोनों में से उसे अगर किसी एक को चुनना है, तो वह किसे चुने। इस बीच उसने अपने चारों तरफ़ पसरे सन्नाटे में देखा, तो पता चला आमना अब वहाँ नहीं है। अपने फेफड़ों में ढेर सारी हवा भर कुछ पलों के लिए रोक कर उसे बाहर छोड़ा और सिर को ज़ोर से झटकते हुए ख़ुद से कहा कि उसके लिए ये दोनों ज़रूरी हैं—यानी इबादत भी और दुनियादारी भी। इसलिए अब तो वह पता करके ही मानेगा कि आख़िर हाजी खुदाबख़्श यानी टटलू सेठ के घर में यह क्या टिसल फिस्स चल रही है, जिसके चलते नियाज़ को इतना सख़्त फ़ैसला लेना पड़ा।

4

डमरू के पास अब एक ही प्रकाश स्तम्भ बचा है जो उसकी डगमगाती कश्ती

को सही रास्ता दिखा सकती है—और वह है उसकी बड़ी भावज नसीबन। इससे पहले कि वह अपनी इस बड़ी भावज के पास जाने की योजना बनाता, उससे पहले उसने यह बात गाँठ बाँध ली कि वह भूल कर भी बीच का रास्ता नहीं अपनाएगा, यहाँ तक कि बिचली भावज फ़ातिमा को भी पता नहीं चलने देगा।

डमरू ने समय रहते सारा काम निपटाया और रोटियों से कुछ देर पहले बिना किसी पूर्व सूचना के मौक़ा देख घर पहुँच गया। हालाँकि जाने से पहले उसने कई बार इस पर मनन किया कि अगर उस वक़्त उसकी दूसरी भावजें यानी फ़ातिमा और आमना वहाँ मिल गयीं तब? इस स्थिति से निपटने के लिए डमरू ने तय कर लिया कि अगर इनमें से कोई भी वहाँ मौजूद होगी, तो वह इस बारे में चर्चा ही नहीं करेगा। कोई बहाना बना कर वहाँ से लौट आएगा। वैसे इतना डर उसे फ़ातिमा से नहीं, जितना इस सिंगारवाली से लगता है।

नोहरे से ऐसे वक़्त-बेवक़्त आना किसी के लिए हैरानी की बात नहीं है। इसलिए डमरू के इस तरह आने पर किसी ने ध्यान नहीं दिया। नसीबन ने डमरू को आया देख पहले से उसकी रोटियों में देसी घी गोद-गोद कर भर दिया। इधर डमरू ने उचटती निगाह से अपने आसपास देखा, तो वह समझ गया कि इससे अच्छा मौक़ा और नहीं हो सकता।

"भावज, या टटलू का घर में कहा बात होगी?" डमरू ने बेहद सावधानी बरतते हुए पूछा।

"बात कहा, बेमतलब वा अल्लाह की गाय जैसी बहू पे तोफान लगारा हैं के नजराना को चाल-चलन ठीक ना है... बिल्कुल भी खुदा को खौप ना रहो। बेड़ा गरक जाएगो इनको। दीया लेके ढूँढा सू भी ना मिलेगी ऐसी भली बहू।" एक ही साँस में सारा क़िस्सा बयान कर दिया नसीबन ने।

"वैसे ई बात जँचे तो है ना... तीन-तीन बालकन् की माँ पे ऐसो इल्जाम लगाणो अच्छी बात ना है।" डमरू ने निवाले को बीच में रोकते हुए कहा।

"सब नसीब का खेल हैं बीरा... कहाँ तो बहून का भी टोटा पड़रा हा, और कहाँ तल्लाक होतेई बेटीवाला टटलू के आगे-पीछे डोलरा हैं। ई तो पूरो गाँओं इनकी थू-थू कर्‍रो है जासू ई रुको पड़ो है, नहीं तो अब तलक नियाज को दूसरो निकाह हो चुको होतो।" नसीबन का चेहरा धीरे-धीरे खिंचने लगा।

"वैसे नियाज ने ऊ सही में तल्लाक दे दी है?" डमरू की जिज्ञासा उछाल मारने लगी।

"तल्लाक दी है जभी तो नजराना पीहर में बैठी है। अब जब सारो गाँओं इनपे माटी गेर्‍रो है तो हरामी गधा-सा भरता डोलरा हैं के काई तरह राजीनामा

हो जाए।”

“कौन डोलरो है गधा-सो भरता!”

जानी-पहचानी आवाज़ पर डमरू ने पलट कर देखा। आवाज़ किसी और की नहीं उसकी बिचली भावज फ़ातिमा की है।

“वही ढेड खुदाबकस और कौन।” नसीबन ने बताया।

“वैसे तो दुनिया सेठ बणी डोले है... सौ मूसान्ने खाके हाजी बणा हाँडे हैं और करम ऐसा के बताते हुए भी सरम आवे है। वैसे ये सारा बीज या हरामी टटलू का बोया हुआ हैं। वाही की ही बेटाबहू पे गलत नजर... जब बहू काबू में ना आयी तो ई अफवाह उड़ा दी के वाको चाल-चलन ठीक ना है। ऐसा ढेड रावणन् सू हम कहान् तलक बचती डोलें... ई तो ऊ बात होगी के *वहीं बहू को पीसणो, वहीं सुसर की खाट/निपटत आवे पीसणो, सरकत आवे खाट*। एक ई घर ही तो हमारो आसरो है, वाहे भी छोड़ देएँ तो हम कहान् जाएँ। जब हम अपणा घरन् में ही महफूज ना हैं तो और कहाँ होंगी... अब बताओ तीन-तीन बालकन् की तो होगी न ज़िन्दगी खराब।” फ़ातिमा की आँखें मारे गुस्से और क्षोभ के तप उठीं।

“बाप तो बाप, ऊ नियाज भी पूरो ढेड निकळो जाने बाप का सिखाया में आके नजराना तल्लाक दी... तीन-तीन बालक पालना हँसी खेल है।” नसीबन अपनी दौरानी के क्षोभ में शमिल होती हुई बोली।

“पर सुणी है के नियाज वाहे लाणा पे राजी होगो है।” फ़ातिमा ने जो सुना उसके आधार पर पूछा।

“ना हुओ होए तो हमारो ई देवर कद काम आएगो।”

आख़िर वही हो गया जिसका डर था। पता नहीं कहाँ से आमना ऐन मौक़े पर आ टपकी। लगता है उसने अपनी जिठानियों की पूरी बात सुन ली है।

“ले, आगी है असली लंकारी। काई का घर में आग न लगे, तो ई रंडी लगा देए।” आमना के आते ही नसीबन उसे गरियाते हुए बोली।

“वैसे, साँपण का सा कान हैं हरामण का... दूर सू ही भाँप लेए है के कौन कहा बतलारो है।” फ़ातिमा भी नसीबन का साथ देते हुए बोली।

“देखो बहाण, अब तम चाहे मोहे लंकारी कहो या साँपण... पर खरी बात तो ई आमना कहके मानेगी।” कल्ले में जीभ को फिराते हुए आमना ने बैठते हुए कहा।

“यामें खरी बात कहान् सू आगी?” फ़ातिमा ने झल्लाते हुए पूछा।

“खरी बात ही तो है के हमारा या देवर ए वा नजराना की बड़ी चिन्ता होरी है...नोहरा में कलेऊ देण गयी ही तो ई हूँ भी मोसू पूछरो हो।”

"धसड़ी, अगर याने पूछली तो कौण-सो गुनाह कर दियो, जो तू बात को बतंगड़ गणारी है।" नसीबन डाँटते हुए बोली आमना को।

"ले, मैं बात को बतंगड़ बणारी बताई...।" इसके बाद आमना ने दालान में नज़र घुमा कर देखा और फिर बेहद धीमी आवाज़ में लगभग फुसफुसाते हुए बोली, "मोहे तो या दाल में कुछ और ही कालो दीखरो है?"

"तू तो भली दूरबीन हुई बहाण, जो तोहे सारो कालो-पीलो दीखरो है... तू भी बक के तोहे या दाल में कहा दीखरो है।" फ़ातिमा ने व्यंग्य करते हुए कहा।

"फातिमा, कहीं हमारो ई देवर वा नजराना का चक्कर में तो ना है।" डमरू की ओर देख कर फिस्स से हँस पड़ी आमना।

"भावज, या तो याहे समझा लेओ... नहीं काई दिन..."

"छिनाल, तू काई दिन माणस मरवा के मानेगी... जो मुँह में आवे, बकती होवे है।" डमरू का वाक्य पूरा होने से पहले नसीबन अपनी दौरानी आमना पर बिना टिकट चढ़ बैठी।

"कुछ कहणा सू पहले सोच लेए कर के मैं कहा कहरी हूँ।" फ़ातिमा भी अपनी जिठानी का साथ देते हुए बोली।

"मैं तो बहोत सोच लूँ पर तम या डमरू सू ई तो पूछो के वा हरामी टटलू का घर में याकी कद सू दिलचस्पी होगी। वैसे कसूर या बिचारा को भी ना है। आजकल याकी लेंडी वा लपरलेंडी सू कुछ जादा ही जुड़री है... अपणी तो लुगाई वापे रुकी ना, हमारा देवर सू वा नजराना का बारा में पूछतो डोले है।"

"तैने कद देख लियो ई वासू बतलातो हुओ?" नसीबन पहली बार थोड़ी विचलित हुई।

"यही बतारो हो।" आमना ने डमरू के मुँह पर ही सच-सच बता दिया।

डमरू से कुछ भी जवाब देते नहीं बना। इधर नसीबन और फ़ातिमा भी चुप।

"मेरी मानो तो तम दोनूँ भावज अपणा या देवर की आग ए ठंडी करणा को इंतजाम करो। जमात में तो ई दुनिया दिखाई कू गयो हो... तम ना जानो याका मन में कहा है।" रही-सही कसर भी पूरी कर दी आमना ने।

"डमरू, बीरा ऐसान् सू दूर रह कर... ये इज्जतदार माणस ना हैं।" डमरू को छोटी-सी नसीहत दे, नसीबन ने बात यहीं ख़त्म करना मुनासिब समझा।

"सारा गाँओं में एक यही पटवारी बचो है, जो ऊ लपरलेंडी यासू पूछेगो... ई तो ना है के चुपचाप पाँचू बखत की निवाज पढ़तो रहूँ।" आमना ने जी भर कर डमरू की जैसे आरती उतार दी।

डमरू कुछ नहीं बोला। चुपचाप उठा और नोहरे की ओर चल दिया।

5

अचानक डमरू ऐसे ग़ायब हो ग़या जैसे गधे के सिर से सींग। पता नहीं उसे धरती निगल गयी, या आसमान खा गया। इधर लपरलेंडी की बेचैनी दिन पर दिन बढ़ने लगी। निगाह अक्सर सामने दाहिनी ओर मुड़ती उस गली के मुहाने पर जा टिकती, जहाँ से डमरू निकल कर नमाज़ पढ़ने जाता है। अज़ान लगते ही वह चौतरे पर आ बैठता, मगर रोज़-ब-रोज़ उसकी उम्मीद ख़ाली होते दीए की लौ की तरह धीरे-धीरे क्षीण होती चली जाती।

लपरलेंडी समझ गया कि डमरू के साथ कुछ न कुछ तो ऐसा घटा है, जिसकी वजह से लगता है उसने अपना रास्ता ही बदल लिया। वरना यह पट्ठा अपने क़ौल से पलटने वाला नहीं है। यह भी तो हो सकता है कि अभी तक उसकी इस बारे में किसी से बात ही नहीं हुई हो। इसी सोच-विचार में कई दिन बीत गये। अब बस एक ही रास्ता बचा है कि क्यों न डमरू को कल जुमे के दिन जामा मस्जिद में, जुमे की नमाज़ के वक़्त पकड़ा जाए और खुत्बे के बाद उससे, उसे जो काम सौंपा था, उसकी रिपोर्ट ली जाए।

अगले रोज़ यानी जुमे के दिन लपरलेंडी जुमे की नमाज़ से पहले ही जामा मस्जिद पहुँच गया, और मस्जिद से लगभग पच्चीस-तीस कदम दूर वह ऐसी जगह खड़ा हो गया, जहाँ से मस्जिद का दरवाज़ा साफ़ नज़र आ रहा है।

अनुमान के मुताबिक़ जैसे ही उसकी निगाह अपने बायें ओर से आते डमरू पर पड़ी, पूरी मुस्तैदी बरतते हुए डमरू को बिना भनक लगाए वह एक निश्चित दूरी बना, उसके पीछे-पीछे हो लिया और मस्जिद में पहुँच उसकी बग़ल में वज़ू करने लगा। डमरू का लपरलेंडी की तरफ़ ध्यान ही नहीं गया।

नमाज़ अदा करने के बाद जैसे ही खुत्बे की अज़ान हुई डमरू की नज़र पहली बार अपने बग़ल में खड़े लपरलेंडी पर पड़ीं। इधर लपरलेंडी ने भी हल्की-सी मुस्कान से जैसे उसका जवाब दिया। लपरलेंडी ने डमरू को बिलकुल भी एहसास नहीं होने दिया कि यह सब पूर्व नियोजित है। नमाज़ के अन्तिम चरण में लपरलेंडी ने कादा के बाद सलाम के तहत पहले अस्सलामु अलैकुम रहमतुल्लाह कहते हुए दाहिने तरफ़ मुँह मोड़ा और फिर अल्लाहुम-म-अन्तास्सालामु अलैकुम कहते हुए ऐसी मुद्रा बनाई मानो ऊपरवाले की इबादत में डूबे इस लपरलेंडी को दीन-दुनिया का कुछ पता नहीं है। डमरू ने भी मस्जिद की सीमाओं और तर्कीबे नमाज़ का ख़याल रखते हुए कोई प्रतिक्रिया व्यक्त नहीं की। यानी उसने भी ऐसा जताया कि पट्ठे जब तुझे ही दीन-दुनिया से कुछ लेना-देना नहीं है तब मुझे ही क्या पड़ी। बल्कि डमरू ने उससे दो क़दम आगे बढ़कर मस्जिद की सीढ़ियों के बाहर पड़ी

बिहारी चप्पलों को पाँवों में डाला और घर की ओर चल दिया। मगर लपरलेंडी आज उसे कहाँ छोड़ने वाला था।

"अरे ओ इमाम साब! अन्यायी, ऐसी कहा जल्दी है... मेरे यार, हमूभी आरा हैं।" पीछे से आवाज़ देते हुए लपरलेंडी ने डमरू को टोका।

जाते-जाते रुक गया डमरू। पीछे पलटते हुए बोला, "आ जा!"

अब दोनों साथ-साथ हो लिए।

"यार डमरू, मैंने एक काम की कही ही?"

हालाँकि लपरलेंडी ने काम का नाम नहीं लिया लेकिन डमरू समझ गया कि वह किस काम की बात कर रहा है। शायद वह इस बारे में लपरलेंडी से कोई बात नहीं करना चाहता था, इसलिए उसने सीधा उत्तर देने के बजाय उलटा लपरलेंडी से पूछा, "कौण सो काम?"

"अरे वही टिसल फिस्स, जो आजकल तेरा पड़ोसी टटलू का घर में चलरी है।"

लपरलेंडी का इतना कहना था कि डमरू जैसे हत्थे से उखड़ गया, "यार, गधी की गेंड में घुसगो तेरो टटलू और गधी की गेंड में घुसगी वाकी टिसल फिस्स। बेमतलब तेरा चक्कर में आके मैंने अपणी हया जुतवा ली।"

"डमरू, मेरे यार तू तो ऐसे बिदक रो है जैसे काई ने नई-नई घोड़ी की पुच्छी के हाथ लगा दियो होए... ठीक है मत लगा पतो, पर भला आदमी तेरा जैसा जमाती ए ऐसी बात सोभा ना देवे है।" लपरलेंडी ने बिना उत्तेजित हुए डमरू को झिड़कते हुए कहा।

अचानक हुई अपनी इस लानत-मलामत पर डमरू ऐसे ठंडा पड़ गया जैसे सुर्ख़ लोहे पर बर्फ़ीला पानी उँडेल दिया हो। लपरलेंडी ने डमरू की ओर कनखियों से देखा। वह समझ गया कि उसका पलटवार सही काम कर गया है। उसने जेब से बीड़ी का बंडल निकाला, उसमें से दो बीड़ियाँ निकाल उन्हें सुलगाया, और यह कहते हुए डमरू की ओर एक सुलगी हुई बीड़ी बढ़ा दी—

कम खाणो, कम सोवणो, दोनूँ बात भली।
गुसो मार बस में करो, वे नर हुआ बली।।

"ई बात तो तेरी ठीक है, पर पतो है वा सिंगारवाली ने मेरे ऊपर इतनो बड़ो तोफान लगायो है के लाला बस मरो ही ना जावे है... तोहे कहा पतो लपरलेंडी वा दिन सू मेरे ऊपर कहा गुजरूरी है!" डमरू ने बीड़ी में ज़ोर का कश मारते हुए कहा। मगर इस बीच बीड़ी बुझ चुकी थी, "तू भी अपणी माँए चुदा!" गुस्से में झल्लाते हुए डमरू ने उसे ज़मीन पर फेंकते हुए कहा।

"ले, दूसरी जला ले!" लपरलेंडी ने माचिस समेत बंडल डमरू की ओर बढ़ाते

हुए बेहद शांतभाव से पूछा, "बात तो बता, आखिर हुओ कहा। सिंगारवाली ने तेरी छाती में ऐसी कौण-सी बरछी घुसा दी, जो तू मरना-मारणा की बात कररो है?"

"बरछी, अन्यायी पूछे मत। याकी माँ का चुदाया में कदी तो कहरी ही के गादड़ान का पकाया सू बेर ना पके हैं... और कदी कहरी ही के जमात में तो मैं दुनिया दिखाई कू गयो है... और तो और ऊ तो तेरा बारा में भी कहरी ही के..." कहते-कहते रुक गया डमरू।

"यार, तू जलेबी-सी तो बणाए मत... साफ-साफ बता के ऊ मेरा बारा में कहा कहरी ही?" लपरलेंडी का धैर्य बग़ावत पर उतर आया।

"थोड़ो सो सबर तो राख, अपणा बारा में सुनेगो तो तेरी फटके हाथ में आ जाएगी... कहरी ही के अपणी लुगाई तो वापे रुकी ना उल्टो वा नजराना का चक्कर में हमारा देवर ए और बिगाड़ रो है।"

"ऐ ई कही ही तेरी वा सिंगारवाली भावज ने... याकी माँ का... मैं अभी जाके वासू पूछू के वाने इतनी बड़ी बात कैसे कह दी!" लपरलेंडी के जबड़े का उभार गालों से बाहर आने के लिए आतुर हो गया।

"तू अपनी छोड़, वाने एक इल्जाम और लगायो है मेरे ऊपर के कहीं वा नजराना का चक्कर में तो ना हूँ मैं?" डमरू ने आहत होते हुए बताया।

"अन्यायी, तेरी या छप्पन छुरी-सी भावज ने हद ना कर दी... ले बताओ, ऐसा जमाती-नमाजी के ऊपर इतनो बड़ो इल्जाम! एक बात कहूँ डमरू तेरी बातन्ने सुण के मेरो तो खून खौलरो है... ऐसो इल्जाम अगर कोई मेरे ऊपर लगा देतो न, तो अब तलक चौड़ा में चित्तोड़ हो जातो।" मारे गुस्से के लपरलेंडी के मुँह से झाग बिखरने लगे।

"इतनो ही ना, बल्कि ई और कही ही के मैं तो जमात में दुनिया-दिख़ाई कू गयो हो।" कहते-कहते डमरू की हिलकियाँ बँध गयीं।

"डमरू, बावलो होगो है! ऐसे हिम्मत ना हारे हैं। भला आदमी, ऐसी छोटी-छोटी बातन सू मन छोटो ना करे हैं।" इतना कह फिर से लपरलेंडी ने जेब से बीड़ी का बंडल निकाल, उसमें से दो बीड़ियाँ निकालीं और उन्हें जला एक डमरू की ओर बढ़ा बेहद संजीदगी के साथ, दार्शनिक होते हुए बोला, "बावला भाई, ऐसा ही माणसन् का बारा में काई ने कही है के–

रामचंदर बण में फिरो, पाँचू पंडू फिरा परदेस।
हरिस्चंद बिकतो फिरो, नरन् पे बिपदा पड़ी हमेस।।"

लपरलेंडी के ढाढस पर डमरू बमुश्किल अपने आप पर क़ाबू कर पाया कुर्ते के आस्तीन से आँसुओं से भीग गये गालों को पोंछा, और थके कदमों से

लपरलेंडी के साथ-साथ चल दिया। इसके बाद लपरलेंडी की हिम्मत नहीं हुई कि वह टटलू-प्रसंग को जारी रख पाए। जितनी देर वे दोनों साथ रहे, उनमें से कोई कुछ नहीं बोला। लपरलेंडी तो रास्ते में अपने चौतरे पर चढ़ गया, और डमरू अपने नोहरे के लिए सामने दाहिने ओर मुड़ती गली में समा गया।

6

जिस दिन से डमरू की भावज आमना ने अपनी जिठानियों के सामने उस पर खुलेआम यह तोहमत लगाई है, कि डमरू हाजी खुदाबख़्श यानी टटलू सेठ के लड़के नियाज़ की तलाक़शुदा बीवी नज़राना के चक्कर में है, उसी दिन से डमरू का मन चीख़-चीख़ कर कह रहा है कि या मेरे अल्लाह, काश यह धरती फट जाए और वह उसमें समा जाए। चलो, थोड़ी देर के लिए एक भावज का मज़ाक़ समझ वह इसे हवा में उड़ा दे। मगर यह कैसा मज़ाक हुआ कि जमात में वह दुनिया दिखाने के लिए गया था। इतने बड़े इल्ज़ाम के बाद तो इस दुनिया में कोई बे-ग़ैरत ही ज़िन्दा रह सकता है। इज़्ज़त और शर्मदार तो अब तलक गले में फंदा डाल अपनी जीवन-लीला ही ख़त्म कर चुका होता। डमरू का मन रह-रह कर उसकी ग़ैरत को न केवल धिक्कार रहा है बल्कि उसके अब तलक इस धरती पर ज़िन्दा रहने को ही ललकार रहा है।

कुछ समझ में नहीं आ रहा है डमरू के। उसके दिमाग़ ने जैसे काम ही करना बन्द कर दिया। रात-दिन सोचते-सोचते नसें मानो चटकने लगीं, जिसका नतीजा यह हुआ कि जो भैंस दोनों वक़्त लगभग बीस किलो दूध देती थी, वह घट कर पन्द्रह किलो पर आ गयी।

एकाएक इस दुर्घटना ने तीनों बड़े भाइयों यानी जमाल खाँ, कमाल खाँ और नवाब को चिन्ता में डाल दिया। मगर जैसे ही उन्हें इस नुकसान की असली जड़ का पता चला, तो पता चलते ही उनका ख़ून खौल उठा।

"यार नवाब, जरूर ई डमरू वा लपरलेंडी ने भड़कायो है!" कमाल खाँ की मारे गुस्से के कनपटी की नसें खिंचने लगीं।

"अन्यायी, अगर या लपरलेंडी को पहले ही इलाज हो जातो, तो आज ई नौबत ना आती।" नवाब की आँखों में सुर्ख़ डोरे तैरने लगे। मुट्ठियाँ अपने आप खुलने और बन्द होने लगीं।

"मेरे यार, तम दोनूँ भाई तो जब देखो घोड़ा पे सवार रहो हो... अरे, यामें वा लपरलेंडी को कोई कसूर ना है, और फिर वैसे भी टटलू का घर का बारा में पूछ के कौण-सी बुराई कर दी! थोड़ा ठंडा दिमाग सू सोचो। एक बात कहूँ

नवाब, असली कुरह (अंकुर) की जड़ तेरी लुगाई है... ई सारी लंक वाही की लगाई हुई है।" जमाल खाँ ने सीधे-सीधे अपने सबसे छोटे भाई नवाब से आमना की शिकायत की।

"मेरी लुगाई, ऊ कैसे?"

"क्यों, वाहे ई कहणा की कहा जरूरत पड़गी के डमरू कहीं या टटलू की बहू का चक्कर में तो ना है... डमरू तो जमात में दुनिया दिखाई कू गयो हो।"

"तोसू किसने कही ई बात?" नवाब ने पुष्टि करते हुए पूछा।

"किसने कही, या बात ए तो फातिमा और नसीबन भी कहरी हैं।" कमाल खाँ ने पुष्टि करते हुए बताया।

"अन्यायी, हम दूसरान् को मूँड फोड़ता डोलरा हैं... ई पतो ना है के असली मुजरिम हमारा घर में छुपो बैठो है।" जमाल खाँ ने गहरी साँस लेते हुए सारा भेद खोल दिया।

नवाब का इतना सुनना था कि वह एक झटके के साथ खड़ा हो गया। जमाल खाँ और कमाल खाँ को अपने छोटे भाई का यह रूप देख कर समझते हुए देर नहीं लगी कि आगे क्या होने वाला है।

"नवाब, पागल मत बण! कुछ उल्टो-पुल्टो मत कर बैठियो!" जमाल खाँ नवाब को समझाने लगा।

"मेरे यार, एकाध धौल-थप्पड़ सू ही काम चला लीजो!"

जमाल खाँ और कमाल खाँ की सलाह का अर्थ शायद ही किसी को समझाने की ज़रूरत हो। उनकी इस सुझावभरी सलाह का मतलब साफ़ है कि नवाब को अपनी बीवी को कैसे समझाना है। इससे पहले कि उन दोनों में कोई कुछ कहता, नवाब तमतमाता हुआ घर की ओर चल दिया।

"कमालू, यार तू दौड़ के जा! ई नवाब कोरो बावलंडी है... कहीं ई आमना के उल्टी-सूधी जिगह ना मार देए!" जमाल खाँ आशंकित हो अपने छोटे भाई से बोला।

"वाने काम ही ऐसो करो है... आज या नबाब ए वाकी अच्छी खबर लेण दे। ई जभी मानेगी।" कमाल खाँ ने बेपरवाही के साथ कहा।

"अरे ना यार, ऐसो ना होए कहीं ई बूबक वाहे जुगत सू सूड़ देए... चल खड़ो हो, जल्दी जा!" जमाल खाँ अपने छोटे भाई को लगभग हुक्म देते हुए बोला।

न चाहते हुए भी कमाल खाँ जाने के लिए खड़ा हो गया।

"मेरे यार समझे कर! औरत जात को मामला है... कहीं ऊँच-नीच होगी तो लेणा का देणा पड़ जाँगा... जल्दी कर, पीछे-पीछे मैं भी आरो हूँ।" कमाल खाँ

को ज़बरन घर भेजते हुए बोला जमाल खाँ।

बड़े भाई की बात में कमाल खाँ को दम नज़र आया। वह तेज़ी से लम्बे-लम्बे डग भरता हुआ घर की ओर बढ़ गया।

7

घर के बाहर जमा ख़लकत को देख और रह-रह कर कानों से टकराते आमना के आर्तनाद से जमाल खाँ समझ गया कि नवाब ने लगता है अपनी बीवी को सलीक़े से समझा दिया है। अन्दर जाने से पहले उसने पहले तो तमाशबीन ख़लकत पर उचटती-सी नज़र डाली, और फिर उसे धमकाते हुए बोला, "अरे, हीं कोई नाच होरो है जो तम वाहे देखरा हो!"

जमाल खाँ के इतना कहते ही भीड़ में थोड़ी हलचल हुई और देखते ही देखते काफ़ी हद तक छँट भी गयी।

अन्दर जाते ही जमाल खाँ एक बेमानी गुस्सा दिखाते हुए, दालान में बैठी नसीबन से बोला, "कहा होगो? कैसे पूरो घर सिर पे उठा राखो है?"

"मोसू कहा, वासू पूछ जाने या घर में ई साँग रोप राखो है।" नसीबन ने बड़ी सफ़ाई से पीछा छुड़ाते हुए कहा।

अब जमाल खाँ एकदम अनजान बनते हुए अपने छोटे भाई कमाल खाँ की ओर पलटा, "कमालू, कहा बात होगी?"

मगर कमाल खाँ ने तो कोई जवाब ही नहीं दिया। अब रह गया नवाब। शास्त्रसम्मत अब इसी के श्रीमुख से सुनना बनता है। जमाल खाँ ने बड़ी संजीदगी के साथ अक्कल दाढ़ को कुरेदते हुए बेहद निष्प्रभ भाव से नवाब की ओर ऐसे देखा जैसे उसे कुछ पता ही नहीं है।

"नबाब, अन्यायी या घर में ई कहा महाभारत मचा राखी है?"

"महाभारत कहा, हमारा घर में एक द्रौपद पैदा जो होरी है... याने मचा राखी है महाभारत... याकी माँ का चुदाया में, ई एकाध माणस ए मरवा के मानेगी या घर में।" नवाब का इशारा अपनी बीवी आमना की तरफ़ था।

"अरे माणस तो मरवाएगी, पर पहले ई तो बताओ याकी नौबत आयी कैसे?" जमाल खाँ की संजीदगी और निश्छिलता और निखर आयी।

"बताऊँ तो जब, जब ऊ बताण लायक होए... बेमतलब ई दूसरा की अलसेट (आफ़त) ए अपणा घर में लाणा पे तुलरी है।"

"मैं कुछ समझो ना?" जमाल खाँ ने भोलेपन से कहा।

इससे पहले कि नवाब कोई जवाब देता, दालान के दायीं ओर के कमरे में से

भड़भड़ाते हुए आमना बाहर निकली, और एक बार फिर आर्तनाद करते हुए चीख़ी, "मैं लारी हूँ अपणा घर में दूसरा की अलसेट! वा कळसंडा ए मत समझाओ जो या ताक में बैठो है के कैसे वा ढेड टटलू की बहू या घर में बिठाऊँ... अरे अल्लाह, या हरामी के कीड़ा पड़ें... याहे जन्नत भी नसीब ना होए... याको नास जाए... यापे माटी पड़े... या सतलंडा की नसबंदी हो जाए... दिन-धुप्पराई में ई ढेड रँडुआ हो जाए... याने मैं तोड़ के धर दीऽऽऽ!" आमना का आर्तनाद शाम के झुटपुटे में घर की दीवारों से टकरा कर पल भर के लिए ख़ामोश हो गया।

"नबाब, ई आमना कहा कहरी है?" जमाल खाँ ने हैरान होने की मुद्रा अपनाते हुए पूछा।

"कह कहा री है... लगे है अभी याको मन भरो ना है!" दाँत पीसते हुए नवाब गुर्राया।

"तू अबके हाथ तो लगा के देख... दारी काँ ए कच्चो ना चबा जाऊँ तो!" अपने जेठ यानी जमाल खाँ को सामने देख प्रत्युत्तर में आमना भी गरज़ी। वह जानती है कि उसके जेठ के आगे उसका पति नवाब उस पर हाथ तो उठाने से रहा। इससे पहले कि जमाल खाँ पूरे मामले को समझने की कोशिश करता, आमना वहीं दालान में एक तरफ़ बैठते हुए, मुँह पर पल्लू डाल अपने बाप को गरियाने लगी, "अरे मेरा बाप, तेरो बंस मिट जाए तैने मैं कैसा कसाइन् के बाँध दी... तेरो नास जाए तोकू कफन भी मयस्सर ना होए... मैं तो खुदा सू यही दुआ माँगू हूँ के चावखाँ को रहमत, तू जीतो जी या दुनिया सू माटी ले जाए... पतो ना मेरा बाप या मलूकजादा में तोहे कहा दीखो जो तैने मैं याके पल्ले बाँध दी..."

"अरी तू चुप रहेगी कैसे!" जमाल खाँ ने ज़ोर से आमना को डाँट दिया।

अपने जेठ की इस डाँट पर आमना चुप हो गयी। वह समझ गयी कि अब चुप रहने में ही भलाई है वरना उसके प्रति जो थोड़ी-बहुत हमदर्दी बची है, वह भी जाती रहेगी। आमना के अब केवल हल्के-हल्के सुबकने की आवाज़ आने लगी। छोटी-सी ख़ामोशी के बाद जमाल खाँ ने एक पल रुक कर, पहले अपनी बीवी नसीबन की ओर देखा, और फिर बेहद सावधानी बरतते हुए सबको सुनाते हुए बोला, "रोज-रोज या घर में ई कहा धूमस मचा राखो है?"

"पतो ना, या घर में काई ढेड ने कौन-सो सेह को काँटो खुबा राखो है, जो रात-दिन राँडा-निपूती मची रहे है।" सीधा जवाब देने के बजाय नसीबन किसी अनिष्टता के प्रति शक ज़ाहिर करते हुए बोली।

"कोई काँटो-वाँटो ना खुबरो है... या रंडी ए हम समझाता-समझाता बावला होगा, पर याके कुछ समझ में ना आरी है... पतो ना या डमरू सू ई कहा चाहवे

है। वाने यासू टटलू का घर का बारा में कहा पूछ ली, ई तो वाके पीछे ही पड़गी... छोटी-सी बात पे या हरामण ने पूरी रामाण ही रोप दी।"

"पूछ ली तो ऐसो कौण-सो गुनाह कर दियो!" जमाल खाँ ने फ़ातिमा की बात को वज़नी बनाते हुए कहा।

"मेरी एक बात समझ में ना आरी है के बहू तलाक दी गयी है काई और की, और लट्ठ बजरो है या घर में... ई मतलब कहा है?" कमाल खाँ भी बक़ौल नसीबन इस राँडा-निपूति में उलझता चला गया।

"या नटनी सू पूछो, जो बेमतलब डमरू के ऊपर तोहमत लगारी है। चलो कोई बात ना याने टटलू की बहू का बारा में उल्ट-सुल्ट कह दी... पर या बात को कहा मतलब है के डमरू जमात में दुनिया दिखाई कू गयो हो।" नसीबन ने एक बार फिर असली बात को दोहरा दिया।

"ई बात तो ठीक है पर इन भावज-देवर का चक्कर में हमारी तो ऐसी-तैसी होगी। हमारी तो अच्छी-खासी भैंस ही लदगी।" जमाल खाँ एकाएक हुए नुकसान से आहत होते हुए बोला।

"तम तो मेरे ऊपर ऐसे इल्जाम लगारा हो जैसे मैंने वा भैंस सू कही ही के तू दूध देणो बन्द कर दे।" अपने ऊपर लगे इल्ज़ाम पर सफ़ाई दी आमना ने।

"फिर तेरो मतलब कहा हो डमरू सू या बात ए कहणा की। रंडी, तू जभी राजी रहेगी जब ऊ फिर सू जमात में चलो जाएगो!"

नसीबन का तीर निशाने पर लगा। जमात का नाम सुनते ही आमना का सुबकना पूरी तरह बन्द हो गया। वह चुपचाप दालान से उठी और अपने कमरे में चली गयी। एक-एक कर सब चले गये। थोड़ी देर पहले तक जिस दालान में तनाव के ताँत खिंच कर टूटने को हो रहे थे, वे धीरे-धीरे ढीले पड़ने लगे। ऐसा लग ही नहीं रहा है जैसे इस घर में कुछ हुआ हो। पानी में उठती लहरें कब अपने आप शान्त होती चली गयीं किसी को पता नहीं चला। एक-एक कर घर के सारे बल्ब जल उठे और पूरा घर एक बार फिर रोशनी से भर गया।

8

नज़र पड़ते ही लपरलेंडी को लगा जैसे आज सूरज पूरब से नहीं पच्छिम से उगा है।

सामने दाहिने ओर मुड़ती गली के मुहाने से एकाएक नमूदार हुए परिचित चेहरे को देख उसका चेहरा खिल उठा। जिस मुहाने को ताकते हुए उसकी आँखें लगभग पथरा चुकी थीं, अचानक डेरा इस्माइल खान देसी सुरमे की शीतलता से नहा गयीं। अपनी आँखों पर उसे यक़ीन नहीं हुआ कि जो आदमी उसके चौतरे

की ओर बढ़ा आ रहा है वह और कोई नहीं डमरू है। लपरलेंडी ने तुरन्त पोजीशन ले ली और जब तलक डमरू उस तक पहुँचता, दूर पड़ी एक मूढ़ी अपनी तरफ़ खींच ली। मारे कौतूहल और जिज्ञासा के उसका रोम-रोम लरज़ने लगा। मगर उसे यह देखकर बहुत हैरानी हुई कि डमरू की चाल में जो चटक होनी चाहिए थी, वह सिरे से ग़ायब है। लपरलेंडी भाँप गया कि आकाश में टटलू के घर की चकराती आवारा पतंग ने, डमरू के घर की उड़ती शान्त पतंग को भी अपनी चपेट में ले लिया है। गली के मुहाने से उसके चौतरे तक पहुँचने में डमरू को मानो कई पहर लग गये।

डमरू जिस तरह सीढ़ियों को पार कर चौतरे पर आया, उसे देख कर लपरलेंडी भाँप गया कि वह कई दिनों से ठीक से सोया भी नहीं है। मारे थकान के उसके कन्धे झुके हुए हैं, और चेहरे से मानो किसी ने सारी आब सोख ली है।

"आ भई डमरू!" लपरलेंडी ने किसी तरह का उतावलापन दिखाए बिना, बेहद सधे हुए अन्दाज़ में कहा।

सामने पड़ी मूढ़ी को अपनी ओर खींचते हुए डमरू चुपचाप बैठ गया।

"और, सब ठीकठाक है?" जानते हुए भी लपरलेंडी ने डमरू के घर में मची महाभारत के बारे में कुछ नहीं कहा। इससे ज़्यादा समझदार के लिए और क्या इशारा हो सकता है।

"घंटा ठीक है यार काका!" मुँह फेरते हुए डमरू ने जवाब दिया।

"कहा मतलब?" लपरलेंडी ने चौंकने की मुद्रा अपनाते हुए पूछा।

"मैं तो फिर जमात में जारो हूँ। लगे है या घर में अब निबाह मुसकल है।"

"मैं कुछ समझो ना।"

"कहा बताऊँ, डोकरा की मेरी वा सिंगारवाली भावज ने पूरा गाँओं में ई बात उड़ा राखी है के मैं नजराना के संग घर बसाणा का चक्कर में हूँ।" बिना उत्तेजित हुए डमरू ने धीरज का परिचय देते हुए अपनी व्यथा सुनाते हुए कहा।

"मेरी भी यही सलाह है।"

"कहा मतलब?" मूढ़ी से लगभग उछलते हुए पूछा डमरू ने।

"मेरी बात को गलत मतलब मत निकाल। मेरो मतलब है के अबके तू काई लम्बी जमात पे निकल जा। घर सू महीना-बीस दिन दूर रहेगो, तो मन अपणे आप ठिकाणे आ जाएगो।"

"बस, सही सलाह लेण आयो हूँ।"

"ई तैने बहोत बढ़िया सोची है।" इतना कह लपरलेंडी ने धीरे-से पहले डमरू के चेहरे पर तिरमिराते भावों को टटोला, फिर बेहद चौकसी बरतते हुए अपने

आसपास देखा और फिर उसकी आँखों में आँखें धँसाते हुए शब्दों को चबाते हुए बोला, "वैसे वा टटलू का घर में चलरी टिसल फिस्स का बारा में कुछ पतो लगी के ना?"

"टिसल फिस्स कहा, बेमतलब बाप-बेटा एक खानदानी बहू पे उल्टो-सूधो इल्जाम लगारा हैं... जबकि सच्चाई ई बताई के टटलू की अपणी बहू पे गलत नजर ही।"

"ना यार।" लपरलेंडी ने मूढी से उचकते हुए तसदीक करनी चाही।

"और, मैं कोई झूठ बोलरो हूँ... मैंने तो इतनी भी सुणी है के एक दिन टटलू ने नजराना चौबरा में पकड़ ली बताई... ऊ तो जब नजराना रौल मचाण लगी, तो टटलू ने उल्टो वाही पे गलत इल्जाम लगा दियो... और वा बेकूप नियाज ने बिना कुछ सोचे-समझे, बाप का बहकावा में आके एक गाय जैसी औरत तल्लाक दे दी। बस्स, नजराना वाही दिन सू अपणा पीहर में बैठी है।" कहते-कहते डमरू जैसे किसी दुःख के पोखर में समा गया।

"ई तो नियाज ने वाके संग गलत करो है।" लपरलेंडी डमरू के दुःख के पोखर में उतरते हुए बोला।

"पर अब एक नयी बात सुणी है के टटलू और नियाज रोज नजराना ए मनाता डोल रा हैं। नियाज ने खूब माफी-तलाफी माँग ली, और टटलू ने बहू के आगे अपणी पाग तलक पटक दी, पर नजराना ही राजी ना होरी है... हाँ, एक ही सरत पे राजी है के अगर नियाज भरी पंचात में माफी माँग लेए, तो ऊ ऊल्टी आ जाएगी।"

लपरलेंडी के लिए यह एक नयी जानकारी थी।

"डमरू, वैसे तोहे जँचे है के नियाज भरी पंचात में अपनी गल्ती ए कबूल कर, नजराना सू माफी माँग लेएगो?"

"अगर घर बसाणो है तो माफी भी माँगनी पड़ेगी... और फिर माफी माँगण ाा सू माणस कदी छोटो ना होए है।"

"वैसे या नजराना ने टटलू और नियाज को सही इलाज करो है... अब पतो चलेगी के ऊँट कितनी बेर बैठे है।" लपरलेंडी डमरू का समर्थन करते हुए बोला।

"एक बात कहूँ काका, सारी करनी-धरनी या धरती पे ही भुगतानी पड़े है।" डमरू इस बार दार्शनिक हो गया।

"वैसे एक बात पूछूँ डमरू?" अचानक लपरलेंडी की आँखों में शरारत तैरने लगी, "या टटलू ने अपणी बहू सही में धर-दबोची ही चौबारा में?"

"ऐसो है, जब पंचात होए न तो वा टटलू सू तू ही पूछ लीजो..." इतना कह डमरू तमतमा कर खड़ा हो गया।

"यार, सुण तो सही एक मिनट!"

डमरू ने पीछे मुड़ कर भी नहीं देखा। वह तेज़ी से गली के उसी मुहाने की ओर बढ़ गया, जहाँ से थोड़ी देर पहले प्रकट हुआ था। लपरलेंडी की आँखें डमरू का तब तक पीछा करती रहीं, जब तक वह उस गली में समा नहीं गया।

9

एकाएक हुए इस बेवक़्ती ऐलान से पूरा घर सकते में आ गया। शिराओं में अपनी गति से बहता रक्त ठिठक गया, और धमनियों में दौड़ता खून रह-रह कर हाँफ़ने लगा। कल तलक जो आमना यह सोचकर बेफ़िक्र थी कि अगर डमरू चला भी गया तो ऐसा कौन-सा पहाड़ टूट पड़ेगा वही आमना अब परेशान हो उठी। डमरू के इस ऐलान पर कि वह अगले जुमेरात को फिर से जमात में जा रहा है, किसी की उससे यह पूछने की हिम्मत नहीं हुई कि उसने इतनी ज़ल्दी दोबारा जमात में जाने का कैसे फ़ैसला ले लिया। क्योंकि सब जानते हैं कि उसके इस फ़ैसले के पीछे असली वजह क्या है।

दोपहर को थोड़ी फ़ुरसत मिलते ही नसीबन और फ़ातिमा कमर सीधी करने की ग़रज़ से दालान में लेटी ही थीं, कि दोनों के बीच आगे बनने वाले हालात पर तब्सिरा शुरू हो गया।

"या रंडी ए अब पतो चलेगी जब ई रोजा भी राखेगी और वा नोहरा ए भी सँभालेगी।" नसीबन ने बिजना झलते हुए कहा।

"बहाण, जाने बोई है काटनी भी वाहे ही पड़ेगी।" फ़ातिमा बोली।

"वैसे एक बात कहूँ फातिमा, नबाब या हरामण ए मारे भी बहोत है पर पतो ना याकी देह काँई की बणी है... ऐसी पिटोकड़ी मैंने आज तलक ना देखी।"

"रोज-रोज पिटनो कोई अच्छी बात ना है... अब याहे कहा मिलगो... अच्छो-भलो डमरू पूरा नोहरा ए सँभाल रो हो... अब राजी रहेगी जब ई डमरू जमात में चलो जाएगो।"

"पतो ना या आमना के कैसे बहम होरो है के डमरू वा नजराना का चक्कर में है... काई ए अपणे घर में लाणो हँसी खेल है... और फिर कहा पतो कल नजराना उल्टी अपणे घर आ जाए!"

"मैंने तो सुणी है के नियाज वा नजराना ए भरी पंचात में लाणा पे राजी होगो है।" फ़ातिमा ने जैसा सुना वैसा बता दिया।

"ई तो नजराना ही बावली निकली। अगर ई वाही बखत पुलिस में दहेज को केस कर देती न, तो सारी तल्लाक धरी की धरी रह जाती। देखती रह जाती

सारी हदीस और ये मुल्ला-मौलवी।"

"ई बात तो तू सही कहरी है नसीबन। या दहेज का कानून ने इन हरामी मरदन् के अच्छी नकेल कस राखी है... नहीं जब जी में आवे ऐसे तल्लाक दे देवे हैं जैसे हम तो माणस ही ना हैं।"

"वैसे या नजराना ने अच्छी सरत धरी है के अगर पंचात में माफी-तलाफी माँगेगो तो आऊँगी, नहीं धरी राख अपणी धरमसाला ए।"

"सरत ना धरती तो कहा करती! ऐसा आदमी को कहा भरोसा। कहा पतो अपणा कौल सू कद पलट जाए।" नसीबन ने आशंका जताते हुए कहा।

"वैसे ये दोनूँ बाप-बेटा अभी भी कोसिस कर्रा हैं के काई तरह बिना पंचात के ही बात बण जाए... पर सुनी है ऊ नजराना ही अड़ी पड़ी है।"

"हरामी ये बाप-बेटा अगर या बात ए पहले ही सोच लेता, तो आज पूरा गाँओ में इनके लीतरा-सा ना पड़ता। जब खूब जग हँसाई हो ली, जब अकल आई है... पर बहाण, अच्छी बात है इतना होणा पे भी काई को घर बस जाए।" फ़ातिमा ने अन्त भला सो सब भला मुहावरे का सहारा ले गहरी साँस ली। उसने देख लिया कि नसीबन को झपकियाँ आ रही हैं।

10

हाजी ख़ुदाबख़्श यानी टटलू सेठ ने अपनी बहू को मनाने के लिए साम, दाम, दंड, भेद सहित सारे अस्त्रों और शस्त्रों का इस्तेमाल कर लिया कि किसी तरह वह भरी पंचायत वाली माफ़ी-तलाफ़ी की शर्त को वापस ले ले। मगर वाह री नज़राना तेरी हिम्मत को सलाम कि तूने शर्त वापस लेने की बात तो दूर रही, अपने बचन से मजाल है एक इंच पीछे तो हटी हो।

पूरे मोहल्ले ही नहीं, पूरे गाँव के लिए वह एक मिसाल बन गयी। उसके बारे में तरह-तरह की मिसालें और बातें कही जाने लगीं। कोई उसके बारे में कहता—

भौं भारी पैनी भुजा, लम्बे जाके केस।
'कोक' कहे सुन ब्यासजी, तिरिया के माया को परवेस।।

तो कोई कहता—

कद छोटो गुट्टी घणी, गदराली है चाल।
'कोक' कहे सुन ब्यासजी, तिरिया करे निहाल।।

दरअसल, लोगों का ऐसा कहना है भी सही और वह इसलिए कि जबसे नज़राना के हाजी ख़ुदाबख़्श के घर में कदम पड़े हैं, तबसे वह निहाल हो गया। माया तो मानो उसकी दहलीज़ पर बाँदी बनी हाथ बाँधे खड़ी रहती। शायद ऐसी

ही कुलवंती के बारे में कहा गया होगा—

कणक भोजन, गौ धन, घर कुलवंती नार।
चौथी पीठ तुरंग की, ये बिसत निशानी चार।।

इसीलिए पूरे मोहल्ले को इन्तज़ार है तो उस दिन का जिस दिन पंचायत जुड़नी है। पूरा मोहल्ला अपनी आँखों से देखना चाहता है कि उस दिन टटलू और नियाज़ दोनों बाप-बेटे भरी पंचायत में नज़राना की किन-किन शर्तों को मान उसे वापस अपने घर लाते हैं।

आख़िरकार आने वाले जुमे को जुमे की नमाज़ के बाद जमाल खाँ के नोहरे में पंचायत का बैठना तय हो गया। पंचायत क्या, पंचायत के नाम पर बिरादरी के कुछ लोगों को ही तो बैठना है, और मसले को आराम से निपटाना है। जब पहले से सब तय है तब काहे की नुकताचीनी। टटलू की पहले ही इतनी हया जुत ली, वह क्या कम है। अब तो किसी तरह टटलू यानी हाजी खुदाबख़्श की लाज रखनी है, और नज़राना का मान बचाना है। कहने का मतलब यह कि साँप भी मर जाए और लाठी भी टूटने से बच जाए। हालाँकि इधर नवाब अपने नोहरे में पंचायत के नाम पर इस तरह लोगों के इकट्ठा होने के सख़्त ख़िलाफ़ था। उसकी यह ख़िलाफ़त एक हद तक अपनी जगह सही और जायज भी थी, क्योंकि आमना पहले ही नज़राना को लेकर डमरू के बारे में तरह-तरह की बातें कह चुकी है। मगर बड़े भाई जमाल खाँ और दूसरे लोगों के समझाने, और मुनासिब जगह होने की वजह से वह मान तो गया, लेकिन बे-मन से।

जुमे की नमाज़ के दौरान मस्जिद में जिसे भी इस पंचायत का पता चला, अपने सारे काम छोड़कर वह जमाल खाँ के नोहरे में चला आया। जुमे की नमाज़ के बाद जमाल खाँ का पूरा नोहरा भर गया। नज़राना के पीहर से उसके बाप और भाइयों को बुलवा लिया गया।

देर तलक इस पर विचार होता रहा कि आख़िर इस मसले को और ज़्यादा उलझाए बिना कैसे सुलझाया जाए? आख़िर सबने मिल कर यह तय किया कि क्यों न इसे हाजी खुदाबख़्श पर ही छोड़ दिया।

हाजी खुदाबख़्श यानी टटलू सेठ धीरे-से अपनी जगह से खड़ा हुआ और हाथ जोड़कर बेहद विनम्रता के साथ लगभग गुहार करते हुए बोला, "पंचो, हमसू जो गल्ती हुई है वाकी मैं या भरी पंचात में माफी माँगरो हूँ... और खुदा रसूल ए हाजिर-नाजिर करके कसम खाऊँ हूँ के आगे सू ऐसी गल्ती फिर ना होएगी!"

"हाँ भई रहमत, खुदाबकस की बातन् पे तमन्ने अकीन है? याकी बातन् सू तिहारो पेट भरगो, या कुछ और चाहवो हो?" पंचायत की तरफ़ से नज़राना

के पिता से पूछा गया।

"पंचो, हमें तो सब मंजूर है... वैसे भी जब हमारो चौधरी हाजी साहब भरी पंचात में माफी माँगरो है, तो हमें और कहा चहिए।" नज़राना के पिता रहमत ने भी उसी विनम्रता के साथ जवाब दिया।

"ना, अगर तम चाहवो हो के कुछ और डंड-वंड धरो जाए तो वाहे भी बताओ?"

"ना चौधरी साब, हमें और कुछ ना चहिए... बस, काई तरह हमारी छोरी को घर बस जाए। वैसे भी पंचन् सू बड़ो कोई ना होवे है।"

"फिर भी, तिहारा पाँवन् में इनसू फेंटा-पगड़ी पटकवा देएँ?"

"कैसी बात कर्‌रा हो चौधरी साब! फेंटा-पगड़ी भला कोई कौल सू भी बड़ी होवे हैं कै!" रहमत लगभग दोलड़ होते हुए रिरियाया।

"ना भई रहमत, कदी पीछे तू कह देए के फलाँ गाँओं की पंचात ने मेरे संग न्याव ना करो।"

"चौधरी साब, या बात सू बेफिकर रहो। जितनो अकीन मोहे अपणा चौधरी पे है, वासू कहीं जादा या पंचात पे है।" रहमत ने आख़िरकार पंचों का फ़ैसला क़बूलते हुए कहा।

"हाँ भई हाजी, अब तू बता?" पंचायत के वृत्त में से जैसे टटलू से आख़िरी बार पूछा गया।

"पंचो, मैं तो तिहारी गाय हूँ... तम जो भी फैसला करोगा, वाहे राजी-राजी सिर-माथा पे ओटूँगो... मोहे तो अपणा बालकन् को घर बसानो है।" कहते-कहते हाजी खुदाबख़्श की आवाज़ भारी होती चली गयी।

"तो फिर ठीक है, आज ही दोनूँ बाप-बेटा या रहमत के संग जाओगा और बहू ए पूरी इज्जत के साथ बिदा करके लाओगा... हाँ भई पंचो, मैं ठीक कहरो हूँ न?"

"हाँ-हाँ, बिल्कुल ठीक कहरो है!" पंचायत की इस सामूहिक स्वीकृति के साथ जमाल खाँ का पूरा नोहरा तालियों से गड़गड़ा उठा।

"भई लालाओ, तिहारी या पंचात ने बहू ए लाना-लिवाणा की बात तो कह दी परऽऽऽ ई सही है?" तालियों की गड़गड़ाहट के शान्त होते ही एक कोने से सवाल उछला।

अचानक पंच-फ़ैसले के ख़िलाफ़ दर्ज़ हुए इस एतराज़ पर पूरी पंचायत में ख़ामोशी छा गयी। ज़्यादातर आँखों में डूबते-उतरते अनगिनत सवाल पंचों के चेहरे पर चस्पाँ हो गये जैसे। किसी की समझ में नहीं आ रहा है कि इतने बेदाग़ फ़ैसले में आख़िर झोल कहाँ रह गया। पूरी पंचायत में खुसर-पुसर शुरू हो गयी।

सब एक-दूसरे की आँखों में झाँकने लगे।

"रसखान, अगर ई सही ना है तो यामें गलत भी कहा है?" जवाब में एक पंच ने पूछा।

"गलत... अन्यायी, वैसे तो तम अपणे आप ए बताओ हो मुसलमान, पर लक्खण तिहारा अभी भी हिन्दूनू जैसा हैं।"

"यार रसखान, तू ई हिन्दू-मुसलमान तो बखाणे मत... साफ-साफ कह, बात कहा है?"

"भई वा, तम भला मुसलमान हुआ जो इतनो भी पतो ना है के तल्लाक दिए पीछे अगर कोई फिर सू वाही घर में आणो चाहवे, तो वाकू हलाला जरूरी है।"

"हलाला?" भरी पंचायत के बीच एकसाथ कइयों ने पूछा।

"हाँ हलाला।"

"मेरे यार, जब दोनूँ आदमी राजी हैं तो यामें ई हलाला-फलाला कहाँ सू आ घुसी?"

"फिर तो रोजा-निवाज और तल्लाक की भी कहा जरूरत है। अन्यायी, रोज छोड़ देओ और रोज मना लाओ... और फिर सारो फैसला खुद ही करणो है तो या पंचात की भी कोई जरूरत ना ही।"

"रसखान, तैने चलती गाड़ी में अच्छो गाँव अटकागो... मेरे यार, अब या हलाला ए करता डोलो! चलो, हम हलाला भी कर देएँ पर कोई भलो आदमी निकाह कू तैयार भी तो होणो चहिए?" एक अन्य पंच ने मूल समस्या की ओर रसखान का ध्यान दिलाते हुए कहा।

"ले, यामें कौन-सी बड़ी बात है। अरे, है तो सही टटलू को सबसू छोटो छोरा अकरम, वासू पढ़ा देओ निकाह।"

"तेरो दिमाग खराब होरो है... अकरम तो पहले सू बाल-बच्चेदार है, वासू कैसे हो जाएगो निकाह।" हाजी ख़ुदाबख़्श यानी टटलू ने तुरन्त अपना एतराज़ जताते हुए कहा।

"टटलू, रसखान सही कहरो है... वैसे भी ई कौण-सो परमानेंट निकाह होरो है। मेरे यार, आठ-दस दिन पीछे दिवा देंगा तल्लाक।" समस्या का हल सुझाते हुए एक पंच ने टटलू को समझाने की कोशिश की।

"देखो, काई के संग भी निकाह करवाओ। मेरो तो बस इतनो कहणो है के अपणा महजब ए मत भूलो।" पूरी पंचायत को लगभग सहमत होता देख रसखान ने एक खुला विकल्प छोड़ दिया।

"हाँ भई टटलू, बता तू राजी है?" पहले पंच ने पूछा।

"अन्यायी, तम कैसी बात कर्रा हो!" हाजी खुदाबख़्श इस बार झुँझला गया।

"एक बात बता, ई पंचात तैने बुलाई है या हमने?"

"बुलाई है तो याको मतलब ई थोड़ेई है के तम मोहे फाँसी पे चढ़ा देओ। बकरा का गला में ऊँटणी बाँध देओ, ई कहाँ को न्याव हुओ!" हाजी खुदाबख़्श इस बार घिघिया गया।

"ठीक है पंचो... फिर सब देखो। अगर काई ए ऐसो आदमी दीख जाए जासू नजराना को हलाला हो जाए, तो जरूर बतइयो... और टटलू, भई तू भी देखियो... अब हमन्ने ई हलाला ही देखणो है।"

इसके साथ ही बिना किसी नतीजे के पंचायत ख़त्म हो गयी। सब अपनी-अपनी दिशाओं में बढ़ गये। नियाज़ को काटो तो ख़ून नहीं। अच्छी-ख़ासी बात बनते-बनते बिगड़ गयी।

वह थके हुए कदमों से घर में घुसा ही था कि सामने खड़ी उसकी माँ कल्लो ने उसके पास आकर चहकते हुए पूछा, "कद जारो है बहू ए लेण?"

नियाज़ ने माँ को कोई उत्तर नहीं दिया। वह सीधा अपने कमरे में आया और कटे पेड़ की मानिंद चारपाई पर ढेर हो गया। कल्लो समझ गयी कि जैसा वह सोच रही थी, ऐसा कुछ नहीं हुआ। अब तो असली बात का हाजी से ही पता चलेगा। चुपचाप वह वापस लौट आयी।

इधर कमरे में नियाज़ देर तलक टकटकी लगाए बस सामने अलगनी और खूँटी पर टँगे नज़राना के कपड़ों को निरखता रहा। निरखते हुए रह-हर कर उसे लगता रहा मानो जिस्म से उसका धड़ ही अलग हो गया है। कमरे की दर-ओ-दीवार से जैसे नज़राना की हँसी फूट रही है। पुरानी यादों में डूबे नियाज़ की आँखें देखते ही देखते न जाने कब डबडबा आयीं। हलक़ में मानो सूखी रेत ठूँस दी हो किसी ने। लगा जैसे खिलखिलाती नज़राना ने धीरे-से पाखे की ओट ले ली। खुली आँखों के झूठे सपने से एक धुँधली आकृति एक झटके से ग़ायब हो गयी। नियाज़ ने गहरा साँस लिया और मन ही मन यह कहते हुए करवट ले ली—

बादल शोभा बीजली, घटा की शोभा घोर।
घर की शोभा कामनी, बागन् शोभा मोर।।

11

हाजी खुदाबख़्श के घर में मानो शोक की लहर दौड़ गयी। जिस घर में कुछ देर पहले तक एक जानी-पहचानी खुशी किलकती हुई इधर से उधर कुलाँचें भर रही थी, वहीं अब मानो विरह और संताप का आलाप गूँज रहा है। बहू के आने के

चाव में जिस कल्लो के घुटनों का दर्द ग़ायब हो गया था, उन्हीं घुटनों को जैसे किसी ने मरोड़ दिया, और जिन बच्चों की किलकारियों सें पूरा घर किलक रहा था, उन्हीं आँखों में एक सूखी वीरानगी पसर गयी।

तो क्या नज़राना की इस घर में कभी वापसी नहीं होगी? क्या उसकी हँसी की खनक इस घर की दर-ओ-दीवार को कभी सुनने को नहीं मिलेगी? पिछले कुछ देर से ऐसे न जाने कितने सवाल पूरे घर में भाँय-भाँय करते विचरण करने लगे हैं।

इस बीच हाजी ख़ुदाबख़्श और कल्लो ने मन ही मन मोहल्ले से लेकर पूरे गाँव को खँगाल मारा मगर उन्हें एक भी ऐसा शख़्स नज़र नहीं आया, जिससे नज़राना का निकाह कर, फिर से तलाक़ दिलवाया जा सके। हार कर दोनों मियाँ-बीवी ने पंचायत के ही सुझाव पर पुनर्विचार करने में भलाई समझी, और शाम को इशा की नमाज़ के बाद फ़ुरसत से इस पर बहू-बेटों से सलाह-मशविरा तय कर लिया।

हाजी ख़ुदाबख़्श लगभग सहमते हुए अकरम की बीवी नासिरा की ओर पलटा, “नासिरा, बेटी एक छोटी-सी अरज है, मना मत करियो!” इतना कह टटलू कुछ पलों के लिए चुप्पी साध गया। फिर उसने ग़ौर से नासिरा के खिंचे हुए चेहरे के भावों को बाँचने की कोशिश करते हुए हिम्मत जुटाई, “बेटी, या घर की इज्जत अब तेरा हाथ में है।”

अपने ससुर के कहते ही नासिरा समझ तो चुकी थी कि वह किस इज़्ज़त की बात कर रहा है, फिर भी चेहरे के भावों को छिपा सवालिया नज़रों से सबकी तरफ़ ऐसे देखा, जैसे वह उनसे पूछ रही है कि उससे ऐसा कौन-सा गुनाह हो गया, जिसकी वजह से इस घर की इज़्ज़त पर आन पड़ी है। इस बीच उसने देखा कि उसके ससुर ने उसकी सास को कुछ इशारा किया है। समझ गयी नासिरा इस इशारे का आशय।

“हाँ बेटी, बात ई है के तेरी जिठानी को निकाह हम तेरा अकरम सू करवाणा की सोचरा हैं।” कल्लो ने बमुश्किल शब्दों को इकट्ठा करते हुए नासिरा से कहा।

उसकी सहमति के बिना लिए गये इतने बड़े फ़ैसले को सुनते ही नासिरा को मानो ज़ोर से उठा कर ज़मीन पर पटक दिया हो। पल भर के लिए उसकी घिग्घी-सी बँध गयी, “मा... माई मेरी जिठानी को निकाह अ... अकरम सू?”

“हाँ बेटी, आठ-दस दिनाँ की बात है... वाके पीछे हम उनको तल्लाक करवा देंगा।” टटलू ने बहू को समझाने की कोशिश की।

“कहा करें बेटी, अच्छी-भली बात बणगी ही... पर नास जाए वा हरामी रसखान को, पतो ना बीच में कहान् सू ई हलाला घुसेड़ दियो।” कल्लो ने रसखान को गरियाते हुए असली बात बता दी।

"ई बात तो तेरी ठीक है माई पर या हलाला को अकरम सू कहा मतलब है?" नासिरा ने अकबकाते हुए पूछा।

"मतलब कहा, बेटी हमारी सरिअत और मजहब में ई बताई के तल्लाक पीछे पहले वाको काई सू निकाह होएगो... और फिर वाको दुबारा तल्लाक होणो चहिए जभी ऊ या घर में उल्टी आ सके है... ढेड ई बतायो ऊ हलाला।" कहते-कहते कल्लो जैसे हाँफने लगी।

"पर माई या चोदा हलाला का चक्कर में तम मेरा बसा-बसाया घर ए काँई लू उजाड़ना पे तुलरा हो!" नासिरा इस बार खोखली दीवार-सी ढह गयी।

"राँड, मैंने तोसू पहले ही कही ही के या राग ए बहू के आगे मत छेड़, पर मेरी सुणी होए जब न।" टटलू पस्त होते हुए बोला।

"छेड़ दियो तो मैंने कौण-सो गुनाह कर दियो... और फिर कौण-सो हमने नजराना को निकाह अकरम सू करवा दियो है, जो ई ऐसे बिफर री है।" कल्लो एकाएक हत्थे से उखड़ गयी।

"देख बेटी, ई तो हमारा मजहब में कोई रिवाज बताई... हमने तो या मारे तोसू पूछ ली... वैसे भी हम कौण-सा इनको निकाह सदा-मदा कू कर्रा हैं... अरे, ई तो एक लीक है जो आठ-दस दिनाँ में पूरी हो जाएगी। अगर यामें तेरी रजामंदी ना है, तो कोई बात ना है। हम कोई दूसरो रस्ता ढूँढ लेंगा।" टटलू ने अन्ततः जैसे हथियार डाल दिए।

"ई बात तो तिहारी ठीक है, पर मान लेओ निकाह पीछे अकरम ने तल्लाक ना दियो तोऽऽऽ?" नासिरा ने अपने पति अकरम की ओर देखते हुए आशंका जताई।

नासिरा ने जिस बेचारगी के साथ अपने पति की आँखों में आँखें डाल पूरे घर से सवाल किया था, हँसी की हल्की-सी फौहारें बिखर गयीं। तनाव और डर का तना हुआ वितान पल भर के लिए ढीला पड़ता चला गया। पहले तो नासिरा थोड़ी झेंपी और फिर पूरी मजबूती के साथ, सख़्त होते हुए अपनी सास कल्लो के बहाने पूरे घर को अपने फ़ैसले से अवगत कराते हुए बोली, "देख माई, भलो मानो या बुरो... तिहारी या बात ए मैं कदी ना मानूँ। मेरी बला सू ई नजराना या घर में आए, या फिर कहीं और धूल फाँकती डोले... दौर-जिठानी तलक तो ठीक है पर मैं एक ही छत के नीचे सौक (सौत) बणके ना रहूँगी... या गाँओं में दुनियाभर का रँडुआ-भँडुआ भरा पड़ा हैं, उनका गला में बाँध देओ या बला ए!" अपना फ़ैसला सुना नासिरा एक झटके के साथ उठी और तेज़ी से पाँव पटकते हुए अपने कमरे की ओर बढ़ गयी।"

नासिरा ने जिस तल्ख़ी और तुर्शी के साथ अपना फ़ैसला सुनाया उसे सुन

हाजी ख़ुदाबख़्श यानी टटलू समझ गया कि यहाँ बात बननेवाली नहीं है। उसने आख़िरी बार सब की तरफ़ किसी बच गयी उम्मीद की उम्मीद में देखा, और यह कहकर बात ख़त्म कर दी, "चोखो बेटी, जैसी तेरी मरजी।"

एक-एक कर सब उठ गये और सब अपनी-अपनी दिशाओं की ओर बढ़े ही थे कि नासिरा धीरे-से पलटी और सबको सुनाते हुए अपनी सास से बोली, "माई, तम तो बेमतलब बावला होरा हो... नसीबन को देवर कळसंडा काँई काम आएगो।"

कलसंडा यानी डमरू।

पूरे घर की शिराओं में ठिठका हुआ ख़ून अचानक हरहरा कर तेज़ी से दौड़ने लगा। सबके कदम जहाँ थे, वहीं ज़मीन से चिपक गये। एक बेमानी उम्मीद की आस में आँखें चमक उठीं और बेनूर चेहरों पर पुती निराशा देखते ही देखते धुल गयी।

"कल्लो, राँड नासिरा ई बात तो ठीक कहरी है। अरे, ई तो ऊ बात होगी के बगल में छोरा और गाँओं में ढिंढोरा।" हाजी ख़ुदाबख़्श ने किलकते हुए बीवी से कहा।

"तो फिर चल, अभी चलें नसीबन के पै!" कल्लो के जिन घुटनों को मानो किसी ने मरोड़ दिया था, एकाएक उनमें फिर से ताक़त आ गयी। उम्मीदभरी इस ताक़त का इसी से अन्दाज़ा लगाया जा सकता है कि जिस कल्लो से कुछ देर पहले तक घुटनों पर हाथ रखने के बावजूद खड़ा होना मुश्किल हो रहा था, वह बिना किसी सहारे के एक झटके के साथ खड़ी हो गयी।

"इतनी ताती मुल्ली मत बण... थोड़ो तसल्ली सू काम ले। अरे, नसीबन के पै तो हम जब चलाँ जब ऊ डमरू हीं होए। ऊ तो सुणी है जमात में गयो है!" टटलू ने कल्लो के उछाह और मुस्तैदी को ठंडा करते हुए बताया।

"तो कहा होगो, जब तलक ऊ जमात सू आए हम चलके नसीबन सू बात कर लेएँ। कहा पतो, अल्लाहताला हमारी अरज ए सुण ही लेए।" विनय और कातरता के खारे पानी से कल्लो की आँखें भर आयीं।

"इतनी तावली मत कर। ऐसा काम तसल्ली और सोच-समझ के होवे हैं।" टटलू ने संयम बरतते हुए बीवी को समझाया।

पति की सलाह पर कल्लो शान्त तो हो गयी मगर आगामी अतीत की सुखद कल्पनाओं के उथले सागर में वह देर तलक गोते लगाती रही। घर की जो चाहर-दीवारी उदासी के सूखे पत्तों से अट गयी थी, लगा उनकी जगह ओस से भीगी नरम दूब ने ले ली है... और हवाओं के जिन झोंकों से तीख़ी झल निकल रही थी, वही सर्द झोंके बन देह से टकराने लगी हैं। अरसे से सूखी पड़ी जड़ों

में उसकी बहू नासिरा के पानी देते ही उनमें जैसे जान आ गयी, और देखते ही देखते वे तनती चली गयीं।

12

रमज़ान का महीना।

इशा की नमाज़ से पहले मस्जिद के कँगूरे पर टँगे लाउडस्पीकर से रह-रह कर तरावीहयों के लिए दिए जा रहे दान के ऐलान के बीच एक ऐलान को सुन फ़ातिमा के कान खड़े हो गये। उसने लगभग चिल्लाते हुए सामने से गुज़र रही जिठानी नसीबन को टोकते हुए कहा, "नसीबन सुन, महजत सू ई कैसी एनोसमेंट होरी है?"

जाते-जाते रुक गयी नसीबन और गहराते अँधेरे की नीरवता में गूँजती उद्घोषणा पर अपने कान टेक दिए।

—आमना ने एक रुपिया अपने मरहूम दादा चावखाँ के नाम से तराबीन के लिए भिजवाया है... अल्लाहताला कबूल फरमाए... अल्लाहताला उसको जन्नत अल फिरदौस में आला दो आला मुकाम नसीब फरमाए... उसकी कबर ए नूर से मुनव्वर अता फरमाए... आमीन सुम्मामीन!

इस उद्घोषणा के ख़त्म होते ही ताली पीटते हुए नसीबन ज़ोर से हँसी, "फातिमा, धसड़ी ने तराबीन कू एक रुपिया तो ऐसे भिजवायो है जैसे कितनी बड़ी रकम भिजवाई है... या दातार की चोदी ए एक रुपिया भिजवाते बखत थोड़ी सी भी सरम ना आई... वैसे ई है कहाँ?" अपने आसपास आमना को टोहते हुए नसीबन ने फ़ातिमा से पूछा।

"होएगी कहाँ, सुणरी होएगी छत पे जाके या ऐलान ए...ले, नाम लेते ही आगी।" सामने दाएँ तरफ़ सीढ़ियों से आमना को नीचे उतरता देख फ़ातिमा ने सूचना देते हुए बताया।

"अरी दातार, कहान् सू आरी है?" जानते हुए भी नसीबन ने आमना को कौंचते हुए पूछा।

"छत्त पे लत्ता सूखरा हा उन्ने लेण गयी ही।" आमना झूठ बोलते हुए बोली।

"पर तेरा हाथ में तो कुछ भी ना है!" नसीबन ने आमना को रँगे हाथ पकड़ते हुए घेरा।

"अभी सूखा ना हैं।" आमना ने चौकसी बरतते हुए जवाब दिया।

"तू तो रोजा सू बताई?" आमना की आँखों में सीधा उतरते हुए

कहा नसीबन ने।

हैरानी हुई आमना को कि जानते हुए भी उसकी जिठानी नसीबन उससे ऐसा बेहूदा सवाल क्यों कर रही है।

"यामें पूछणा की कहा बात है... तोहे पतो ना है?" अपने आपको तुरन्त सँभालते हुए आमना ने अपनी जिठानी से प्रतिप्रश्न किया।

"तेरी टाँट में लकड़ी, रोजान् में तोहे झूठ बोलते हुए जरा भी सरम ना आरी है!"

"बहाण, मैंने ऐसो कहा झूठ बोल दियो जो तू सरम-वरम बखाण री है।" आमना का धैर्य एकाएक जवाब दे गया।

"फातिमा, या झूठी ए बतइयो!" इसके बाद नसीबन आमना की ओर पलटी। "ऐ तू लत्ता लेण गयी ही... महजत में जो तैने दान भेजो है, वाहे ना सुणरी ही?"

अपनी जिठानी द्वारा पकड़े गये अपने झूठ पर आमना झेंपती चली गयी। जवाब में उससे कुछ भी कहते नहीं बना। बस, फिर क्या नसीबन ने जैसे उसे शीशे में उतार दिया।

"अइये बहाण, तेरो ई दादा चावखाँ ऐसो कितनो बड़ो लंबड़दार हो, जो तैने वाका नाम पे तराबीन कू इतनी मोटी रकम भिजवाई ही?"

अब समझ में आया आमना के अपनी जिठानी के व्यंग्य का मतलब, जिसमें उसे दातार का दर्जा दिया गया था।

"और बहाण, तेरा दादा की कबर तो है सिंगार में और तू वाहे नूर सू मुनव्वर अता फरमा री है हीन् सू...तैने भली करी निगोडी, या घर का बड़ा-बूढ़ा तो नामेट कर दिया और उनकी कबर ए नूर सू मुनव्वर अता फरमा री है जिनको हीं कुछ भी लेणो-देणो ना है... तैने तो ऊ बात कर दी के घर का पूत कुँआरा डोलें, पाड़ोसी का नौ-नौ फेरा।"

नसीबन के व्यंग्य बाणों से छलनी हुई आमना तिलमिला उठी। जवाब में जब तक वह कुछ कह पाती, बाहर से एक जानी-पहचानी आवाज़ सुनाई दी।

"अरी, नसीबन है कै?"

अँधेरा होने के बावजूद नसीबन ने आने वाले को उसकी आवाज़ से ही पहचान लिया, "आजा काकी!"

जानी-पहचानी आवाज़ अकेली नहीं है कोई और भी है साथ। अँधेरे से निकल बल्ब की रौशनी में भीग गये चेहरे को देख बड़े अदब से बोली नसीबन, "अच्छोऽऽऽ हाजीजी भी दीखे है साथ... आ जाओ!"

हाजीजी यानी टटलू ने पहले बेहद बारीक निगाहों से पूरे घर को खँगाला, और फिर किसी को टोहते हुए बोला, "डमरू तो जमात में गयो दीखे है?"

"वाहे तो कई दिन होगा हैं।" नसीबन ने टटलू के कहे की पुष्टि करते हुए बताया।

"रोटी-टूक सू निबड़गी लगे है?" कल्लो ने संवाद का आधार पुख़्ता करते हुए पूछा।

"हाँ, बस खा-पीके अभी निपटा हैं... और, नजराना की कहीं बात बणी है कै ना?" नसीबन ने औपचारिकतावश पूछा।

"बहाण, बणे कहाँ सू... ऊ हरामी हलाला बीच में जो आ धँसो।" गहरी साँस ले उसे बाहर छोड़ते हुए कल्लो बोली।

"ई बात तो तेरी ठीक है काकी पर मजहब का कायदा-कानून भी पूरा करना जरूरी होवे हैं।"

"दारी, हम तो इन कायदा-कानून्ने खूब पूरा कर देएँ, पर पूरा करणा को बौंत (ब्यौंत) भी तो होणो चहिए।" कल्लो ने असली समस्या से अवगत कराते हुए कहा।

"कोई मिले तो सही, जाके संग याको निकाह कर देएँ।" टटलू ने एक तरह से सब साफ़ कर दिया।

"पर मैंने तो सुणी ही के पंचात में तिहारा अकरम की बात चली ही?" नसीबन ने जमाल खाँ द्वारा सुनाये गये विवरण के आधार पर पूछा।

"चली तो ही और हमने भी सोची के यही बौंत ठीक रहेगो, पर कहा करें वाकी ऊ राँड मानी होए जब न... वाने तो दो टूक मना कर दी।"

"नासिरा भी अपणी जगह ठीक है।" नसीबन ने एक तरह से नासिरा के फ़ैसले का समर्थन करते हुए कहा।

"या मारे बहाण हमने भी हूनी (वहीं) बात खतम कर दी। रोज-रोज की चिकल्लस सू बढ़िया है बात ए खतम ही कर देएँ।" कल्लो ने नासिरा प्रसंग को विराम देते हुए कहा।

इसी बीच जमाल खाँ, कमाल खाँ और नवाब तीनों भाई भी आ गये। टटलू और कल्लो को देख नवाब का माथा ठनका तो ज़रूर मगर वह बोला कुछ नहीं।

"और हाजीजी कैसे, सब ठीक तो है?" टटलू के बग़ल में बैठते हुए जमाल खाँ ने शिष्टाचार निभाते हुए पूछा।

"कहाँ ठीक है यार। हम तो या बहू का चक्कर में बावला हुआ घूमरा हैं।"

"क्यों, वाका पीहरयान् सू आगे कुछ बात ना हुई?"

"वे तो भेजणा कू तैयार हैं, पर बात तो या बेटी चो' हलाला पे आके अटक री है।"

"या रसखान ने बेमतलब बनी-बणाई बात बिगाड़ दी वरना वा दिन अच्छो-भलो फंद कटगो हो... समझ में ना आरी है या बीमारी सू कैसे पार उतरो जाए!" जमाल खाँ की पेशानी पर फ़िक्र की लकीरें गहरी होती चली गयीं।

"या मारे ही तो हम दोनूँ तिहारे पै आया हैं।" कल्लो ने अपने आने का इरादा साफ़ करते हुए कहा।

"अच्छो, निकाह कू कोई तैयार होगो है कै?" जमाल खाँ ने तुरन्त पूछा।

"कहाँ यार, सारो रोणो तो यही है।"

"तो फिर हमारे पै कैसे आया हो?"

टटलू और कल्लो दोनों चुप्पी साध गये। एक पल के लिए उन दोनों में से किसी से कुछ जवाब देते नहीं बना। उन दोनों ने आपस में पहले बल्ब के उजास में एक-दूसरे की ओर देखा, और फिर वहाँ आ पसरे सन्नाटे को बींधते हुए टटलू कल्लो से बोला, "कह न, चुप कैसे होगी!"

मगर कल्लो की हिम्मत नहीं हुई कहने की।

"काकी, कहे न... कहा बात है?" नसीबन ने कल्लो की हिम्मत बँधाते हुए कहा।

"कहा कहू बहाण, कुछ हिम्मत-सी ना पड़री है।"

"काकी, हिम्मत तो करनी पड़ेगी...हमसू जो बन पड़ेगो, वाहे पूरा करना की कोसिस करँगा।"

नसीबन के इस आश्वासन पर कल्लो ने पूरे घर पर निगाह मारी, और आख़िर में नसीबन पर आकर रुक गयी। बमुश्किल हिचकिचाते हुए कह पाई, "नसीबन, बहाण मेरा घर ए अब तू ही उजड़ना सू बचा सके है। हम तिहारे पै बड़ी उम्मीद लगा के आया हैं।"

"मैं बचा सकू हूँ... पर कैसे?" नसीबन ने कल्लो से हैरानी के साथ पूछा।

"बस, अपणा डमरू ए तू पन्द्रह-बीस दिनन् कू मोहे उधार दे दे!"

"उधार दे दूँ, मैं कुछ समझी ना काकी।"

"हाँ बेटी उधार... मेरी नजराना ए थोड़ा दिनाँ कू तू ओट ले!"

"ई... ई ओट लेए! काकी, तेरा कहणा को आखिर मतलब कहा है?" जमाल खाँ के शब्द बिखरने लगे।

"हाँ जमालू, मेरी बहू को निकाह अपणा डमरू सू करवा देओ... तिहारा या एहसान ए हम मरते दम तलक ना भूलँगा।" कल्लो ने आख़िर सब कुछ साफ़-साफ़ कह दिया।

कल्लो का इतना कहना था कि लगा परिन्दों से अटे दरख़्त को पकड़ कर

किसी ने ज़ोर से झिंझोड़ दिया।

"हाजीजी, कहीं तम दोनूँ बावला तो ना होगा हो। खुदा का बंदा, कहणा सू पहले कुछ सोचता तो सही।" कमाल खाँ पहली बार कल्लो के प्रस्ताव पर उन्हें डाँटते हुए बोला।

"कमालू, हम बहोत सोच के तिहारी दहली पे आया हैं...बस, पन्द्रह-बीस दिनन् की बात है, तिहारा डमरू ए हम उल्टा दे देंगा।" कल्लो ने बेहद भोलेपन से कहा।

"काकी, तम तो ऐसे कहरा हो जैसे हमारो डमरू कोई खाट-पीढी होए के जाहे पन्द्रह-बीस दिन बरत के उल्टा कर देओएगा।" कमाल खाँ आपे से बाहर होते हुए बोला।

"अन्यायी, तू कुछ भी समझ ले...बस, काई तरह हमारा घर ए बचा लेओ!" हाजी खुदाबख़्श की जिस देह को पुलिस ने टटलू काटने पर तोड़ डाला था, वही देह किसी सूखे रूख-सी काँपने लगी।

"काका, चलो थोड़ी देर कू हम हाँ कर देएँ पर असल आदमी की रजामंदी भी तो जरूरी है।" थोड़ी देर पहले तक जो जमाल खाँ लगभग पत्थर हो चुका, अचानक थोड़ा-सा पिघलते हुए बोला।

"जमालू, मोहे पूरो अकीन है के डमरू या नसीबन को कहो जरूर मान जाएगो।" भरभराते हुए कल्लो जमाल खाँ के और नज़दीक आ गयी।

"काकी, मोसू जुड़वा हाथ... ऐसो पाप मोसू मत करवा।" नसीबन पहले से कुछ ज़्यादा सख़्त होते हुए बोली।

"नसीबन, मेरी बहाण मैं तेरा पावन्ने जिन्दगीभर धो-धोके पीऊँगी...बस काई तरह मेरी बहू ए तू उल्टी दिवा दे!"

"ओ भई जमालू, हम तिहारा जिन्दगीभर गुलाम बणके रहँगा...बस काई तरह तम या एहसान ए कर देओ!" इतना कह टटलू जमाल खाँ के पास आया और उसकी ठोडी के नीचे हाथ देते हुए बोला, "खुदा का बंदा, या गरीब खाती पे थोड़ो तो रहम खा!"

"नसीबन, बेटी मैं तेरे आगे झोली फैला री हूँ...मेरी नजराना ए यामें गेर देऽऽऽ!" कहते-कहते कल्लो की हिलकियाँ बँध गयीं। वह पुराने पेड़-सी भरभरा कर ढह गयी।

फ़ातिमा ने लपक कर कल्लो को सहारा दिया और उसे खड़ी करते हुए ढाढस बँधाया, "काकी खड़ी हो... हिम्मत सू काम ले। अल्लाहताला सब ठीक कर देएगो।"

तीनों दौर-जिठानियों और भाइयों को हाजी खुदाबख़्श और कल्लो ने एक

अजीब धर्म संकट में डाल दिया, ख़ासकर नसीबन को। कल्लो और हाजी ख़ुदाबख़्श ही नहीं बल्कि इस बात को सब अच्छी तरह जानते हैं कि डमरू अगर किसी का कहा मानता है, तो वह और कोई नहीं उसकी सबसे बड़ी भावज नसीबन है।

"या मेरा ख़ुदा, तैने ई अच्छो अजाप भेजो!" नसीबन ने अपने आपसे इस तरह कहा कि सबको सुनाई दे गया।

"नसीबन, मेरी बहाण वैसे या अजाप सू हमन्ने अब तू ही बचा सके है।" कल्लो ने एक बार फिर जैसे दुहाई देते हुए कहा।

"ठीक है काकी, मैं कोसिस करके देखूँगी... बाकी अल्हाहताला के हाथ में है। वैसे भी अभी डमरू है ना। वाहे जमात सू आण देओ। वाके बिना कुछ भी कहणो मुसिकल है।"

इधर एक उम्मीद ने फिर से हाजी ख़ुदाबख़्श और कल्लो के जिस्म में नयी जान फूँक दी, तो उधर मस्जिद के कँगूरे पर टँगे लाउडस्पीकर से रह-रह कर तरावीहयों के लिए दिए जाने वाले दान और दानियों के नाम का ऐलान होता रहा। यहाँ से मस्जिद ज़्यादा दूर नहीं है। वैसे भी इशा की नमाज़ में अभी वक़्त है। यही सोच कल्लो ने अपनी कुर्ती की जेब से पाँच का सिक्का निकाला और उसे टटलू की ओर बढ़ाते हुए बोली, "ले, तू भी महजत में तराबीन कू कुछ दान दिया!"

टटलू ने बीवी से पाँच का सिक्का लिया और मस्जिद की तरफ़ जाने वाले अँधेरे रास्ते पर बढ़ गया। उधर कल्लो पहचाने हुए रास्ते के बावजूद बड़ी सावधानी के साथ कदम बढ़ाती हुई, घर की ओर बढ़ गयी। रास्ते भर कल्लो के कानों में मस्जिद के लाउडस्पीकर से ऐलान होने वाले दानदाताओं के नाम गूँजते रहे। इसी बीच इशा की अज़ान लग गयी। अज़ान सुनते ही कल्लो की चाल में हल्की-सी तेज़ी आ गयी, जिसका नतीजा यह हुआ कि घर तक पहुँचते-पहुँचते वह बेतरतीब ऊबड़-खाबड़ खड़ंजे की ऊभरी हुई ईंटों से ठोकर खाकर कई बार गिरते-गिरते बची मगर हर बार वह अपने आपको गिरने से किसी न किसी तरह बचाती रही। अज़ान ख़त्म होने तक वह घर की दहलीज़ पर थी और अपने आपसे यह कहते हुए घर में दाख़िल हो गयी, 'या मेरे मौला, रहम कर या गरीब पे!'

13

सुबह से ही अनुमानों और कल्पनाओं के डैने पूरे मोहल्ले में उड़ते नज़र आ रहे हैं। जिसने भी सुना उसने नसीबन के इस साहस की दाद दी। उसे मन ही मन ढेर सारी आशीषों से लाद डाला। बस, अब तो जमात से लौट कर आने वाले

डमरू का इन्तज़ार है।

इस सुखद ख़बर की भनक लपरलेंडी को लगी, तो उसने भी मन ही मन एक सुखान्त के चलते डमरू और नज़राना के सुखद भविष्य की कामना में न जाने कितनी दुआएँ दे डालीं। अभी वह इन दुआओं के भँवर से बाहर आया ही था कि सामने से फकीरा आता हुआ दिखाई दे गया। लपरलेंडी को समझते हुए देर नहीं लगी कि उसकी तरह फकीरा को भी इस घटना का पता चल गया है। उसकी चाल जो इसकी गवाही दे रही है।

"लपरलेंडी, ई बात तो अच्छी हुई। चलो, कम सू कम बिचारा को घर तो बस जाएगो।" फकीरा ने आते ही बिना किसी भूमिका के अपने मन की बात उँडेल दी।

"तू तो ऐसे कहरो है जैसे डमरू को घर सदा-मदा कू बसन् जारो है। अरे, निकाह सू पंद्रह-बीस दिन पीछे ऊ तो फिर वैसो को वैसो हो जाएगो। अन्यायी, या डमरू के साथ तो ऊ बात होरी है के–

कहा ओस को मेह, कहा बादल की छाया।
कहा भूत की जूण, कहा सुपना की माया।"

"कुछ भी है कम सू कम अब दुनिया को मुँह तो बन्द हो जाएगो... वाकी ऊ सिंगारवाली भावज आमना आते-जाते वाहे अब कौंचेगी तो ना।"

"देखो, खुदा ही खैर करे... कहीं ऐसो ना होए के हम थूक का पकौड़ा बणाता रह जाएँ और पतो चली डमरू ने मना कर दी।" लपरलेंडी ने आशंका जताते हुए कहा।

"यार, तू या बात ए कैसे कहरो है?" फकीरा ने लपरलेंडी की आशंका की वजह जानते हुए पूछा।

"या सिंगारवाली ने डमरू पे कम तोहमत लगाई हैं। मेरो पूरो अन्दाजो है के चाहे डमरू सू नसीबन कहे या कोई और ऊ कतई राजी ना होएगो।" लपरलेंडी ने अपनी आशंका के पक्ष में तर्क देते हुए कहा।

"चलो, जो होएगी देखी जाएगी... पर ई डमरू जमात सू आएगो कब?"

"सुणी है ईद सू पहले आ जाएगो।" लपरलेंडी ने अन्दाज़े से बताया।

"अब तो डमरू की बाट देखो बस।" इतना कह फकीरा उठकर चला गया।

14

इस बार डमरू के जमात से लौटने की ख़बर मोहल्ले में आग की तरह फैल गयी। जो चंद आँखें उसके दरस के लिए पथराई-सी रहने लगी थीं, डमरू के आने की ख़बर सुनते ही जेठ के दोंगड़े-सी बरस उठीं। जिस डमरू का चेहरा रात-दिन देखने

के बावजूद मोहल्ले में बहुतों को याद तलक नहीं रहता, उसी चेहरे की महज एक झलक पाने के लिए वही उमड़ पड़े। डमरू को रह-रह कर इन मुस्कराते चेहरों को देखकर बेहद हैरत हो रही है। यह सोचकर उसने अपने मन को तसल्ली दी कि शायद इबादत में इतनी ताक़त होती है कि जो आँखें इससे पहले उसे देखते ही फिर जाती थीं, वे किसी अक़ीदे के चलते उसे निहार रही हैं।

कल्लो और टटलू की तो इस ख़बर को सुनते ही धड़कनें तेज़ हो गयीं। कल्लो को तो रह-रहकर लगने लगा मानो दिल ही उछल कर बाहर आ जाएगा। साँसे जैसे हलक़ में अटक कर रह गयीं और उतावलापन बार-बार कल्लो की अँगुली पकड़, उसे नसीबन के घर की ओर खींचने लगा।

"तू कहे, तो एक बर या डमरू ए मैं भी देख आऊँ?" कल्लो से जैसे रुका नहीं गया।

"क्यों, तैने ऊ कदी देखो ना है?" जवाब में टटलू ने बीवी से पूछा।

"नाऽऽऽ ऊ बात ना है... मैं तोऽऽऽ..."

"देख, इतनी जल्दबाजी ठीक ना होवे है... कहीं वे ये ना सोच बैठें के आते हुए देर ना हुई और ये तुरत चला आया।" टटलू कल्लो को समझाते हुए बोला।

"तो मैं कौण-सी जातेई डमरू का हाथ में निकाह को नेग धर दूँगी।"

"देख ले, कहीं ऐसो ना होए के बात उल्टी पड़ जाए।" टटलू ने एक बार फिर चेताते हुए कहा। वह समझ गया कि कल्लो का उतावलापन उसे नसीबन के घर ले जाए बिना मानेगा नहीं।

"फिकर मत कर। ई कल्लो इतनी बावली ना है... दुनिया देखी है याने।" कल्लो ने इतना कहा और मुस्कराते हुए नसीबन के घर की ओर रवाना हो गयी।

घर में घुसने से पहले सावधानी बरतते हुए बाहर दहली से ही कल्लो ने आवाज़ दी, "अरी, नसीबन है कै?"

आमना ने कल्लो की आवाज़ सुनी, तो सुनते ही जिस्म में आग लगती चली गयी। ग़नीमत है कुछ कहा नहीं।

"कौऽऽन कल्लो काकी? आ जा।" नसीबन ने दालान में से ही कल्लो को बुलाते हुए कहा।

"सुणी है डमरू जमात सू आगो बतायो?" जानते हुए भी कल्लो ने एक तरह से ख़बर की दरयाफ़्त करते हुए पूछा।

"हम्बै, अभी-अभी आके बैठो है... अभी तो पाणी-पात भी ना पियो है।" नसीबन ने बताया।

"पाणी-पात भी ना पियो... ये कैसी बेसहूरी भावज हैं जो अभी तलक वासू

पाणी-पात की भी ना पूछी... अइये, ई तो ना है के हमारो देवर जमात सू आयो है वाहे कुछ सरबत-वरबत घोल के पियावें।" हुमकते हुए कल्लो ने जिस तरह सामने बैठी आमना की ओर देख कर कहा, थोड़ी देर के लिए वह भूल गयी कि उसे इसका कितना बड़ा ख़ामियाजा भुगतना पड़ सकता है।

आमना के तो मानो तन-बदन में आग लग गयी। नथुनों से गरम साँसें आग की लपटें बन निकलने लगीं।

कल्लो यहीं नहीं रुकी बल्कि आमना को लानत भरे अन्दाज़ में सुनाते हुए बोली, "आमना, रंडी जाए न अपणा देवर कू..."

"काकी, तुई बणा लाती अपणा घर सू थोड़ो-सो मीठो पाणी।" आमना ने कल्लो का वाक्य भी पूरा नहीं होने दिया।

कल्लो शायद आमना के इस व्यंग्य को समझ नहीं पाई। इसीलिए बेहद भोलेपन के साथ हुमकते हुए बोली, "बखत आण दे, मीठो पाणी कहा तोहे छुआरा खवाऊँगी।"

"खाली छुआरान् सू काम ना चलेगो काकी... बन्ना-बनवारा भी होणा चहिएँ।"

"फिकर मत कर, खुदा ने चाही तो ये भी हो जाँगा पर..."

इससे पहले कि हौंस में कल्लो कुछ और कहती, आँखों के इशारे से नसीबन ने उसे बीच में ही रोक दिया। कल्लो भी नसीबन की आँखों का इशारा तुरन्त समझ गयी। बल्कि एकाएक उसे अपने पति की वह हिदायत याद आ गयी, जो उसने उसे चलते वक़्त दी थी।

देर तक बातें होती रहीं। कल्लो जिस चाव और उमंग के साथ यहाँ आयी थी, उसी के साथ वापस लौट गयी। लौटते हुए उसने नसीबन के मौन इशारे का एक मतलब यह भी निकाला कि नसीबन मौक़ा मिलते ही डमरू से नज़राना के निकाह के बारे में ज़रूर बात करेगी।

कल्लो के जाते ही आमना जैसे फट पड़ी।

"देखी, डमरू की खबर सुनते ही बंदी कैसे दौड़ी-दौड़ी आई है... आतेई कैसा लाड़ दिखारी ही... मैंने तो याका बैन दहली पार करते ही बाँच लिया हा।"

डमरू की कुछ समझ में नहीं आ रहा है कि उसकी भावज आख़िर कहना क्या चाह रही है। इधर नसीबन ने भी इशारों में आँख दिखाते हुए अपनी दौरानी आमना को समझाने की बहुत कोशिश की मगर वह चुप नहीं हुई। यह तो अच्छा हुआ जो डमरू के कुछ पल्ले नहीं पड़ा, वरना वह जैसे आया था वैसे ही बदना-गुदड़ी उठा, वापस जमात के लिए रवाना हो चुका होता। वह तो अभी तक यही समझ रहा है कि शायद नज़राना और नियाज़ में कोई सुलह-सफ़ाई

हो गयी है। उसी ख़ुशी में कल्लो छुआरा बाँटने की बात कह रही है। अच्छा है किसी का घर टूटने से बच जाए—यही सोच डमरू ने अपनी बदना-गुदड़ी उठाई और थोड़ी देर आराम करने की ग़रज से नोहरे में चला आया।

15

जिस दिन से डमरू जमात से आया है, उसी दिन से उसे महसूस हो रहा है कि आस-पास से गुज़रती निगाहें मानो उसकी देह में घुसी जा रही हैं। उसकी समझ में नहीं आ रहा है कि आख़िर ऐसा क्या है जिसे पूरे मोहल्ले की आँखें उसमें तलाश रही हैं। हारकर उसने अपने उसी आईने का सहारा लिया जिसे जमाती होने के बाद लगभग त्याग दिया था, और एकान्तवास के लिए अकेला छोड़ दिया था।

डमरू ने अलग-अलग कोणों से अपने आपको हर तरह से निहारा परन्तु उसे अपने आपमें ऐसा कोई सुबूत नज़र नहीं आया, जो उन कारणों की गवाही दे सके जिनके चलते हर कोई उसे भेदती निगाहों से देख कर निकल जाता है। हाँ, पहले की अपेक्षा हल्की दाढ़ी कुछ ज़्यादा घनी हो गयी है। रात-दिन इस घर में खटते रहने के कारण चेहरे की जो जिल्द भादों की काई-सी पपड़ाई रहती थी, उसमें एक ख़ास क़िस्म की लुनाई आ गयी है। वरना बक़ौल उसकी सिंगारवाली भावज वह तो वही कलसंडा है, जो पहले था।

उस दिन वह यह सोच कर लपरलेंडी की ओर निकल गया कि जिस दिन से वह जमात से आया है, उसकी तरफ़ गया ही नहीं। पता नहीं लपरलेंडी क्या सोच रहा होगा?

"आ भई डमरू! मेरे यार, तेरा तो तौर ही बदलगा।" एक बक्र मुस्कान बिखेरते हुए लपरलेंडी ने डमरू को छेड़ा।

"काका, तू भी कैसी बात कर्रो है... कैसे बदलगा मेरा तौर?" उल्टा डमरू ने पूछा।

"तू ही कहा, अच्छा-अच्छा की नजर बदल जावे हैं... और अब तो तेरी चाल की लोच भी बदलगी है।" डमरू को सीधा उत्तर देने के बजाय लपरलेंडी ने बात घुमाते हुए कहा।

"यार काका, आज तू ई कैसी गँडजली बात कर्रो है... अन्यायी, कदी कहरो है के मेरा तौर बदलगा और कदी कहरो है मेरी चाल की लोच बदलगी... देख, जलेबी-सी तो बणाए मत, जो कहणी है साफ-साफ कह।" अचानक डमरू को जैसे कुछ याद आ गया, "पर तू ही क्यों जा दिन सू मैं जमात में सू आयो हूँ वा दिन

सू पूरो मुहल्ला मोहे ऐसे देखरो है जैसे मैं काई अजाबघर सू छूटके आयो होऊँ।"

"इतनो भोलो मत बण, काई और ए चोदणो सिखइयो... तेरा जैसा मैंने न जाने कितना अपणी टाँग के नीचे सू निकाल दिया हैं। मैं तो तोहे देखते ही समझगो के ई डमरू, अब ऊ डमरू ना रहो... तेरी जैसी न जाने कितनी साँप की माँवसी देखी हैं मैंने...लाला, दाई सू पेट छुपाणो अच्छी बात ना होवे है।" एक ही साँस में लपरलेंडी ने ढेर सारी लानत-मलामत दे डाली।

दिमाग़ घूम गया डमरू का। उसकी समझ में कुछ नहीं आ रहा है। हार कर उसने अपने आपको सही साबित करने के लिए पच्छिम की ओर हाथ उठाते हुए दुहाई दी, "काबा सोंई हाथ उठाके कहरो हूँ काका, मोहे कुछ भी पतो ना है!"

"सही बता, तोहे कुछ पतो ना है?" लपरलेंडी को अभी भी यक़ीन नहीं हो रहा है।

"ईमान सू काका, मोहे कुछ भी तो पतो ना है।"

"ऐ नसीबन ने तोहे कुछ भी ना बताई?"

"रिजक की सौं, काई ने कुछ भी ना बताई।"

"हद होगी यार। गाँओं में बच्चा-बच्चा ए या बात की खबर है... और तू कहरो है तोहे कुछ भी पतो ना है... ई बात कुछ जँच ना री है।"

"अरे तो अन्यायी, तू भी कुछ बोलेगो या ऐसेई जलेबी-सी बणातो रहेगो!" डमरू का धैर्य पानी से भरे कच्चे बाँध की तरह डहने पर उतारू हो गया।

"ऐ नसीबन ने ई ना बताई के नजराना को तेरे संग निकाह पक्को होगो है?"

"कहाऽऽऽ मेरे संग... कहीं तेरो दिमाग तो खराब ना होगो काका!" मूढ़ी से डमरू ऐसे उछला मानो चूतड़ पर किसी ततैए ने काट लिया हो, "अऽऽऽब समझ में आयो मेरे सारो किस्सा के वा दिन कल्लो काँई लू मीठा पाणी और छुआरा बाँटना की बात कर्‌री ही... और मेरी ऊ छिनाल सिंगारवाली भावज कल्लो सू बन्ना-बनवारा गवा री ही... मैं अभी जाके पूछूँगो अपनी भावज नसीबन सू के ई माजरा कहा है?" डमरू का लपरलेंडी के चौतरे पर बैठना दूभर हो गया।

डमरू तमतमाते हुए सचमुच उठ कर जाने लगा, तो लपरलेंडी उसे हड़काते हुए बोला, "चुपचाप बैठो रह... थोड़ा ठंडा दिमाग सू काम ले। इतनो तातो मुल्ला मत बण!"

"यार काका, मेरी भावज ने जुलम ना कर दिया... धरती ना फाड़ दी याने के मोसू बिना पूछे मेरे संग वा नजराना को निकाह कर्‌री है।"

"देख, मैंने जो सुणी है वही कहरो हूँ... पक्‌की बात को मोहे भी पतो ना

है।" लपरलेंडी तुरन्त इस डर से सफ़ाई देने पर उतर आया, कि कहीं डमरू उसका नाम लेकर अपनी भावज नसीबन से जाकर न उलझ पड़े। वह उससे समझाने के अन्दाज़ में कहने लगा, "देख, पहले सारी बात की दरयाफत कर ले। हो सके मैं ही झूठ बोल रो होऊँ।"

"पर मैंने तो अकरम और नजराना का निकाह की बात सुणी ही।"

"हाँ, पंचात में ई बात भी उठी ही... पर सुणी है के अकरम की घरवाली ने दो टूक मना कर दी।"

"और जब सारा रस्ता बन्द होगा तो मैं दिखाई दियो सबन्ने!" डमरू के होंठ टेढे होते चले गये।

"वैसे एक बात कहूँ डमरू... तसल्ली सू सुणियो, गरम मत हुइयो!" लपरलेंडी ने डमरू की आँखों में झाँकते हुए कहा।

डमरू चुप। कुछ नहीं बोला

"वैसेऽऽऽ यामें कुछ बुराई तो है ना।" डमरू की चुप्पी को बींधते हुए लपरलेंडी ने शब्दों को चुबलाते हुए कहा।

"काका, कहीं तेरो दिमाग तो ना फिरगो है।"

"देख, थोड़ा ठंडा दिमाग सू सोच... अन्यायी, अगर तेरी वजह सू काई बिचारी को घर उजड़ना सू बच रो है, तो तेरो कहा बिगड़ जाएगो। मेरे यार, पंद्रह-बीस दिनाँ की बात है... तल्लाक हुए पीछे तू अपणे घर और नजराना अपणे घर। और फिर तोहे कौण-सी वाके संग उमर गुजारनी है... हलाला की रिवाज भी पूरी हो जाएगी और नजराना जैसी भली और नेक औरत को भी घर बस जाएगो।"

"मैंने काई की रिवाज और घर बसाणा को ठेका ना ले राखो है। देख भई काका, दुनिया इत सू उत हो जाए, पर मैं या गारत में ना पडूँगो।" डमरू ने एक तरह से अपना फ़ैसला सुना दिया।

"देख ले भई डमरू, सवाब को काम है।" लपरलेंडी ने आख़िरी कोशिश करते हुए डमरू को समझाया।

"ऐसो सवाब घुसगो गधी की गेंड में। मोहे ना है ऐसा सवाब-ववाब की जरूरत।" फिर डमरू को सुनाते हुए बड़बड़ाया, "आयो सवाब को चोदो!"

इसके बाद डमरू क्षणभर के लिए भी नहीं रुका। वह जाने लगा तो पीछे से लपरलेंडी टोकते हुए बोला, "सुन, थोड़ो धीरज और समझदारी सू काम लीजो... मेरी बात पे थोड़ो ठंडा दिमाग सू सोचियो!"

डमरू ने पीछे पलट कर भी नहीं देखा। पर हाँ, कभी-कभी लपरलेंडी की सलाह पर ठंडे दिमाग़ से भी सोचना चाहिए। यही सोचते हुए डमरू की जिस

चाल में तेज़ी थी, वह हल्की पड़ती चली गयी। मगर इसी बीच इशा की अज़ान लग गयी। अच्छा होगा पहले वह नमाज़ पढ़ आये। इस मसले पर सोचने के लिए पूरी रात पड़ी है। क्या पता नमाज़ अदा करने के बाद कोई सही रास्ता सूझ जाए—यही सोच डमरू मस्जिद की ओर बढ़ गया।

16

इशा की नमाज़ भी डमरू न जाने कैसे पढ़ पाया। जब से वह लपरलेंडी के पास होकर आया, तभी से उसके लिए एक-एक पल काटना किसी सदी जैसा काटना हो गया। नमाज़ पढ़ने के बाद वह नोहरा जाने के बजाय घर की ओर मुड़ गया। बिना किसी पूर्व सूचना के डमरू को अनायास आया देख, तीनों भाइयों को हैरानी हुई कि जो डमरू इशा की नमाज़ के बाद अक्सर नोहरे में चला जाता है, आज कैसे यहाँ है? कहीं ऐसा तो नहीं है इसे सारी बात का पता चल चुका है?

"आ भई डमरू!" चारपाई पर एक ओर सरकते हुए नवाब बोला।

"कैसे, सब खैरियत तो है?" जमाल खाँ ने डमरू के खिंचे हुए चेहरे को पढ़ने की कोशिश करते हुए पूछा।

"ई तो या घर ए जादा पता होएगी के कितनी खैरियत है!" डमरू ने जमाल खाँ के साथ-साथ अपने सारे भाई-भावजों को सुनाते हुए कहा।

"मतलब?" जमाल खाँ ने तुरन्त कमान अपने हाथ में लेते हुए एक बार फिर डमरू से पूछा।

"अन्यायी, ई खूब कही... अब मतलब भी मोहे बतानो पड़ेगो।"

"यार तू टेढ़ो-टेढ़ो काँई लू बोलरो है।" कमाल खाँ ने इस बार डमरू को डाँटते हुए कहा।

"टेढ़ो ना बोलूँ तो कहा करूँ...अरे, मोहे पतो भी ना है और पीछे सू मेरा बारा में फैसला लियो जारो है।"

"कौण-सो फैसला ले लियो तेरा बारा में?" यह जानते हुए कि डमरू क्या कहना चाह रहा है, जमाल खाँ ने डमरू से ही जानना चाहा।

"लगे है वा लपरलेंडी ने फिर सू लंक लगा दी दीखे।" नवाब ने अन्दाज़े से कहा।

"लपरलेंडी काँई लू लंक लगाएगो, याहे तो सारो गाँओ जाणे है... और फिर वा दिन ऊ कल्लो काँई लू आई ही और काँई बात का छुआरा बाँटणा की बात कर्‌री ही?"

"डमरू, मेरा बीरा ऐसी कोई बात ना है। हाँ, टटलू और कल्लो हमारे पै

आया जरूर हा... उन्ने बहोत हाथ-पाँव भी जोड़ा हा, पर हमने साफ मना कर दी के डमरू सू पूछे बिना हम कैसे हाँ कर दें।" बात खुलती देख, नसीबन ने दख़ल देते हुए स्थिति को सँभालते हुए सफ़ाई दी।

"देख भावज, या बखत हीं सब बैठा हैं... सब मेरी एक बात कान खोल के सुन लेओ, के अगर नजराना का मामला में काई ने मेरे साथ जबरदस्ती करी, तो मोसू बुरो कोई ना होएगो" डमरू के नथुने फड़फड़ाने लगे।

"नजराना के बजाय काई और का बारा में तो जबरदस्ती कर सके हैं।" एक बार फिर आमना डमरू को छेड़ते हुए हँसी।

"तू तो जरूर बोलेगी... वैसे भी ये सारा बीज तेरा ही तो बोया हुआ हैं।" डमरू पलटकर आमना पर वार करते हुए बोला।

"तैने भली कही... तू तो मेरे ऊपर ऐसे इल्जाम लगारो है जैसे मैं ही काई मौलवी सू कहके नजराना के संग तेरो निकाह पढ़वारी हूँ।"

"और कैसो निकाह पढ़वाएगी तू...तैने तो पहले ही पूरा गाँओ में मुनादी पीट दी के मैं वा नजराना ए या घर में लाणा का चक्कर में हूँ।"

"जाने तोसू ई बात कही है, वा चोदा ए मेरे आगे ला तो सही... वा हरामी का मुँह ए लीतरान् सू लाल ना कर दूँ तो।" अपने ऊपर लगे इल्ज़ाम को सुन आमना भीतर तक तिलमिला गयी।

"बहाण, तेरे अब काँई लू पतंगा लगरा हैं... डमरू सही तो कहरो है... और सुन तैने ई बात हमारे आगे कही ही... फातिमा, कही ही के ना?"

अपनी जिठानी नसीबन द्वारा लगे हाथ गवाह पेश करते ही आमना को काटो तो ख़ून नहीं। मौक़ा मिलते ही वह चुपचाप वहाँ से खिसक ली। आमना के जाते ही थोड़ी देर के लिए ख़ामोशी की हल्की-सी चादर तन गयी, और इससे पहले कि इस मामले पर कोई प्रतिक्रिया व्यक्त करता, बाहर से वही जानी-पहचानी आवाज़ कानों में पड़ी। एकाएक सब चौकन्ने हो गये।

"लेओ, या राँड ए भी अभी मरणो हो! नाक में दम कर राखो है याने भी।" आवाज़ को पहचानते ही नवाब झल्लाते हुए बोला।

"अब आगी है तो क्यों न सारी बात या डमरू के आगे ही हो जाएँ।" जमाल खाँ ने सुझाव दिया।

"निगोडी, हीं तो डमरू भी बैठो है।" जानी-पहचान आवाज़ यानी कल्लो ने पास आते हुए कहा।

"आजा!" नसीबन कल्लो को अपने पास बुलाते हुए बोली।

"और, सब ठीक तो है?" कल्लो ने सहन में पसरे सन्नाटे को थपथपाते

हुए पूछा।

"हाँऽऽ सब ठीक है।" अन्यमनस्कता के साथ उत्तर दिया नसीबन ने।

"और, या डमरू सू वा बारा में बात करी है के ना?" कल्लो सीधे-सीधे मुद्दे पर आ गयी।

"काकी, मैं कहा बात करूँ। तेरे आगे बैठो है, कर ले बात!" नसीबन ने उदासीनता बरतते हुए कहा।

"देख काकी, अगर बात है तेरी बहू का निकाह की तो मैं जोड़ूँ तेरे आगे हाथ... या बारा में मैं कोई बात ना करूँगो।" इससे पहले कि कल्लो कुछ कहती, डमरू ने पहले ही टका-सा जवाब दे दिया।

कल्लो अवाक्। पल भर के लिए वह भूल गयी कि वह यहाँ किस मक़सद से आयी थी। डमरू ने सब गड्डमड्ड कर दिया। इधर-उधर बल्ब की रोशनी में भीगे ख़ामोश चेहरों की ओर कातरता के साथ देखा उसने। मगर कहीं से कोई जवाब नहीं मिला। बमुश्किल हिम्मत जुटाते हुए बोली, "डमरू, बेटा ऐसो मत कर... नहीं तो हम कहीं का ना रहँगा... जीते-जी मर जाँगा हम।"

"काकी, दुनिया चाहे इत सू उत हो जाए पर नजराना सू मेरा निकाह का बारा में सोचियो भी मत।"

"ऐसो मत सोच बेटा... पंद्रह-बीस दिनन् की बात है बस... बीरा, तेरी या छोटी-सी मेहरबानी सू मेरा नियाज को घर बस जाएगो।" कल्लो चारपाई से उठ डमरू के आगे रिरियाते हुए बोली।

"मैंने जब एक बर कह दी, तो कह दी।" डमरू अपने फ़ैसले पर अडिग रहते हुए बोला।

"नसीबन, बहाण ऐसो जुलम मत करवा... तू कह यासू... ई तेरो कहो जरूर मान जाएगो।" इस बार कल्लो नसीबन की ओर पलटी।

"काकी, जब ई तेरी ही बात ना सुणरो है, तो मेरी कैसे मान जाएगो।" नसीबन ने पल्ला झाड़ते हुए कहा।

पलक झपकते ही सारी उम्मीदें सूखे पत्तों की मानिंद इस तरह फड़फड़ाते हुए हवा में उड़ जाएँगी, कल्लो ने सोचा भी नहीं था। पूरा जिस्म धीरे-धीरे ऐंठने लगा और धमनियों में दौड़ता ख़ून जैसे जमने लगा। होंठ एकाएक पपड़ा गये। आँखों के सामने अँधेरा-सा छा गया।

मौक़ा देख डमरू उठ कर जाने लगा, तो जमाल खाँ ने उसकी इस बेअदबी पर डाँट दिया, "तोहे बहुत जल्दी होरी है... मेरे यार, घर में आदमी बैठा हैं और तू लाट साब उठ के चल दियो... थोड़ो-सो अदब सीख ले!"

"मैं कहा करूँ रुकके?" अपनी भूमिका ख़त्म होते देख डमरू ने पूछा।

"तो नोहरा में ही जाके तू कहा करेगो... चुपचाप बैठ जा!" जिस तरह जमाल खाँ ने सबके सामने, ख़ासकर कल्लो की उपस्थिति में डमरू को डाँटा, वह चुपचाप बैठ गया।

डमरू को वापस बैठता देख कल्लो का ऐंठा हुआ जिस्म फिर से खुलने लगा। जवाब दे गयी हिम्मत फिर से इकट्ठी होने लगी।

"पतो ना, ई ऊपरवालो भी ढेड हमारो और कितनो इम्तहान लेएगो... जमालू, बेटा अब तू ही बता मैं किसकी दहली पे जाके मूँड फोड़ूँ?" कल्लो का आर्तनाद स्याह रात की नीरवता में घुलता चला गया।

"काकी, तेरा आणा सू पहले हमने डमरू बहोत समझायो, पर ई राजी ही ना होरो है।" नसीबन ने पहली बार छोटी-सी झूठ का सहारा लेते हुए उम्मीदों के सिरों को फिर से जोड़ना चाहा।

पता नहीं नसीबन की तरफ़ से यह कोई संकेत था या कुछ और कल्लो एक बार फिर से अनुनय करते हुए चिरौरी करने लगी, "नसीबन, मेरा हाथ जोड़ा सू ई आखिरी गुजारस है के तू अपणा या डमरू सू एक बर और कहके देख... मोहे पक्को अकीन है तेरो कहो ई जरूर मानेगो... तोहे तो ई माँजाया सू भी बढ़के माने है... एक बर तू यासू माँ जैसी बणके कहके देख!" कहते-कहते बल्ब की रोशनी में कल्लो की आँखों के कोरों से ढुलकती बूँदों से महीन किरनें फूटती नज़र आने लगीं।

कल्लो के चुप होते ही पूरा सहन ख़ामोश हो गया। कल्लो की नज़रें नसीबन के अधखुले होंठों पर जाकर टिक गयीं, यह देखने के लिए कि आख़िर माँ बनकर नसीबन डमरू से किस तरह कहती है।

देर तलक नसीबन से कुछ भी कहते नहीं बना। होंठ बस काँप कर रह जाते। जमाल खाँ समझ गया बीवी की दुविधा। मगर समझने से ही काम थोड़े चलने वाला है। हार कर उसे ही कहना पड़ा, "ऐसे चुप रहणा सू काम ना चलेगो... कुछ तो जुआब दे याहे!"

"मैं कहा जुआब दूँ... डमरू ने दे तो दियो।" नसीबन द्वन्द्व की कोठरी से बाहर आने का रास्ता ढूँढ़ने की कोशिश करती हुई बोली, "मेरी तो कुछ समझ में नहा आरी है!" लम्बा साँस लेते हुए बोली नसीबन।

"समझ में ना आरी है तो कह दे या काकी सू के ई अपणे घर चली जाए।" जमाल खाँ ने बीवी पर थोड़ा-सा दबाव बनाया।

"चोखो बहाण, जैसी तेरी मरजी। चलूँ, हाजीजी बाट देखरो होएगो।" एक

गहरा साँस ले कल्लो घर जाने के लिए खड़ी हो गयी।

"काकी, पहले या नसीबन ए तो कहण दे कुछ... ऐसे मत जा!" कल्लो को रोकते हुए फ़ातिमा ने कहा।

धीरे-धीरे अपने ही घर में बनते दबाव के चलते नसीबन के बचने के सारे रास्ते बन्द हो गये। उसे लग गया कि उसके कहे बिना बात बनने वाली नहीं है। उसने पहले सब पर उचटती-सी नज़र डाली और सबसे आख़िर में डमरू पर आकर रुक गयी।

"डमरू, बीरा एक बर और सोच ले। कहा पतो बेटा, यामें ही तेरी कोई भलाई होए।" नसीबन एकदम गम्भीर और दार्शनिक भंगिमा अपनाते हुए लगभग आदेश देने के अन्दाज़ में बोली।

"यामें सोचणा की कहा बात है!" डमरू ने असमंजस से उबरने की कोशिश करते हुए प्रतिरोध किया।

"मैं बड़ी उम्मेद लगाके आई हूँ... और फिर वैसे भी निकाह करवा के हम खुदी तल्लाक दिवा देंगा। बस, काई तरह या ढेड हलाला सू हमारो पिंड छुड़वा दे... हम तेरा जिन्दगीभर ताबेदार रहँगा। तू कहे तो तेरा पाँवन् में...।" कहते-कहते कल्लो ने सिर से दुपट्टा उतारा और उसे डमरू के पाँवों में डाल दिया।

यह सब इतनी तेज़ी और अप्रत्याशित ढंग से हुआ कि किसी की समझ में नहीं आया कि ऐसा भी हो सकता है।

"का... काकी, कहीं तू बावली तो ना होगी है!" जमाल खाँ ने लपक कर ज़मीन से दुपट्टा उठाया, और उसे फटकारते हुए वापस कल्लो के सिर पर रख दिया।

अचानक पैदा हुई इस स्थिति को देख सब अवाक् रह गये और अभी इससे निपटने के बारे में सोचा जाता कि एक साहस भरा ऐलान सहन में गूँजा।

"काकी, तू जाके निकाह की तैयारी कर... अब मैं देखूँगी या हलाला ए के आखिर ई है कहा बीमारी... रही बात या डमरू की, सो याहे तम मेरे ऊपर छोड़ देओ!"

पलक झपकते ही नसीबन ने पूरा पासा पलट दिया। उसकी इस उद्घोषणा से घर की दीवारें एकाएक खनक उठीं। हालाँकि कुछ पल के लिए वहाँ मौजूद किसी को अपने कानों पर यक़ीन नहीं हुआ।

"मेरी तो ई समझ में ना आरी है के पंद्रह-बीस दिनाँ कू या डमरू पे हाँ भरना में कहा जोर पड़रो है।" जमाल खाँ ने अपनी बीवी के हौसले की एक तरह से पैरवी करते हुए कहा।

"बीरा, अगर बीच में ई हरामी हलाला ना घुसतो न, तो मोहे काई सू नहोरा (निहोरा) खाणा की जरूरत ना पड़ती।" बर्फ़ की सिल्ली-सी कल्लो अपनी मजबूरी के साथ-साथ अपनी ग़ैरत को बचाते हुए बोली।

"पतो ना, या डमरू पे खाली निकाह पढ़वाणा में भी कहा जोर पड़रो है। कौण-सी नजराना याके सदा-मदा कू पल्ले बँधरी है, जो ई काई की बात ही ना मान रो है। अरे, नजराना को घर बसतेई ऊ अपणे घर और ई अपणे घर।" फ़ातिमा ने एक बार फिर पुराना तर्क दोहराया।

"सारो रोणा तो याही बात को है के ऊ सदा-मदा कू याके पल्ले ना बँधरी है।" अनायास कमरे से बाहर निकलते हुए जिस तरह आमना ने गहरा साँस लेते हुए कहा उससे सबका ध्यान बँट गया।

"हरामण, तू जरूर टाँग अड़ा!" नसीबन ने आमना को डाँट दिया।

"यामें टाँग अड़ाना की कहा बात है... तम याको पक्को निकाह करके देखो अगर ई चूँ भी कर जाए तो।" आमना ने डमरू की ओर देखते हुए एक कुटिल मुस्कान उछालते हुए कहा।

"देख भावज, या तो याहे चुप करा लेओ नहीं तो..." एक चेतावनी भरे अन्दाज़ में डमरू उखड़ते हुए बोला।

"आमना, बेटी तू हमारा बना-बणाया खेल ए काँई लू बिगाड़ना पे तुलरी है!" कल्लो आमना से गुहार करती हुई बोली।

"काकी छोड़, तू काँई लू या नकटी के मुँह लगरी है।" इतना कह नसीबन डमरू की ओर पलटी, "डमरू, बेटा हीं आ मेरे पै!" नसीबन ने पहली बार सचमुच माँ की तरह बड़े दुलार से डमरू को अपने पास बुलाया।

एक आज्ञाकारी बच्चे की तरह डमरू अपनी जगह से उठ कर, नसीबन के पास आकर बैठ गया।

"देख बीरा, जब इतना आदमी कहरा हैं तो उनकी बात मान लेणी चहिए... अगर तेरी छोटी-सी हाँ सू काई को उजड़तो घर बस जाए, तो यासू बड़ो सवाब और कहा होएगो!" डमरू के बेतरतीब रूखे बालों को धीरे-धीरे अँगुलियों के पोरों से सहलाते हुए नसीबन ने उसे फिर से समझाया।

यह बरसों से इन्तज़ार कर रहे अपने बेतरतीब बालों में स्नेहिल पोरों की सरसराहट का असर था, या फिर किसी तरह का सवाब कमाने का लोभ कि डमरू किसी तरह का प्रतिवाद नहीं कर पाया।

"सोच के देख, के जब-जब तेरी ई काकी कल्लो अपणी बहू और पोता-पोतीन्ने देखेगी, तो तोहे कितनी दुआ देएगी!" डमरू की चुप्पी पर नसीबन के पोर उसके

रूखे बालों में और तेज़ी से सरसराने लगे।

"तो फिर भावज ठीक है... तेरा कहणा सू मैं एक सरत पे निकाह करुँगो के पंद्रह-बीस दिन..."

"मेरे यार, या बात ए तू कहा कह... हम तो पहले ही कहरा हैं के इतकू निकाह हुओ और उतकू तल्लाक!" जमाल खाँ ने डमरू का वाक्य पूरा करते हुए उसे तसल्ली दी। डमरू कुछ कहता इससे पहले नसीबन के फ़ैसले पर अपनी हिमायत की मुहर लगाते हुए जमाल खाँ बोला, "काकी, अब तू अपणे घर जा और निकाह की तैयारी कर!"

"अब छुआरान् सू काम ना चलेगो काकी... अब तो तोहे बन्ना-बनवारा गवाना ही पड़ँगा।" मौक़ा मिलते ही आमना ने कल्लो से चुहल की।

"तेरी टाँट में लकड़ी, ना होएगी तू चुप।" फ़ातिमा ने हँसते हुए अपनी दौरानी आमना को डाँटा।

"डमरू, तू पेश इमाम बण जाए... तू जीतो रह... नसीबन, तिहारा या एहसान ए मैं मरते दम तलक ना भूलूँगी...अल्लाहताला तिहारी रोजी में बरक्कत करे... आस-औलाद सू तिहारो घर आबाद रहे...।" कल्लो के मन की झोली में जितनी भी आशीषें और दुआएँ थीं, रात के बढ़ते अँधेरे को गवाह मान उसने उन्हें नसीबन के आँगन में उँड़ेल दिया।

जाते-जाते अचानक कल्लो धीरे-से ठिठकी। हल्के-से डमरू की ओर पलटकर देखा और वापस आकर उसके सिर पर हाथ फेरते हुए मन ही मन बुदबुदाते हुए अपनी झोली में बची-खुची आशीषों से डमरू को भिगो कर, बाहर फैले अँधेरे में समा गयी।

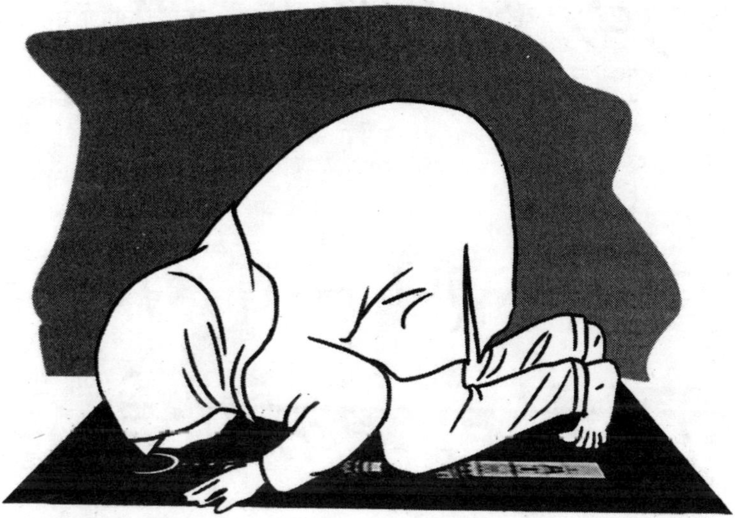

उनके साथ अच्छे सलूक से रहो। अगर वे तुमको ना-पसन्द भी हों, तो हो सकता है कि तुम किसी चीज़ को ना-पसन्द करो और अल्लाह उसी में बहुत कुछ भलाई रख दे।

–क़ुरआन, अन-निसा 3:19

उनके साथ अच्छे
सलूक से रहो। अगर
वे
तुमको ना-पसन्द भी
हों, तो हो सकता है
कि तुम किसी चीज़
को ना-पसन्द करो और
अल्लाह उसी में बहुत
कुछ भलाई रख दे।

मग़रिब[1]

पूरी रात नहीं सोया डमरू।

उसका आधा समय तरावीह और बाकी बचा समय सहरी के इन्तज़ार में बीता। अनिद्रा के चलते पूरी रात उसकी पलकें भारी रहीं। पता नहीं उसकी नींद किसने चुरा ली? सारी रात आगत की कल्पनाओं में करवटें बदलते हुए बीत गयी। उसने अपने भाई-भावज के कहने पर जो फ़ैसला लिया है, पता नहीं वह सही है भी या नहीं?

सुबह उठा तो लगा पूरी कायनात जैसे बदली हुई है। पूरे बदन के ऐंठे होने के बावजूद अपनी ही चाल में उसे वह बाँकपन महसूस हो रहा है, जिसकी तरफ़ लपरलेंडी ने भी इशारा किया था। दिशा-फ़रागत जाते समय उसने बहुत कोशिश की अपने आसपास से गुज़रती आँखों से बचने की। मगर वह इसमें कामयाब नहीं हो पाया। जिससे भी उसकी नज़रें टकराईं, उसने डमरू के फ़ैसले की सराहना ही की। हैरानी हुई डमरू को कि अपने साथ-साथ दूसरों के घरों की दीवारों में जिन मोखियों, रोशनदानों और पुरानी दरारों का वह मुँह बन्द हुआ समझे बैठा था, वह उसका कोरा भ्रम निकला। सच तो यह है कि उसके फ़ैसले और सहमति से पूरा मोहल्ला वाकिफ़ हो चुका है।

वापस लौटते हुए रास्ते में लपरलेंडी ने धर-दबोचा। हालाँकि उसने उससे बचने की नाकाम कोशिश भी की थी, मगर चतुर लपरलेंडी के फंदे की हद से वह अपने आपको नहीं बचा पाया।

"डमरू, यार तू तो ऐसे आँख चुरारो है जैसे कोई बिहावली बहू चुराए करे हैं।" लपरलेंडी ने बिना कोई रियायत बरतते हुए छेड़ा।

"ऐसी कोई बात ना है काका... दरसल, मेरो ध्यान कहीं और हो।"

"यामें तेरो कसूर ना है। वैसे एक बात कहूँ पूरा गाँओ में तेरी वाहवाही होरी है... असली मरदन् को सो काम करो है तैने। तोहे पतो ना है कि कितना माणस

1. मग़रिब : सूर्यास्त।

तोहे दिल सू दुआ देरा हैं।"

लपरलेंडी द्वारा की गयी तारीफ़ को सुन डमरू को पहली बार अपने फ़ैसले पर थोड़ा-सा गर्व हुआ। मगर फिर भी अपने डर को प्रकट किए बिना उससे रहा नहीं गया, "काका, मैंने निकाह की हाँ करके कहीं कोई गल्ती तो ना कर दी है?"

"पागल होरो है..."

"फिर भी, कोई गुनाह तो ना होरो है मोसू?"

"गुनाह! बावलंडी, तेरी तो पूरा गाँओ में तारीफ होरी है। वैसे रही बात गुनाह की, तो तोसू पहले असली गुनहगार तेरा भाई-भावज होंगा जिन्ने ई दबाव दियो है।"

"ई बात तो है... वैसे भी मैं कौण-सो नजराना को हाथ माँगण् गयो हो, जो मैं गुनहगार कहवाऊँगो।" लपरलेंडी के तर्क से सहमत होते हुए डमरू ने अपना तर्क दिया।

एक अजीब-सी बेचैनी और तनाव के चलते कुछ देर पहले तक जो देह मूँज की मानिंद ऐंठी जा रही थी, वह सुबह की ताज़ा धूप पाकर मुलायम होती चली गयी। नोहरे में वापस आया, तो पता चला घर से बुलावा आया है कि जितनी जल्दी हो सके वह घर पहुँच जाए।

डमरू ने कुल्ला-दातुन भी नहीं किया। घर में दाख़िल हुआ तो हाजी ख़ुदाबख़्श यानी टटलू और कल्लो को बैठा देख, वह सारा माजरा समझ गया।

"डमरू, आजा भई!" टटलू ने पूरी इज़्ज़त बख़्शते हुए डमरू को देखते ही कहा।

"बीरा, हम धेरे-धेरे (सुबह-सुबह) ई सलाह लेण आया हैं के निकाह कौण-से दिन पढवायो जाए... वैसे तो हमने नजराना का पीहर में भी खबर भिजवा दी है... पर वाहे बुलवाएँ तो जब, जब दिन पक्को हो जाए। क्यों नसीबन, मैं गलत तो ना कहरी हूँ?" कल्लो ने डमरू की उपस्थिति में अपने आने का मक़सद बताते हुए कहा।

"सही बात है। नजराना ए भी तो एकाध दिन को टैम देनो पड़ेगो।"

"और या बीमारी सू जितनी जल्दी फंद कटे, उतनो ही अच्छो है।"

टटलू की इस व्यग्रता पर किसी ने कोई प्रतिक्रिया व्यक्त नहीं की। हाँ, डमरू के माथे पर ज़रूर सिलवटें उभर आई थीं और चेहरे पर तनाव झलकने लगा था। जमाल खाँ ने देखा तो उससे पूछे बिना नहीं रह गया।

"डमरू, अगर मन में कोई बात है तो वाहे भी बता दे। अभी तो बेटी बाप के है... कहीं ऐसो ना होए के सिकार के बखत कुतिया हँगाई मर जाए।"

"मेरा मन में कहा बात होएगी। तमने जब फैसला ले ही लियो है, तो मैं कहा कहूँ।"

इतना कह डमरू ने सबसे नज़रें बचा कनखियों से आमना की ओर देखा। डमरू से नज़र मिलते ही आमना से अपनी हँसी रोकनी मुश्किल हो गयी। मुँह पर डाठा लगा, वह तेज़ी से अपने कमरे में घुस गयी, और हँसते-हँसते लोटपोट हो गयी। मारे हँसी के उसका पेट दूखने लगा। उसे यह भी ख़याल नहीं रहा कि दबे पाँव उसके पीछे-पीछे कोई और भी चला आया है। शायद उसे पता भी नहीं चलता अगर आनेवाला उसे पीछे से टोकता नहीं।

"अइये, तेरे ऐसे कहा हाथ लग्गो, जो तू मारे हँसी के दोलड़ हुई जारी है?"

आमना ने पीछे से अचानक आयी इस आवाज़ पर पलट कर देखा, तो पाया यह और कोई नहीं उसकी जिठानी फ़ातिमा है।

"फातिमा, देखी डमरू निकाह का चाव में कैसो लाल हुओ जारो है।" मुश्किल से अपनी हँसी को रोक कर अपने हँसने का कारण बताया आमना ने।

फ़ातिमा को डमरू पर आमना का इस तरह हँसना अच्छा नहीं लगा। कुछ भी है, जैसा भी है निकाह, निकाह तो है। भले वह पंद्रह-बीस दिन के लिए क्यों न है। बिना कुछ कहे वह कमरे से बाहर निकल आयी। बाहर आकर उसने डमरू को देखा तो पलभर के लिए उसके होंठ लरज़ कर रह गये।

बाहर निकाह का दिन लगभग पक्का हो गया।

"ठीक है बहाण नसीबन, तिहारा या एहसान ए हम मरते दम तलक ना भूलँगा।" जाते-जाते कल्लो एक बार फिर कृतज्ञता प्रकट करते हुए बोली।

2

निकाह होते ही नज़राना को उसी समय इद्दत पर उसके पिता के साथ वापस भेज दिया गया। डमरू ने भी राहत की साँस ली। लगा जैसे वह किसी दलदल से बमुश्किल बाहर आ पाया है। इधर कल्लो के पाँव तो मारे खुशी के ज़मीन पर नहीं पड़ रहे हैं। ऐसा लग रहा है मानो उसने बहू का नहीं, बेटी का निकाह कराया है। इस ख़ुशी में वह यह भी भूल गयी कि शरीअत के मुताबिक़ क़ायदे से नज़राना अब उसकी बहू नहीं है। निकाह के बाद भी वह नज़राना से ऐसे पेश आ रही थी जैसे उस पर उसका सास होने का हक़ अभी भी बना हुआ है। साधिकार कल्लो उसे वैसे ही निर्देश दे रही थी, जैसे वह नियाज़ के तलाक़ से पहले देती थी।

नज़राना के जाने के बाद अगले दिन नसीबन ने कल्लो से उसका मन टटोलते हुए यूँ ही पूछ लिया, "काकी, अब तो राजी है... सब सही-सलामत निपटगो!"

"बेटी, तिहारो लाख-लाख सुकर है जो तमने मेरो घर बचा लियो... अब ई हलाला अपंणी मरी-जीवतीन्ने चुदवा लेए... या हरामी ने हमारी नींद तलक हराम कर दी। थोड़ा-सा दिनाँ की बात और है फिर वा ढेड रसखान सू पूछूँगी के काई की घर-गिरस्थी में आग लगाके तोहे कहा मिलगो!" कल्लो का चेहरा तमतमा उठा।

"काकी, जो हुओ अच्छो ही हुओ... कहा पतो यामें भी हम सबकी कोई भलाई होए... पिछली बातन्ने भूल के अब अपणा घर पे ध्यान लगाओ। थोड़ा दिनाँ की बात है फिर दोनूँ सास-बहू खूब मजा सू रहियो।" हँसते हुए नसीबन ने कल्लो के घावों पर मरहम लगाने का प्रयास किया।

"नसीबन, अगर तू या डमरू सू ना कहती न तो ई कदी भी ना मानतो...आज सही में पतो चलगी के तेरी ई माँजाया सू भी जादा इज्जत करे है।"

नसीबन कुछ नहीं बोली। बस, धीरे-से मुँह फेर लिया।

"बिचारा को बखत सू बिहा हो जातो, तो आज ई भी चार-पाँच बालकन् को बाप होतो... पर कहा करो जाए...निगोडी, सऽऽऽब भागन् का खेल हैं।"

"मैंने तो बहोत कोसिस करी ही काकी, पर मेरी काई ने सुणी होए जब न।" इसके बाद नसीबन ने गहरा निःश्वास लेते हुए कहा, "काकी, मैं तो यामें भी खुस्स हूँ...कम सू कम अब कोई ई तो ना कहेगो के डमरू कुँआरो रहेगो। अब ई मलाल तो ना रहेगो के डमरू को निकाह ना हुओ!" कहते-कहते नसीबन की आवाज़ भारी होती चली गयी।

कल्लो ने देखा तो उसने अब नसीबन से विदा लेने में ही भलाई समझी। आदमी की नीयत का क्या भरोसा। क्या पता वह कब बदल जाए। दौरानी के लालच में कहीं नसीबन अपने देवर को तलाक़ न देने के लिए बरगला दे।

इसके बाद हाजी खुदाबख़्श यानी टटलू सेठ और कल्लो के लिए दो सप्ताह काटने भारी हो गये जबकि उधर डमरू के लिए ये दो सप्ताह सालों जितने लम्बे हो गये। रमज़ान होने के कारण उसका दिन और इफ़्तार के बाद का वक़्त मस्जिद में ही बीतने लगा। वैराग्य और ख़ालीपन उसके भीतर तेज़ी से घर करने लगा। इसी वैराग्य और ख़ालीपन से मुक्ति की चाह में डमरू का ज़्यादातर समय मस्जिद में ही बीतने लगा कि जितनी ज़ल्दी हो, आने वाले दो सप्ताह निकल जाएँ।

3

कल्लो ने एक अधजली लकड़ी के टुकड़े यानी कोयले से घर के पिछवाड़े, दीवार पर एक-दूसरे के समान्तर पन्द्रह बेतरतीब लकीरें निकाह के दिन, नज़राना के

जाते ही खींच दी थीं। शाम को मग़रिब के आसपास वह ईंधन लेने के बहाने आती, और उनमें से एक लकीर मिटा देती। जैसे-जैसे इद्दत ख़त्म होने के दिन नज़दीक आने लगी, वैसे-वैसे लकीरों की संख्या भी कम होने लगी।

मगर पता नहीं किसी बेख़याली के चलते, या सचमुच उसकी चूक के कारण आख़िरी दिनों में उसे अपने हिसाब में ऐसा झोल नज़र आया कि आख़िरी की कुछ लकीरों में वह इस क़दर उलझ गयी कि उनसे वह पूरी रात बाहर नहीं निकल पाई। न जाने कैसे उनमें से एक लकीर ज़्यादा कट गयी। कल्लो का सारा मीज़ान एकाएक गड़बड़ा गया। अपनी इस ग़लती की तसदीक़ के चक्कर में उसकी धड़कनें बढ़ने लगीं।

हार कर उसे एक उपाय सूझा कि क्यों न वह नसीबन से ही जाकर इसकी दरयाफ़्त कर ले। इसके दो फ़ायदे होंगे—पहला यह, उसे अपनी ग़लती का पता चल जाएगा, और दूसरा यह कि तलाक़ किस दिन करवाना है, यह भी तय हो जाएगा। वरना ऐसा न हो कि वह इन काली लकीरों में उलझी रह जाए और उधर दिन बीत जाएँ। यानी वह तलाक़ के भरोसे बैठी रहे और नज़राना नसीबन के कब्ज़े में चली जाए। वैसे भी आजकल किसी और का क्या, अपनी परछाईं तक पर भरोसा नहीं करना चाहिए।

नसीबन अभी-अभी ज़ुह्र की नमाज़ अदा कर खड़ी हुई है। जा-नमाज़ को समेट दालान में उसे उसकी तय जगह पर खड़ा कर, दालान से बाहर आयी ही थी कि देखा सामने से कल्लो आ रही है। नसीबन कल्लो को देख कर भी अनदेखा कर गयी। उसकी व्यग्रता को, वह भी ऐसे में जब पोते-पोतियों की शक्ल देखे दो महीने होने को आ रहे हों और बहू के पदचापों व उसकी हँसी की खनक सुनने के लिए कान बेताब हो रहे हों, अच्छी तरह समझ सकती है।

"काकी, आ जा!" कल्लो के एकदम पास आने पर, नसीबन ने दालान में खड़ी चारपाई बिछाते हुए पूछा, "बहू की आव-भगत की तो पूरी तैयारी चलरी होएगी?"

"तैयारी कहा, मोहे तो ई डर लगरो है के या हरामी हलाला की जगह कुछ और ना आ धँसे बीच में... ई तो काणी की जान कू, सौ जंजाल वाली बात होरी है!"

"नाऽऽऽ ऐसी कोई बात ना है, अल्लाहताला सब ठीक कर देएगो... घबराए मत, वापे अकीन कर।" नसीबन ने ढाढस बँधाते हुए कहा।

"निगोडी, बखत को कुछ पतो ना है। वा दिन भी कहा बात ही... पर बेड़ो गरक होए वा ढेड रसखान को, जाने बनी-बणाई बात बिगाड़ दी... पतो ना,

कहान् सू या हलाला ए उठा लायो।" कल्लो एक बार फिर किसी पुरानी चोट की कसक से जैसे बिलबिला उठी।

"काकी, रोजं-रोज ऐसी बात ना होवे हैं...वैसे भी पाँच दिनाँ की बात और है, अल्लाह ने चाही तो वा दिन इनको तल्लाक हो ही जाएगो!"

कल्लो ने मन ही मन हिसाब लगाया, तो पाया सचमुच उसी का गणित गड़बड़ था। उसके हिसाब से इद्दत एक दिन पहले ख़त्म हो रही थी जबकि नसीबन के हिसाब से एक दिन बाद। पूरी तरह तसल्ली होने के बाद जाते-जाते कल्लो गुज़ारिश करते हुए बोली, "एक अरज और है के अगर ई तल्लाक पाँच आदमीन् के आगे होएगो तो कहींऽऽऽ"

"काकी, ई तो और भी अच्छी बात है... कम सू कम कल कू दुनिया बात तो ना बणाएगी।" नसीबन ने अन्ततः बात ख़त्म करते हुए कहा, "हमन्ने तो काकी आदमीन् सू ना तल्लाक सू मतलब है। तू बेखटके बहू का आणा की तैयारी कर...भले ही अब तू नजराना का पीहर भी खबर पहोंचवा दे के वाहे तल्लाक के दिन लेके आ जाएँ। अरे, इतलू तल्लाक और उतलू नजराना अपणे घर!"

वापस लौटते हुए कल्लो अपनी ना-समझी पर अपने आपको रह-रहकर कोसती रही, कि नसीबन जैसी भली औरत की नीयत पर उसने बे-वजह शक किया। उसने धीरे-से आँखें बन्द कर गहरा साँस ले उसे बाहर छोड़ा, और यह कहते हुए तेज़ी से घर की ओर बढ़ गयी, 'या खुदा, रहम करियो!'

4

सवेरे से ही पूरे गाँव में तरह-तरह की चर्चाओं का बाज़ार गरम है। कुछेक ने तो यहाँ तक अनुमान लगा लिया कि हो न हो नज़राना को डमरू तलाक़ ही न दे। बहरहाल, इन अफ़वाहों और चर्चाओं में कितना दम है, आज पता चल जाएगा। मर्दों में उत्सुकता, जिज्ञासा या कौतूहल इस बात को लेकर नहीं है कि डमरू नज़राना को तलाक़ देता है या नहीं, उत्सुकता इस बात को लेकर है कि नज़राना को तलाक देते वक़्त वह कैसा लगेगा। जबकि औरतें यह सोच-सोच कर हलकान हुई जा रही हैं कि यह निरभाग नज़राना भी क्या लिखा कर लाई है कि आज वह एक बार फिर से तलाक़ दी जा रही है। माटी पड़े इस हलाला पर जिसने उसे कहीं का नहीं छोड़ा।

लपरलेंडी का चौतरा इस कौतूहल से अछूता रहे, यह कैसे सम्भव है। लपरलेंडी और फकीरा दोनों के बीच भविष्य की सम्भावनाओं पर गहन चिन्तन

कहिए या विमर्श, जारी है।

"यार लपरलेंडी, अगर खुदा-ना-खास्ता या डमरू ने नजराना ना तलाकी तो?" फकीरा ने ज़्यादातर जिज्ञासुओं की तरह लपरलेंडी के सामने अपनी जिज्ञासा प्रकट की।

"तो कहा, रहेगी डमरू के संग।"

"रहेगी, मतलब?" फकीरा की आँखों में एक अजीब-सी चमक दिखाई देने लगी।

"रहेगी वाकी घरवाली बणके।"

फकीरा थोड़ी देर चुप रहा। फिर उसने अपने आसपास देखा और एक गहरा लम्बा साँस लेते हुए बोला, "एक बात कहूँ! अगर या डमरू की जगह मैं होतो न, तो वाड़ी मैं ना देतो तल्लाक... यार, अगला ए मुसकल सू तो मौका मिलो है और हम वासू तल्लाक दिवारा हैं। बिचारा के साथ ई न्याव ना हुओ।"

"चल छोड़, निवाज को बखत होरो है।" इतना कह लपरलेंडी जुमे की नमाज़ के लिए तैयार होने लगा।

जुमे की नमाज़ अदा करने के बाद बहुत से नमाज़ी घर भी नहीं गये। सीधा जमाल खाँ के नोहरे की तरफ़ हो लिए। कइयों को यह जिज्ञासा परेशान कर रही है कि क्या नज़राना को उसके पीहर से बुला लिया गया है? अगर बुला लिया गया है तो वह किसके यहाँ ठहरी हुई है—अपने पुराने शौहर नियाज़ के घर, या फिर हाल में डमरू के संग हुए निकाह के बाद अपने नये शौहर के घर? अगर देखा जाए तो आज के दिन यह सवाल बेहद वाजिब और बड़ा है।

"वैसे ई नजराना रुकी किसके घर है?" फकीरा ने सहज भाव से फुसफुसाते हुए पूछा।

"यार, लाख टका की बात तो तैने अब पूछी है...एक मिनट रुक, याको भेद मैं अभी पतो करूँ हूँ।" इतना कह लपरलेंडी बड़ी सफ़ाई से अपने बग़ल में बैठे अकरम की ओर खिसक गया, और मौक़ा पाते ही बेहद चौकसी बरतते हुए धीमी आवाज़ में बोला, "अकरम, तेरी भावज ए तो पंचात में तेरी माँ ही लाएगी?"

लपरलेंडी ने जितनी चतुराई से शब्दों का चयन कर उन्हें चुबलाते हुए अकरम से पूछा था, उससे अकरम लपरलेंडी के फन्दे में फँस गया। पलट कर उसने हैरानी जताते हुए उलटा लपरलेंडी से पूछा, "मेरी माँ काँई लू लाएगी?"

"तो फिर और कौन लाएगी?" लपरलेंडी ने अकरम की आँखों में आँखें डाल फन्दा कसते हुए कहा।

“अरे, वे लाएँगी जिनके घर ऊ रुकी हुई है।” अकरम ने भोलेपन के साथ जवाब दिया।

“मैं कुछ समझो ना?” लपरलेंडी की आँखें फैलने-सिकुड़ने लगीं।

“यामें समझणा की कहा बात है, ऊ तो डमरू के घर रुकी हुई है।”

“ऐसे होई ना सके...यार, कायदा सू या नजराना ए तिहारे घर रुकणो चहिए।” लपरलेंडी ने अकरम के मन को टटोलते हुए कहा।

“अरे तो थोड़ी देर पीछे ऊ हमारे ही घर में ना रहेगी!” मुस्कराते हुए अकरम बोला।

“ई बात भी तेरी सही है।” अपना काम निकाल लपरलेंडी फिर से फकीरा की ओर पलटा, और उसके नज़दीक सरकते हुए आँख मारी, “डमरू का घर में है।”

लपरलेंडी की इस सूचना पर फकीरा की रगों में तेज़ी से ख़ून दौड़ने लगा।

5

“पंचो, अगर सब आगा होएँ और सबकी इजाजत होए तो डमरू ए बुलवाएँ?”

पंचों के रूप में बैठे लगभग पौने दर्ज़न पंचों में से अचानक एक आवाज़ आयी। इस आवाज़ को सुनते ही जमाल खाँ के नोहरे में स्तब्धता-सी व्याप गयी। इसी बीच भीड़ के पीछे प्रकट हुए चेहरे पर नज़र पड़ी, तो वही आवाज़ लगभग आदेश देती हुई बोली, “अरे, रस्ता देओ... आ जाओ मौलवी साब हीं आ जाओ!” एक चारपाई की ओर इशारा करते हुए आग्रह किया उस आवाज़ ने।

मौलवी साब यानी इमाम याहिया खुर्रम ज़मीन पर बैठे हुए लोगों से बचते-बचाते आगे आया और उस चारपाई पर बैठ गया।

“क्या मसला है यह जिसके लिए यह पंचायत बुलाई है?” इमाम ने बैठते हुए अपने बग़ल में बैठे एक बुज़ुर्ग से पूछा।

“मसला कहा मौलवी साब, एक छोटो-सो तल्लाक को मामलो है।” बुज़ुर्ग ने बताया।

“छोटा-सा मामला?” इमाम ने बुज़ुर्ग को सुनाते हुए ख़ुद से कहा।

“मौलवी साब, छोटो-सोई है... ऊ हाजीजी है न, अरे वही जिसे टटलू सेठ कहवे हैं, वाका छोरा ने अपणी बहू पहले तल्लाक दी ही।”

“जब तलाक दी तो?”

“अब वाहे ऊ फिर सू अपणा घर में लाणो चाह रो है।”

“मगर वापसी के लिए तो हलाला ज़रूरी है।”

“ये सारा बीज या हलाला का ही तो बोया हुआ हैं, वरना आज दोनूँ

मरद-बीरबाणी मजा सू रह रहा होता। अरे, जब घर में दो बासण होंगा, तो खड़कंगा ही... याको मतलब ई ना है के बात-बात पे तल्लाक दे देओ।"

"मगर हलाला तो हुआ होगा?" इमाम ने जैसे बुज़ुर्ग की बात पर ध्यान नहीं दिया।

"हाँ, हुओ है न।"

"किसके साथ हुआ?"

"वही जमाल खाँ को सबसू छोटो भाई कळसंडा... मेरो मतलब है डमरू के संग।"

"अच्छा-अच्छा उसके संग हुआ है... फिर अब क्या रह गया?"

"रह कहा गयो, आज डमरू वाहे फिर सू तल्लाक देरो है जासू टटलू का छोरा की बहू उल्टी पहला घरवाला नियाज के घर चली जाए।"

"अच्छाऽऽऽ असली मामला यह है।" इमाम की समझ में जैसे सारी बात अब आयी है।

"लेओ, डमरू भी आगो।" बुज़ुर्ग ने बताया।

डमरू के आते ही मारे उत्सुकता के नोहरे में जमा ख़लकत के बीच खुसर-पुसर शुरू हो गयी। ज़्यादातर आँखें उसी पर आकर टिक गयीं।

"हाँ भई पंचो, तो सुरू करें?" पहले वाली आवाज़ ने इजाज़त लेते हुए पूछा।

एक सामूहिक स्वीकृति मिलने के बाद वह आवाज़ जमाल खाँ की ओर पलटी तथा बेहद सोच-विचार के अन्दाज़ में बोली, "हाँ भई जमाल खाँ, अपणा घर में वैसे अच्छी तरह सलाह-मसौरा तो कर लियो है न?"

"यामें सलाह-मसौरा की कहा बात है... हम तो अपणा कौल पे पूरी तरह टिका हुआ हैं।" जमाल खाँ ने जवाब दिया।

"भई ऐसी बात है के आजकल काई का ईमान को कोई भरोसा ना है...कहा पतो ऐन मौका पे डिग जाए...वैसे डमरू सू भी अच्छी तरह ठोक-बजाके पूछ ली है न, के ऊ तल्लाक देण कू राजी है?" दूसरे पंच ने किसी भी अनहोनी के मद्देनज़र तसल्ली करते हुए पूछा।

"ताऊ, हमारो अकीन करो...ऐसी कोई बात ना है हमारा मन में।" जमाल खाँ ने पूरी पंचायत को आश्वस्त करते हुए कहा।

"भई, मैं तो या मारे कहरो हूँ के एक जगह ऐसी बात हो चुकी है... ऊपी (यूपी) में एक बूढ़ा चाचा ने अपणा ही भतीजा की घरवाली तल्लाक देणा सू मना कर दी... अन्यायी, वा चाचा सू हलाला करवायो तो या मारे हो, के ऊ दूसरा की अमानत में खयानत ना करेगो, पर हद तो जब होगी जब जुआन लुगाई ए पाके चाचा की नीयत खराब होगी और वाने तल्लाक देणा सू दो टूक मना कर

दी... मेरे यार, डमरू तो फिर भी जुआन-जवान है... ऊ भी कुआरो।"

पंच के इस प्रसंग पर पूरी पंचायत में ज़ोर का ठहाका गूँजा। कुछ देर पहले तक जिस पंचायत के सारे चेहरे किसी क्षोभ और तनाव के चलते बुझे हुए थे, एकाएक उन पर भी हँसी तैर गयी।

"ऐसी कोई बात ना है ताऊ। डमरू तो खुद ही निकाह कू तैयार ना होरो हो... ऊ तो हमने ही एक तरह सू मार-मार के सती करो हो। वाहे तो हमसू जादा जल्दी है या बला सू पिंड छुड़ाना की।"

"फिर तो ठीक है।" इसके बाद वह पंच डमरू की ओर घूमा, "हाँ रे लाला, तेरो बड़ो भाई ठीक कहरो है?"

"हाँ।" डमरू ने सिर्फ़ हाँ में जवाब दिया।

"तो फिर ठीक है, अब तू भरी पंचात में अपणा मुँह सू नजराना ए तल्लाक दे दे ताकि बिचारी अब अपणे घर उल्टी चली जाए!"

"मैं नजराना ए पूरी पंचात के आगे हाजिर-नाजिर मान के तल्लाक देरो हूँ।" इतना कहकर डमरू चुप हो गया।

"ऐ दे दियो तल्लाक?"

जिस तरह उस पंच ने डमरू से पूछा डमरू अकबका गया। उसकी समझ में नहीं आया कि उससे क्या ग़लती हो गयी? बस, उस पंच को अपलक देखता रहा।

"मैं ई पूछरो हूँ के कहीं ऐसो दियो जावे है तल्लाक?"

इस बार डमरू पसीने-पसीने हो गया। ज़बान जैसे तलुए से चिपक गयी। पंच भाँप गया डमरू की दुविधा। इसीलिए डमरू को समझाते हुए बोला, "बेटा, हमारा हदीस के मुताबक एक बर में तल्लाक ना दियो जावे है...ई तो तोहे पतो होएगी और अगर ना पतो है, तो अब पतो होणी चहिए क्योंके अब तो तू पक्को जमाती है...समझी के ना?"

डमरू को सचमुच अपनी ग़लती का एहसास हुआ कि कभी भी एक बार में तलाक नहीं होता बल्कि तीन बार में होता है।

"ठीक है ताऊ मैं फिर सू देरो हूँ तल्लाक... तल्ला..."

डमरू अभी तीसरी तलाक कहने जा ही रहा था कि अचानक आयी इस रुकावट के चलते वह कहते-कहते रुक गया।

"एक मिनट मियाँ, तलाक़ तो दे रहे हो मगर यह बताओ कि हलाला भी हुआ है या नहीं?"

जमाल खाँ के नोहरे में मौजूद पूरी पंचायत की निगाह इमाम की तरफ़ से किए इस सवाल पर रुक गयी।

"मौलवी साब, आप् भी कैसी बालकण् जैसी बात कर्रा हो...अन्यायी, अभी तो बताई ही मैंने के हलाला हो चुको है।" इमाम के बग़ल में बैठे उसी बुज़ुर्ग ने कहा।

"हाँ, बताया था।" मुस्कराते हुए हामी भरी इमाम ने।

"तो फिर, अब और कैसो हलाला चहिए?" हैरानी जताते हुए एक तरह से पूरी पंचायत की तरफ़ से पूछा उस बुज़ुर्ग ने।

"देखिए, आप तो बुज़ुर्ग हैं और असली मुसलमान भी होंगे?"

"अन्यायी, ई मौलवी साब कैसी बात कर्रो है... ले बताओ, अब याहे हमारा मुसलमान होणा पे भी सक होरो है।" बुज़ुर्ग का धीरे-धीरे जैसे सब्र और संयम जवाब देने लगा।

"चलो, मान लिया कि आप असली मुसलमान हैं... फिर तो आपको यह भी मालूम होगा कि हलाला के मायने क्या हैं?" इमाम ने बेहद शान्त भाव से कहा।

"बाबाजी को घंटा मेरे यार! इतनी देर सू पतो ना कहा गपड़याव लगा राखी है... हलाला का मायनो कहा है, अरे यही दूसरो निकाह... और कहा है?"

"यानी आपका कहने का मतलब यह हुआ कि दूसरा निकाह कर दिया, और हो गया हलाला?"

"देख भई मौलवी साब, बातन्ने तो चोदे मत...हमन्ने जितनो पतो हो, बता दियो... अब तू बता दे के ई हलाला कहा होवे है।" बुज़ुर्ग ने तगतगाते हुए पूछा।

इमाम याहिया ख़ुर्रम कुछ पल तो ख़ामोश रहा, फिर बेहद सधे हुए अन्दाज़ में बोलने लगा, "हलाला का मतलब है एक तलाक़शुदा औरत किसी दूसरे मर्द से निकाह करे, और फिर उससे या तो तलाक़ ले या उसके उस शौहर की मौत हो जाए, तभी वह पहले शौहर के लिए हलाल होती है—इसी का नाम हलाला है।"

"पर मौलवी साब, डमरू दे तो रहो है तल्लाक।" बुज़ुर्ग ने 'तल्लाक' पर ज़ोर देते हुए कहा।

"मगर यह तलाक़ जायज़ नहीं है क्योंकि हदीस और शरीअत के मुताबिक़ यह कोई हलाला नहीं हुआ... यह तो महज़ एक दिखावा है जो इसलिए कराया गया है कि ताकि इद्दत पूरी होने पर फिर से तलाक़ दिया जा सके।"

"तो भई मौलवी साब, तू एक बात बता ई डमरू याहे सदा-मदा कू अपणे घर में रख लेए?" बुज़ुर्ग ने झल्लाते हुए पूछा।

"मैंने कब कहा है कि यह उसे सदा के लिए अपने घर में रख ले...मेरा तो कहने का मतलब है कि कम से कम हलाला शरीअत के मुताबिक़ तो हो।"

"यार, या मौलवी साब ने अच्छी जलेबी-सी बणा राखी है। हमारी समझ में ना आरी है के आखिर सरीअत के मुताबक पतो ना ऊ कैसो हलाला होवे है?"

"जी, शरीअत के मुताबिक़ हलाला यह नहीं होता कि ख़ाली निकाह कराकर फिर से तलाक़ दिलवा दो... यह तो अल्लाह पाक की निगाह में एक और गुनाह हो गया...ऐसे तो आप रोज़ाना तलाक़ दो और रोज़ाना हलाला कराओ। इसके मायने यह हुआ कि आपको हलाला का असली मक़सद और मतलब ही नहीं मालूम है। हजरात, हलाला के बारे में नबी सल्लाहेवलैहअस्सलम ने फ़रमाया है कि हलाला के लिए सिर्फ़ दूसरा निकाह ही काफ़ी नहीं है, बल्कि उस वक़्त तक औरत पहले शौहर के लिए हलाल नहीं हो सकती, जब तक कि वह दूसरे शौहर के साथ हमबिस्तर न हो ले।"

"हमबिस्तर!" जमाल खाँ के पूरे नोहरे के मुँह से एकसाथ निकला।

"डमरू, मियाँ निकाह के बाद आप क्या अपनी बीवी के साथ हमबिस्तर हुए हैं?" इमाम ने जिस अन्दाज़ में डमरू की आँखों में आँखें डाल उससे पूछा, डमरू का चेहरा पीला पड़ता चला गया। आख़िर यह इमाम कहना क्या चाहता है। घिग्घी बँध गयी उसकी। कुछ भी तो कहते नहीं बना उससे।

इमाम को जिस बात का शक था, वह डमरू की हालत देखकर यक़ीन में बदल गया। उसे पूरा यक़ीन हो गया कि यह हलाला महज तलाक़ के लिए कराया गया है। हदीस और शरीअत के क़ायदे-कानूनों और नसीहतों पर बिलकुल भी ग़ौर नहीं किया गया। इसके बाद वह धीरे-से चारपाई से उठा और यह कहते हुए पंचायत से जाने लगा, "मियाँ डमरू, जाओ! पहले शरीअत और हदीस के मुताबिक़ हलाला करो। यह तभी जायज़ माना जाएगा, और तभी तुम्हारी बीवी अपने पहले शौहर के लिए हलाल होगी! बिना हमबिस्तर के तलाक़ के बारे में सोचना भी गुनाह है।"

"प...पर मौलवी साब ई हमबिस्तर होवे कहा?"

कोई जवाब नहीं आया इमाम की तरफ़ से। हाँ, भरी पंचायत में से जवाब आया भी तो किसकी तरफ़ से, लपरलेंडी की ओर से, "डमरू, फिकर मत कर! मैं समझा दूँगो तोहे हमबिस्तर को मतलब!"

"मौलवी साब, ई तो कोई न्याव ना हुओ। अन्यायी, गल्ती करे मरद और सजा मिले बिचारी या औरत जात ए!" बुज़ुर्ग शायद भूल गया कि उसके धर्म में अपने धार्मिक ग्रन्थों की निन्दा करना भी अपने आपमें कितना बड़ा गुनाह है।

"इसीलिए क़ुरआन में कहा गया है कि औरत तब तक अपने पहले शौहर के लिए हलाल नहीं हो सकती, जब तक वह दूसरे मर्द से निकाह न कर ले। इसका एक मतलब ग़लती करने वाले मर्द को भी सज़ा देने से है...यानी हलाला का एक सबक मर्द के लिए भी है। सबक ही नहीं बल्कि उसके लिए तो यह एक

सज़ा है, क्योंकि यह जानते हुए कि उसकी बीवी पराये मर्द के साथ हमबिस्तर हो चुकी है, तब भी वह उसे दोबारा क़बूल करता है। असल में हलाला का एक मक़सद यह भी है।" अपनी बात कह इमाम नोहरे से बाहर निकल गया।

इमाम याहिया ख़ुर्रम के जाते ही नोहरे में जैसे हड़कंप मच गया। कौन किससे क्या कह रहा है, किसी की समझ में कुछ नहीं आ रहा है। डमरू अकबकाया-सा बस बदहवास लोगों से मानो मौन गुहार कर रहा है कि मुझ असहाय को किस मुसीबत में छोड़ कर जा रहे हो?

इधर जैसे ही लपरलेंडी पर नवाब की नज़र पड़ी, वह तेज़ी से उसकी ओर लपका, "तेरी बहाण का कामदेव में...डोकरी का अपणी लुगाई तो तोपे सँभली ना। ऊ तो भगा दी तेलीका के संग और या डमरू ए हमबिस्तर को मतलब सिखारो है... मामा, घर का पूत कुआँरा डोलें और पाड़ोसी का नौ-नौ फेरा। तू बाहर चल, तोहे जब देखूँगो!" मारे गुस्से के नवाब खाँ आपे से बाहर हो गया।

कमाल खाँ ने तुरन्त अपने छोटे भाई को पकड़ लिया, "यार, यामें या लपरलेंडी को कहा कसूर है। अरे, असली जिनाह तो ई मौलवी करारो है। मेरी एक बात समझ में ना आरी है के जब ई डमरू अपणी राजी सू तल्लाक देरो है, तो यामें ई हमबिस्तर कहाँ सू आ घुसो...बेमतलब या मौलवी ने एक नयो साँग और रोप दियो!"

'हमबिस्तर' का अर्थ कुछ की समझ में आया, और कुछ के नहीं। जिनकी समझ में नहीं आया, वे लपरलेंडी को खोजने लगे। मगर ज़्यादातर के निराशा ही हाथ लगी, क्योंकि मौक़ा पाते ही लपरलेंडी नोहरे से न जाने कब नौ दो ग्यारह हो गया।

धीरे-धीरे नोहरा ख़ाली होने लगा। जाते-जाते अचानक वही बुज़ुर्ग रुका और जितने लोग बच गये, उन्हें सुनाते हुए बोला, "या हलाला का नाम पे इन मुफ्ती-मौलवीन्ने हराम मचवा राखो है...असल बात तो ई है के ये ही हलाला करवाता डोले हैं। अरे, पहले आपस में तल्लाक करवा देओ और पीछे खुदी हलाला कर देओ। ना भई, हमारी तो या मौलवी की बात समझ में आई ना के हमबिस्तर हुए बिना तल्लाक का बारा में सोचियो भी मत।"

6

नोहरे में डमरू एक तरफ़ अकेला गुमसुम बैठा हुआ है। उसकी समझ में नहीं आ रहा है कि आख़िर इस भँवर से वह कैसे निकले? यह हमबिस्तर है क्या बला जिसके बिना तलाक़ के बारे में सोचना भी गुनाह है। एक-एक कर कुछ नज़राना

के नसीब को, तो कुछ दाल-भात में अचानक घुस आये इस मूसरचंद यानी इमाम को कोसते हुए नोहरे से जाने लगे। हाजी ख़ुदाबख़्श यानी टटलू सेठ और नियाज़ दोनों बाप-बेटे तो जैसे ठगे-से रह गये। वे भी उठे और भारी कदमों से निराशा के साथ अपने घर की ओर बढ़ गये।

जमाल खाँ, कमाल खाँ और नवाब तीनों भाई डमरू के पास आ गये। जमाल खाँ ने सबसे बड़े भाई का फ़र्ज़ अदा करते हुए डमरू का बाज़ू पकड़ा, और उसे उठाते हुए बोला, "चल खड़ो हो! घबराए मत, अल्लाह ने चाही तो जल्दी ही सब ठीक हो जाएगो!"

भाइयों के इस स्नेह पर डमरू रेत का डूह-सा ढह गया, "अल्लाह तो सब ठीक कर देएगो...पर अन्यायी, पहले कोई मोहे ई तो बताए के ई हमबिस्तर आखिर होवे कहा बला है?"

तीनों भाइयों में से किसी को उम्मीद नहीं थी कि डमरू उनसे यह पूछ बैठेगा।

"यार, तम समझाओ याहे हमबिस्तर को मतलब... ई भी कोरो बावलंडी है।" झल्लाते हुए जमाल खाँ ने डमरू को छोड़ दिया। जिस्म का जो वज़न जमाल खाँ ने सँभाले हुए था, उसके छोड़ते ही डमरू खच्च से ज़मीन पर वापस बैठ गया। पाँव पटकते हुए जमाल खाँ नोहरे से निकल आया।

डमरू के पास रह गये कमाल खाँ और नवाब खाँ में से कोई कुछ नहीं बोला। क्या बोलते, कौन समझाता उसे इस हमबिस्तर का मतलब। हारकर कमाल खाँ ही बोला, "ऐसो कर, साँझ लू वा लपरलेंडी के पै चलो जइयो, वही समझा देएगो तोहे हमबिस्तर को मतलब। आयो, हमबिस्तर को चोदो... चल रे नवाब, हमारा भाई-भावज ने ई अच्छी भलमनसाहत मोल ली।" अपना गुस्सा जमाल खाँ और नसीबन पर उतारता हुआ कमाल खाँ तेज़ी से नोहरे से चला आया। उसके पीछे-पीछे नवाब भी हो लिया।

भाँय-भाँय करते किसी अन्धे जज़ीरे पर डमरू एकदम अकेला रह गया। दूर-दूर तक जहाँ भी उसकी नज़र गयी, सहारे के लिए कोई नहीं दीखा। एक निर्जन टापू पर बिलकुल अकेला रह गया डमरू।

7

हाजी ख़ुदाबख़्श यानी टटलू सेठ के घर में हाहाकार मच गया।

कल्लो तो ग़श खाकर गिरते-गिरते बची। आख़िर वही हुआ जिसका डर था। पहले रसखान ने और अब इस इमाम ने जैसे उसकी दुनिया ही उजाड़ दी। यह भला हलाला हुआ जिसने एक नहीं बल्कि दो-दो घरों का अमन-चैन छीन लिया।

मामला सुलझने के बजाय दिन पर दिन और उलझता जा रहा है। अब इस इमाम ने एक नया बीज बो दिया कि बिना हमबिस्तर के तलाक़ जायज़ नहीं होगा।

मन थोड़ा ठिकाने लगा तो उसने हाजीजी को बैठक से बुलवाया। हाजीजी यानी टटलू को उसी समय अन्दाज़ा हो गया कि घर से क्यों बुलावा आया है। वह न चाहते हुए भी उस थके हुए धावक की तरह बमुश्किल चल कर आया, जिसका पोर-पोर एक लम्बी दौड़ के बाद ऐंठने लगता है।

"हाँ बोल, कैसे बुलावो भेजो हो?" टटलू ने कल्लो के पास बैठी बहुओं को सुनाते हुए पूछा।

कल्लो ने पहले बहुओं पर नज़र मारी और फिर उन्हें हुक्म देती हुईबोली, "थोड़ी देर दूसरा कोठा में जाके बैठो, मोहे तिहारा सुसरा सू एक जरूरी बात करणी है!"

सास का आदेश सुन बहुएँ वहाँ से उठ कर चली गयीं। उनके जाते ही कल्लो ने सावधानी बरतते हुए पहले अपने आसपास देखा, और फिर पति के चेहरे पर नज़र गड़ाते हुए पूछा, "या ढेड मौलवी ने जैसी कही है, वैसो करवाणो जरूरी है?"

"मैं कैसे बताऊँ... अगर मौलवी साब कहरो है, तो ठीक ही कहरो होएगो... मौलवी तो ई भी कहरो हो के हमारा नबी ने ई भी कही बताई के नजराना नियाज कू जब तलक हलाल ना होएगी, जब तलक ऊ डमरू के संग सो ना लेएगी।"

"ऐ या कळसंडा के संग? याने अपणी शकल भी देखी है सीसा में जो हमारी हूर जैसी बहू के संग सोएगो!" कल्लो ने दाँत पीसते हुए कहा।

"राँड धीरे बोल!" टटलू ने पहले कल्लो को डाँटा और फिर थोड़ा नज़दीक आकर बोला, "बल्कि मैंने तो हीं तलक सुणी है के खाली सोणा सू काम ना चलेगो वाके संग..."

"या मेरा खुदा, हमारे ऊपर ई कैसो अजाप आ पड़ो! कीड़ा पड़ें या हरामी मौलवी के, जो ढेड हमसू या जिनाह ए करवाणा पे तुलरो है।" पति की बात पूरी होने से पहले चीत्कार करते हुए बोली कल्लो।

"वाने तो बिल्कुल साफ-साफ कह दी है के बिना कुछ करे तल्लाक का बारा में सोचियो भी मत।" लम्बा साँस लेते हुए टटलू ने इमाम का फ़ैसला सुना दिया।

"मौलवी, हरामी तेरो बंस मिटे जो तैने हमारी बसी-बसाई दुनिया में आग लगा दी।"

"जो भी है, हम कोई कुरान पाक या हदीस सू ऊपर तो हैं ना। मौलवी साब की बात तो माननी ही पड़ेगी।" टटलू ने आख़िरकार इमाम के आदेश और निर्देश को स्वीकारते हुए कहा।

"यानी वा कळसंडा डमरू के संग हमारी बहू को सोणो जरूरी है?"

"और कहा मैं तोहे लिखके दूँ...मैं कोई फारसी में बोलरो हूँ इतनी देर सू के खाली सोणो ही ना है बल्कि..."

इससे पहले कि इमाम के फ़रमान को टटलू फिर से दोहराता, चारपाई पर पड़ा कल्लो का जिस्म एकाएक तनता चला गया। आँखें सुर्ख़ हो उठीं, "तो फिर एक बात सुनूले हाजी, अगर ऐसी बात है तो मैं ना लगाऊँगी वाके हाथ भी!"

"क...कहा मतलब?" टटलू ने अचकचाते हुए पूछा।

"मतलब तू सब समझ रो है...बहून् की कमी ना है। अगर मोहे बहू ही लाणी होएगी, तो ऐसी सू बढ़िया है मैं काई गरीब घर की कुँआरी छोरी काँई लू ना लाऊँ ...छोरीन् की कमी ना है।"

"राँड, कहीं तू बावली तो ना होगी है...कुछ तो सोच-समझ के बोल।" टटलू ने कल्लो को डाँट दिया।

"बहोत सोच-समझ के कहरी हूँ...ऐसी बहू को लाके अब हम कहा करँगा जो दुनिया के नीचे सोती डोले।" कल्लो के मुँह से झाग गिरने लगे।

"और जो ये तीन-तीन बालक हैं, वे कहान् जाँगा?"

"जाँगा कहान्, मैं पालूँगी।" कल्लो ने पूरे आत्मविश्वास के साथ उत्तर दिया।

हाजी ख़ुदाबख़्श ने बीवी का यह रूप देखा, तो वह उसे देखता रहा गया। उसे न अपने कानों पर यक़ीन हो रहा है, न अपनी आँखों पर भरोसा कि यह वही कल्लो है, जो नसीबन के आगे झोली पसार अपनी इसी बहू को अपनी झोली में डालने के लिए गुहार कर रही थी। यह वही कल्लो है जो इसी बहू को वापस लाने के लिए ज़िन्दगीभर के लिए नसीबन और जमाल खाँ का ताबेदार होने की दुहाई दे रही थी, और क्या यह वही कल्लो है जिसने डमरू को मनाने के लिए उसके पाँवों में सिर से दुपट्टा तक उतार कर डाल दिया था। आज वही कल्लो नज़राना को फिर से बहू के रूप में इसलिए स्वीकार नहीं कर रही है कि वापस इस घर में आने के लिए उसका हलाला के मुताबिक़ हमबिस्तर होना ज़रूरी है।

हाजी ख़ुदाबख़्श के दिमाग़ ने जैसे काम करना बन्द कर दिया। मगर बावजूद इसके उसने कोशिश और उम्मीद फिर भी नहीं छोड़ी।

"भली आदमनू, इतनी जल्दबाजी में इतनो बड़ो फैसला मत ले। अल्लाहताला जरूर हमारी मदद करेगो...हमारे ऊपर रहम करेगो...जरूर कोई न कोई रास्ता निकालेगो। अभी पाँच-सात दिन होन् दे, फिर सोचँगा कुछ।"

"देख, मोहे ना है कुछ सोचना-बिचारणा की जरूरत...और चल, थोड़ी देर कू मैं तेरी बात मान भी लूँ पर दुनिया ए कैसे समझाएगो...दुनिया और तेरी

बहू हमन्ने और तेरी वा नजराना ए नोंच-नोंच के खा जाँएँगी...तू ना जाने है या औरत की जात ए।" कल्लो जैसे हाँफने लगी।

"अरे तो फिर मैं या बेटीचोद हलाला को कहा करूँ!" हाजी ख़ुदाबख़्श जैसे टूट गया।

"हलाला गयो मेरो बाप को चोदा चूल्हा में...तेरा या हलाला का चक्कर में ही तो आज ई नौबत आई है।"

"भट्टी में जा! तू ना जीण देएगी मोहे...जैसी तेरा जी में आए कर।" सामाजिक-धार्मिक रूढ़ियों की नुकीली बर्छियों पर ज़ख़्मी पड़े भीष्म की तरह हाजी ख़ुदाबख़्श ने पस्त होते हुए, सब जैसे नियती और कल्लो पर छोड़ दिया और लगभग लड़खड़ाते क़दमों से वापस बैठक में लौट आया।

8

अन्धे जज़ीरे की ख़ामोश दीवारों से बतियाते-बतियाते डमरू को पता ही नहीं चला कि कितने बज गये। उसे तो यहाँ तक पता नहीं चला कि कब मग़रिब की अज़ान लग गयी, और कब इशा की लगने वाली है। उतरते कार्तिक की बढ़ती ठंड के बीच उसने बाहर झाँक कर देखा, तो पाया कुनमुनाते मटमैले झुटपुटे को बेदख़ल कर अँधेरा पूरी तरह उस पर काबिज़ हो चुका है। आसपास के घरों में जलते बल्बों के उनींदे उजाले के बावजूद, बाहर आते-जाते सायों को तब तक पहचानना मुश्किल है, जब तक वे बोले नहीं।

तो क्या बक़ौल अपने बड़े भाई नवाब उसे लपरलेंडी के पास जाना चाहिए? डमरू देर तक सोचता रहा मगर कोई फ़ैसला नहीं ले पाया। परेशान हो उठा वह। कहीं ऐसा न हो लपरलेंडी के पास उसे जाते हुए कोई देख ले, या कहीं उस पर लौटते वक़्त किसी की नज़र पड़ जाए। देर तलक सोचने के बाद डमरू ने तय कर लिया कि वह लपरलेंडी के पास जाएगा, और जाकर पूछेगा कि आख़िर यह 'हमबिस्तर' है क्या बला? क्या पता इसे अमल में लाने पर उसका इस हलाला से आसानी से पीछा छूट जाए! यही सोचकर उसने पाँवों में चप्पलें डालीं और बेहद सावधानी बरतते हुए लपरलेंडी की ओर रुख़ कर गया।

लपरलेंडी के चौतरे की सीढ़ियों पर चढ़ने से पहले उसने चारों तरफ़ छाए अँधेरे को टोहा, और जब उसे पक्का यक़ीन हो गया तो तेज़ी से चढ़ गया।

"अरे, लपरलेंडी है कै!" डमरू ने धीरे-से आवाज़ लगाई।

"कौन?" अन्दर से आवाज़ आयी।

"मैं, डमरू।"

"आ जा...आ जा। मैं तेरी ही बाट देखरो हूँ। और, सब ठीक है?" अन्दर घुसते ही लपरलेंडी ने पूछा।

"ठीक कहा यार, या हलाला ने तो मैं हलाल करके पटक दियो।" बैठते हुए जवाब दिया डमरू ने।

लपरलेंडी ने पहले एक लम्बा साँस लिया और फिर कन्धों को दोसूती से ढाँपते हुए बोला, "पर और कोई चारा भी तो ना है...इन हदीस और सरीअत की भी माननी जरूरी है। इनके आगे ना तेरी चले है, ना मेरी।"

"पर यार, और कितनी मानूँ मैं इनकी। अन्यायी, हो तो लियो हलाला!" डमरू ने झल्लाते हुए कहा।

"लगे है, मौलवी साब की बात तेरी अब तलक समझ में ना आई है?"

"तू या मौलवी को नाम मत ले... सारा बीज तो याही का बोया हुआ हैं के हमबिस्तर के बिना हलाला जायज ना मानो जाएगो।" डमरू उखड़ते हुए बोला।

"तो फिर परेसानी कहा है?"

"अन्यायी, परेसानी तो ना है, पर पहले कोई मोहे ई तो बताए के ई हमबिस्तर आखिर है कहा बला?" डमरू जिस मक़सद के लिए आया था, उसे साफ़ करते हुए बोला।

"अच्छोऽऽऽ तो ई बात है।" इतना कह लपरलेंडी ने बग़ल में सोए हुए बच्चों की तरफ़ देखा, और फिर उठते हुए बोला, "ऐसो है, हीं बालक सोरा हैं...चल, बाहर चलके बात करँगा!"

"बाहर कहा हीनी (यहीं) बताए न?"

"पागल होरो है! काई बालक ने सुनूली तो!" इतना कह लपरलेंडी बाहर चला आया।

"चल अब बता! काई ने मैं देख लियो तो सब ये सोचँगा के मैं तेरे पै हमबिस्तर को ही मतलब पूछण आयो हूँ...जल्दी कर!" पीछे-पीछे आते हुए डमरू ने पूछा।

"देख, मौलवी साब को कहणा को मतलब ई है के नजराना जब तलक नियाज कू हलाल ना होएगी... मेरो मतलब है के वे जब तलक मरद-औरत ना कहवाएँगा, जब तलक तू नजराना को सुआद ना चाख लेएगो...कुछ समझो के ना?" लपरलेंडी ने पूरी गम्भीरता के साथ कहा।

"मैं कुछ समझो ना!" डमरू ने भोलेपन से कहा।

इस बार लपरलेंडी जैसे बौखला गया, "यार डमरू, तेरो जैसो बूबक ना देखो मैंने। अरे, मेरो मतलब है के जब तलक तू नजराना के संग सो ना लेएगो। बेकूप, एक ही खाट पे सोणा सू कहे हैं हमबिस्तर... आई समझ में

या और खुलके बताऊँ!"

"कहाऽऽऽ ऐ यासू कहवे हैं हमबिस्तर?" डमरू की मानो घिग्घी बँध गयी। लगा जैसे पूरे शरीर में बिजली का करंट दौड़ गया। चारों तरफ़ पसरा अँधेरा और गहरा हो गया, "ना भई लपरलेंडी...मेरे बसकी ना है ई काम। मेरी बला सू ई नजराना नियाज कू हलाल होए, या ना होए!"

"तो फिर ठीक है, ना है बसकी तो रह नजराना के संग जिन्दगीभर वाको मरद् बणके।"

"प...पर ई बात तो मोहे काई ने ना बताई... ना या टटलू ने ना काकी कल्लो ने... और तो और मेरी एक भी भावज ने ना बताई के मोहे ई काम भी करणो पड़ेगो... एक बात कहूँ लपरलेंडी, अगर मोहे पतो होती न के या नजराना के संग एक ही खाट पे सोनो पड़ेगो, तो चाहे चौड़ा में चित्तौड़ हो जातो...गरदन भले ही कलम हो जाती, मैं या निकाह कू तैयार ना होतो!"

"ऊ बात तो तेरी ठीक है, पर अब ई बता कहा करो जाए?" लपरलेंडी ने हाथ उठाते हुए सब डमरू पर डाल दिया।

"अन्यायी, एक बात बता अगर मोहे ही पतो होतो के कहा करणो है, तो मैं तेरे पै काँई लू आतो।"

"तो मेरी बात मान, वही कर जैसी मौलवी ने कही है।" लपरलेंडी ने भी पीछा छुड़ाते हुए सलाह दी।

डमरू सिर पकड़ कर बैठ गया। यह तो ग़नीमत है कि अँधेरा होने के कारण वे दोनों एक-दूसरे को देख नहीं पा रहे हैं। देख रहे होते तब? डमरू कुछ नहीं बोला। चुपचाप बिना कुछ बोले अँधेरे को बींधते हुए चौतरे की सीढ़ियाँ उतरने लगा। पता नहीं यह उसके भीतर की कशमकश थी, या घना अंधेरा कि आख़िरी सीढ़ी पर पैर पड़ते ही वह धड़ाम् से नीचे गिरा।

"अरे अल्लाह!" सीढ़ी की नोक घुटने में लगते ही डमरू बिलबिला उठा। जैसे-तैसे वह उठा और लँगड़ाते हुए नोहरे की ओर चल दिया। रास्ते में ही इशा की अज़ान लग गयी। मगर उसने तय कर लिया कि वह नमाज़ पढ़ने मस्जिद में नहीं जाएगा। यहीं अपने नोहरे में अदा कर लेगा।

9

नमाज़ अदा करने के बाद डमरू ने जल्दी-जल्दी जा-नमाज़ समेटा। उसे उसकी तय जगह पर रखा और पहुँच गया सीधा घर। जैसाकि उसे अनुमान था लगभग पूरा घर इसी मुश्किल से निपटने के तरीक़ों के लिए पहले से बैठा हुआ है।

लगता है उसकी तरह तीनों बड़े भाई भी इशा की नमाज़ पढ़ने मस्जिद नहीं गये!

डमरू को देखते ही पूरा दालान चौंकन्ना हो गया। आज उससे किसी ने भी बैठने के लिए नहीं कहा। कौन कहे। कहने का मतलब है सीधे-सीधे ततैए को छेड़ना। बल्ब की रोशनी में भीगे चेहरों में डमरू को उस चेहरे को ढूँढ़ने में ज़रा भी परेशानी नहीं हुई, जिससे वह यहाँ दोटूक बात करने आया है। अपने अन्दाज़े और यक़ीन के दरकने से उसके उदास-बुझे चेहरे को देख कर, एक बार तो डमरू के मन में आया कि वह उलटे पाँव वापस लौट जाए। मगर वह ऐसा नहीं कर पाया। वह चुपचाप वहीं बैठ गया, जहाँ उसे बैठना चाहिए।

डमरू ने गुपचुप, बेहद चौकस और बारीक निगाह से पहले पूरे दालान को खँगाला। उसके बाद दरवाज़े-खिड़कियों की ओट को टटोला। उसे जब पूरा यक़ीन हो गया, तब उसने उस उदास चेहरे से दरयाफ़्त करते हुए पूछा, "ऊ नजराना कहान् है?"

"है कहान्, मर्‌री है परला (दूसरा) कोठा में।" सामने के कमरे की ओर इशारा करते हुए डमरू को जवाब मिला।

"तमने ई रोक काँई लू राखी है, भेजी ना वा टटलू के घर?" डमरू ने हिम्मत जुटाते हुए कहा।

"कही ही, पर ना गयी।" इस बार उदास चेहरे यानी नसीबन के बजाय जवाब फ़ातिमा ने दिया।

"ना गयी, मतलब?"

"बोली के मैं अब हूँ जाके कहा करुँगी।"

"हूँ ना गयी तो याके पीहर भेज देता!" डमरू ने तुरन्त विकल्प सुझाते हुए कहा।

"तू कहा समझ रो है ये सब बात हमने यासू कही ना होएँगी, पर याने पीहर जाणा सू भी मना कर दी।" फ़ातिमा ने पूरी स्थिति स्पष्ट कर दी।

"तमने मैं अच्छो फसायो। मेरा गला में तमने जो ई आफत बाँध दी है, याहे निकालो तो सही!" डमरू ने अपने आने का मक़सद बताते हुए कहा।

"मेरे यार, याही इलाज कू तो हम सब हीं इकट्‌ठा हुआ हैं।" जमाल खाँ ने डमरू को हल्का-सा डाँटते हुए जवाब दिया।

"ऐसो है, इतनो तातो मुल्ला मत बण...थोड़ी तसल्ली राख...कुछ न कुछ जरूर हल निकलेगो।" कमाल खाँ ने भी बड़े भाई का साथ देते हुए डाँटा।

"कहा हल निकालोगा, वही जो मौलवी साब ने बतायो है?" डमरू सीधा मुद्‌दे पर आ गया।

"क्यों, तेरा वा उस्ताद लपरलेंडी ने ना बताई कुछ?" इस बार उलटा नवाब ने पूछा।

"तम बेर-बेर वा लपरलेंडी को नाम काँई लू घसीटो हो!"

"अच्छोऽऽऽ अब हम वाको नाम भी ना लेएँ...एक बात ईमान सू बता, तू वाके पै गयो हो के ना?" नवाब ने पूरी तरह मोर्चा सँभालते हुए पूछा।

"किस बहन चो'..." तमतमाता डमरू बीच में ही रुक गया। फिर थोड़ा शान्त होते हुए बोला, "किसने कही है के मैं लपरलेंडी के पै गयो हो?"

"तो फिर निवाज सू पहले कहाँ खुत्बा सुणरो हो?" नवाब ने डमरू को घेरते हुए उलटा सवाल किया।

डमरू चुप। वह समझ गया कि किसी भेदिए की उस पर नज़र है। दालान से उठना उसके लिए मुश्किल हो गया। जमाल खाँ अपने सबसे छोटे भाई की दुविधा भाँप गया। इसलिए उसने बड़े भाई का धर्म निभाते हुए, दुलारते हुए कहा, "जा, आराम सू जाके सो जा... जितनी तोहे चिन्ता है, वासू जादा हमन्ने है!"

डमरू चुपचाप उठा और वापस अपने उसी अन्धे जज़ीरे पर लौट आया, जिसकी उदास ख़ामोश दीवारें उसे काटने को दौड़ती हैं। चारपाई पर गुदड़ी बिछाई और उस पर कटे पेड़-सा धराशायी हो गया। बाहर खुले अँधेरे में लगा जैसे स्याह आसमान में अनगिनत सफ़ेद बगुले उड़ रहे हैं। पता नहीं अभी उसे और कितना अज़ाब सहना पड़ेगा—यही सोचते हुए उसकी आँखें लग गयीं।

सुबह पूरे मोहल्ले में यह अफ़वाह आग की तरह फैल गयी कि डमरू मौलवी की हिदायत के मुताबिक़ हलाला के लिए मान गया है। इस वितंडे का पहला असर यह हुआ कि जो लोग डमरू के एक असली और सच्चा नमाज़ी होने का भरम पाले हुए थे, उनकी नज़र ही बदल गयी। उसके बारे में तरह-तरह की बातें होने लगीं। कहने का मतलब यह है कि शातिर भेदिए ने बड़ी चालाकी से इस अफ़वाह को ऐसी हवा दी, कि उसके झोंके जब-जब डमरू से टकराते, तब-तब उसके पाँव उखड़ने लगते। मगर डमरू का यह अपना कोई भरोसा था, जो अपने इरादे से हिला तक नहीं।

पूरे घर ने इस मुसीबत से पार पाने के सारे तरीक़े और रास्ते खँगाल मारे, मगर सब एक ही जगह जाकर ख़त्म होते। हारकर एकराय से सबने वही फ़ैसला लेना मुनासिब समझा, जिसकी क़ुरआन पाक और इमाम याहिया खुर्रम इजाज़त देता है।

10

पूरी तरतीब के मुताबिक़ जुहू की नमाज़ से तकरीबन घंटा भर पहले रोटी-पानी और चूल्हे-चौके से निपट लिया गया। नसीबन, फ़ातिमा और आमना ने अपने-अपने मर्दों को सख़्त हिदायत दे दी कि जुहू की नमाज़ अदा करने के बाद, अस्र की नमाज़ तक वे भूल कर भी घर की तरफ़ रुख़ नहीं करेंगे। अगर किसी को देख लिया तो उनसे बुरा कोई नहीं होगा।

जुहू की नमाज़ अदा करने के बाद दोनों नसीबन के पास आकर बैठ गयीं। नसीबन ने बाएँ तरफ़ इशारा करते हुए अपनी दौरानी आमना से आँखों ही आँखों में कुछ कहा। आमना तुरन्त समझ गयी इशारे को। वह धीरे-धीरे दबे पाँव इशारे किये गये कमरे की ओर बढ़ गयी।

“नजराना, बहाण तू हीं इकल्ली कहा कर्‌री है... हूँ आ जाए न, जहाँ सब बैठी हैं।” आमना ने नसीबन के पास चलने के लिए कहा।

नज़राना मना नहीं कर पाई। पिछले दो दिनों से जैसे इस कमरे में वह क़ैद होकर रह गयी है। न चाहते हुए वह आमना के पीछे-पीछे चली आई।

“आ जा, हीं बैठ जा!” नज़राना को आया देख, पहले से अपने सिरहाने पड़ी ख़ाली मूढ़ी की ओर इशारा करते हुए बोली नसीबन।

नज़राना चुपचाप बैठ गयी। अन्दर से आते हुए उसे लगा था जैसे पहले से किसी मुद्‌दे पर बात चल रही थी मगर उसे देख कर सब चुप हो गयीं।

“ढेड इन मुल्ला-मौलवीन्ने ही तो हमारो बेड़ा गरक कर राखो है।” फ़ातिमा ने नज़राना के उनमें शामिल होते ही छूट गये सिरे को, फिर से जोड़ते हुए अपनी जिठानी नसीबन से कहा।

“पर बहाण कहा करें। इनके आगे हमारी चले भी तो ना है।”

“सारी बीमारी तो यही है के हमारी चले ना है। अगर हमारी चलती न तो अब तलक या नजराना ए या कैद सू आजाद कर याके घर भेज देतीं।” इतना कह फ़ातिमा ने कनखियों से नज़राना की ओर देखा। शायद नज़राना कोई प्रतिक्रिया व्यक्त करे। मगर ऐसा नहीं हुआ।

“मेरी तो कुछ भी समझ में ना आरी है के या निपूता हलाला सू कैसे पिंड छूटे...ऊपर सू अब ई डमरू भी मरना-मारणा की धमकी देरो है के अगर मेरे संग जबरदस्ती करी, तो मैं फंदो लगाके मर जाऊँगो। हमारी तो जान अच्छी मुसीबत में आयी। मौलवी की माने तो मुसकल, ना माने तो मुसकल।”

“अब तो सारी दारमदार या नजराना पे है। ई चाहे तो हमन्ने तिरा दे और चाहे तो डुबो दे।” फ़ातिमा ने एक तरह से पंचायत के फ़ैसले की अहमियत

बताते हुए कहा।

“दारमदार तो है पर बिचारी ई नजराना भी कहा करे... ई भी सरीअत या हदीस सू बड़ी थोड़ेई है।” इतना कह नसीबन ने दूसरी ओर करवट ले ली।

“वैसे नजराना, बहाण तैने भी या बारा में कुछ सोची है?” आमना नज़राना को जिस तरतीब के तहत बुला कर लाई थी, फ़ातिमा उस पर अमल करते हुए बोली।

“फातिमा, मेरा हाथ में भी कुछ ना है...पर हाँ, एक बात मेरी भी कान खोल के सुन लेओ के अगर मोसू डमरू के संग सोणा की कही न, तो मैं भी जहर खाके मर जाऊँगी!” नज़राना भी अपने इरादे पर अटल रहते हुए बोली।

“जहर खाके मर जाणा की बात तो बहाण तू ऐसे कहरी है, जैसे डमरू तोहे पूरो ही सटक जाएगो।” वापस सीधी होते हुए नसीबन तमतमाते हुए आगे बोली, “बहाण, एक तो काई के संग भलाई करो... ऊपर सू मरना-मारणा की भी धमकी सुणो। देख बहाण, अगर मरणो ही है तो अपणे पीहर या कल्लो की दहली पे जाके मर! हमन्ने तो बखस।”

“मेरो मतलब है कहीं तम ऐसे कहरी होओ जैसे वा मौलबी ने कही ही।” नज़राना ने अपने कहे में थोड़ा संशोधन किया।

“तो निगोडी, फिर तू ही बता हम कहान् जाके मराँऽऽऽ!” नसीबन ने एक तरह से चीख़ते हुए पूछा।

नज़राना चुप्पी साध गयी। लगता है नसीबन के कहे का नज़राना पर कुछ असर हुआ है।

“वैसे बहाण, डमरू के पै जाणा में बुराई कहा है?” फ़ातिमा ने बेहद सावधानी बरतते हुए नज़राना को टटोला।

“बुराई तो ना है परऽऽऽ...”

नसीबन के लिए लगभग तप चुके लोहे पर चोट करने का इससे अच्छा दूसरा मौक़ा नहीं हो सकता।

“बुरो ना माने तो एक बात कहूँ?”

नसीबन के इस सख़्त लहज़े पर नज़राना ने उसकी आँखों में देखा। आँखों में तिरमिराते भरोसे के डोरों को देख, पलभर के लिए नज़राना अपने इरादे से डगमगा गयी।

“वैसे कायदा सू तू अब डमरू की ब्याहता है...बाकायदा वाके संग तेरो निकाह हुओ है। ऊ चाहे तो तेरे संग जोर-जबरदस्ती भी कर सके है, पर मेरो डमरू ऐसो ना करेगो। मैं अच्छी तरह जाणू हूँ अपणा डमरू ए...हम ही जाणे हैं

के ऊ तेरे संग निकाह कू भी कितनी मुसकल सू तैयार हुओ हो।" कहते-कहते नसीबन की आँखें अपने द्वारा लिए गये एक ग़लत फ़ैसले से उपजी उदासी से नम होती चली गयीं।

"देख नजराना, दुनिया दिखाई कू एक बर तो तोहे डमरू के पै जाणो ही पड़ेगो, बाकी तेरी मरजी। हम तो तोहे समझा ही सके हैं। फैसला अब तेरा हाथ में है।" फ़ातिमा ने नज़राना के चारों तरफ़ ऐसी कीलें ठोंक दीं, जिन्हें पार करना उसके लिए बिलकुल भी सम्भव नहीं है।

इस बीच नसीबन ने अपनी दौरानियों को न जाने चुपके से क्या इशारा किया कि, पहले किसी काम का बहाना कर आमना खिसक ली, और कुछ ही पलों के बाद फ़ातिमा भी चली गयी।

सिर्फ़ और सिर्फ़ अब नसीबन और नज़राना रह गयीं। देर तलक दोनों के बीच एक झीनी-सी ख़ामोशी छाई रही, जिसे अन्ततः नसीबन को ही तोड़ना पड़ा।

"नजराना, हम तेरा कोई दुसमन ना हैं। हम तेरा भला की ही कहरा हैं... और फिर एक औरत को दरद औरत ही ना समझेगी, तो कौण समझेगी। इन मरदन् सू तो कोई उम्मेद करियो मत... निगोडी, अगर तेरा जाणा सू या हरामी मौलवी की बात रह जाए, और तेरी अस्मत भी बची रहे तो यामें बुराई कहा है?" नज़राना को कुछ सोचता देख नसीबन ने युक्ति से काम लेते हुए कहा, "वैसे अभी इतनी जल्दी ना है। टैम है अभी... आराऽऽम सू एकाध दिन ठंडा दिमाग सू सोच ले...और हाँ, एक बात और...रही बात डमरू की...वाकी गारंटी मैं लेरी हूँ...ऊ तेरे हाथ भी ना लगाएगो।" नसीबन ने नज़राना को पक्का यक़ीन दिला दिया।

"ई बात तो ठीक है परऽऽऽ..." नज़राना पहली बार खुली थोड़ी सी।

"हाँ-हाँ बोल!" नज़राना को हिचकिचाता देख, नसीबन ने उसका मनोबल बढ़ाया।

"अगरऽऽऽ काई ने मैं नोहरा में जाती देख ली, तो मैं कहीं की ना रहूँगी।" नज़राना ने अपना डर और दुविधा दोनों जताते हुए कहा।

"वाकी तू चिन्ता मत कर। याको इन्तजाम मैं करूँगी। तू या बात सू बेफिकर रह।" फिर कुछ पल सोचने के बाद नज़राना को हिम्मत बँधाते हुए नसीबन ने तर्क दिया, "वैसे अगर कोई देख लेए तो ई और भी अच्छी बात है...कम सू कम लोगन् ने या बात को तो अकीन हो जाएगो के तू डमरू के पै गयी ही, और फिर ऊ कौन सो भीतर झाँक के देखेगो के तम आपस में कहा कर्रा हो...फिर भी बहाण मैं पूरी कोसिस करुँगी के तोहे कोई देखे ना।"

"ठीक है, मोहे थोड़ो सी सोचण देओ!" लगभग सहमति और स्वीकृति देते

हुए थोड़ी मोहलत माँगी नज़राना ने।

"ना-ना, आराम सू सोच ले। आखिर तेरी जिन्दगी को सवाल है।" नसीबन ने मोहलत देते हुए कहा।

नज़राना धीरे-से उठी और वापस अपने कमरे में आ गयी। उसके जाते ही नसीबन ने हल्के से मठारा। समझ गयीं फ़ातिमा और आमना अपनी जिठानी के इस संकेत को। वे दोनों तुरन्त नसीबन के सामने प्रकट हो गयीं। नसीबन ने अपनी कामयाबी की पहली सीढ़ी पार करने की खुशखबरी अपनी दौरानियों को सुनाई, तो सुनकर उन दोनों ने भी राहत की साँस ली। अच्छा है बग़ैर लाठी टूटे, साँप मरने से पहले आख़िरी साँस तो लेने लगा है।

अगला रोज़ पूरा बीत गया मगर नज़राना की तरफ़ से कोई जवाब नहीं आया। शाम भी हो गयी। रोज़ादारों ने रोज़ा भी खोल लिया। यहाँ तक कि इशा की नमाज़ अदा करने के बाद मस्जिद में जाकर जिसे तरावीह करनी थी, वह भी कर आया। कुल मिलाकर कहने का मतलब यह है कि तीनों दौर-जिठानियों को जँच गया कि उनकी सारी कोशिशों पर एक तरह से पानी फिर गया। तीनों जिस साँप को बिना लाठी के मरने से पहले आख़िरी साँस लेने की ग़लत-फ़हमी पाले हुए थीं, वह कोरा उनका वहम निकला। बल्कि साँप तो पहले की तरह अपनी बांबी में मानो दुनिया-जहान से बेख़बर है।

जो आदमी अल्लाह की सीमाओं का उल्लंघन करता हो, वह खुद अपने आपको इसका हक़दार बनाता है कि उसका हक़ छीन लिया जाये।

—क़ुरआन, अत-तलाक़ 65:1

तो अगर उसे (स्त्री) तलाक़ दे दो, तो फिर उसके (पहले शौहर) लिए यह जायज़ नहीं है जब तक कि दूसरे मर्द से निकाह न कर ले। फिर अगर वह (दूसरा शौहर) उसे तलाक़ दे दे, तो फिर इन दोनों के लिए एक-दूसरे की ओर पलटने में कोई बुराई न होगी।

—क़ुरआन, अल-बक़रा 2:230

जो आदमी अल्लाह की सीमाओं का उल्लंघन करता हो, वह खुद अपने आपको इसका हक़दार बनाता है कि उसका हक़ छीन लिया जाये।

तो अगर उसे (स्त्री) तलाक़ दे दो, तो फिर उसके (पहले शौहर) लिए यह जायज़ नहीं है जब तक कि दूसरे मर्द से निकाह न कर ले। फिर अगर वह (दूसरा शौहर) उसे तलाक़ दे दे, तो फिर इन दोनों के लिए एक-दूसरे की ओर पलटने में कोई बुराई न होगी।

इशा[1]

रमज़ान शरीफ़ का तेईसवाँ मुबारक दिन। सुबह का सूरज चहलक़दमी करता हुआ धीरे-धीरे रोज़ाना की तरह अपने सफ़र पर आगे बढ़ने ही वाला था कि जैसे किसी ने उसका रास्ता रोक लिया। एक क्षण के लिए इस बाधा से वह भी ठिठक गया, और देखने लगा इस नज़ारे को।

नसीबन को थोड़ी देर के लिए अपने कानों पर यक़ीन ही नहीं हुआ। उसे लगा जैसे यह आवाज़ किसी घने जंगल के पेड़-पौधों की पत्तियों से छन-छन कर आ रही है। शायद इसीलिए ठिठके सूरज को हाज़िर-नाज़िर कर उसने एक-एक शब्द पर ज़ोर देते हुए पूछा, "नजराना, बहाण तैने ई फैसला खूब सोच-समझ के तो लियो है न?"

"हाँ।"

"देख ले, और सोच ले। अभी तो बेटी बाप के ही है। अभी भी कुछ ना बिगड़ो है।" नसीबन ने नज़राना को ठोंक-बजाते हुए कहा।

"खूब सोच लियो है और रही बात बिगड़ना की, तो यासू जादा एक बीरबाणी को और कहा बिगड़ेगो।" नज़राना ने सिर झुकाए हुए कहा। नसीबन से उसकी नज़र मिलाने की हिम्मत नहीं पड़ रही है।

जिस वक़्त नज़राना यह सब कह रही थी, उस वक़्त ऐसा लग रहा था मानो आसमान में ठिठक कर इस नज़ारे को देखने वाले सूरज की आँखें भी बरस पड़ेंगी। लग रहा था जैसे नज़राना के कुछ लफ़्ज धीरे-धीरे सिसक रहे थे, तो कुछ अपने आप पर शर्मसार हो ज़ार-ज़ार रो रहे थे। नहीं देखा गया सूरज से और तेज़ी से अपने सफ़र पर आगे बढ़ गया।

"ठीक है, तू जा!" नसीबन के कहने पर नज़राना वापस जाने के लिए मुड़ी ही थी कि नसीबन पीछे से टोकते हुए बोली, "अच्छो सुन, या बारा में अभी काई सू कुछ जिकर मत करियो। समझ ले के तैने मोहे कुछ ना बताई है। अब मैं अपणे हिसाब से देखूँगी कि मोहे कहा करणो है।"

1. इशा : रात का पहला पहर।

नज़राना के जाने के बाद नसीबन आगे के बारे में सोचने लगी। जुह्र की नमाज़ अदा कर वह कमर सीधी करने की ग़रज से दालान में अभी लेटी ही थी कि पहले फ़ातिमा उसके पास आकर बैठ गयी, और मौक़ा मिलते ही कुछ देर बाद आमना भी आ गयी।

"कोठा में सू कोई जुआब आयो के ना?" सामने दाएँ ओर के कमरे की तरफ़ देखते हुए फ़ातिमा ने पूछा।

"ऐसो है, तम दोनूँ से मोहे एक जरूरी बात करनी है!"

नसीबन की बात सुनते ही फ़ातिमा और आमना की धड़कनें तेज़ हो गयीं।

"ऐसो करें, ऊपर मेरा चौबारा में ना चलें?" फ़ातिमा ने फुसफुसाते हुए जगह सुझाते हुए सलाह दी।

"ठीक है। ऐसा करो तम दोनूँ चलो। मौका देखूके पीछे-पीछे मैं भी आरी हूँ...वैसे भी ऐसी बात चौड़ा में ना करी जावे हैं।" नसीबन अपने अनुभव का इस्तेमाल करते हुए बोली।

जब से फ़ातिमा और आमना चौबारे में आयी हैं, तब से उन दोनों को अपनी धड़कनों पर क़ाबू करना मुश्किल हो रहा है।

"आमना, कहीं या नजराना ने कोई नयो साँग तो ना रोप दियो है?"

"दारी, मोहे भी कुछ ऐसो ही लगरो है। वैसे एक बात कहूँ या डमरू ने हमारी जान कू बेमतलब को बीज बो राखो है... ई तो ना है के या रंडी सतवंती के ठाड सू चिपट जाए और दो मिनट में याहे हलाल कर देए!" आमना का धैर्य अब चूकने लगा।

"चुप कर, नसीबन आरी है!" सामने जीने से नसीबन को आता देख, फ़ातिमा आमना को सचेत करते हुए बोली।

नसीबन के आते ही फ़ातिमा का सब्र कच्चे बाँध-सा ढह गया, "ऐसी कहा बात है जो तैने इतनी देर सू हम या चौबरा में बैठा राखा हैं?"

"थोड़ो सो सबर तो राख धसड़ी...तू भी हर बखत मुताई-सी बैठी रहवे है।" चारपाई पर बैठते हुए नसीबन ने बाहर का मुआयना किया और फिर आमना को हुक्म देते हुए बोली, "आमना, थोड़ो-सो किवाड़ ए ढाल दे!"

बिना एक पल गँवाए आमना ने पूरा दरवाज़ा ही बन्द कर दिया।

"दारी, ऐसो है के नजराना गयी है मान। अब तम दोनूँ बताओ आगे कहा करणो है?" नसीबन ने दोनों को ख़बर सुनाते हुए बताया।

"करनो कहा है, आज रात कू ही भेज देओ याहे डमरू के पै!" आमना ने तपाक से कहा।

"भेज तो देएँ पर ऊ डमरू भी तो तैयार होणो चहिए...ऊ तो पहले ही मरना-मारणा की धमकी देरो है।" नसीबन की पेशानी पर धोरे खिंच आये।

"नसीबन, बहाण तू बूढ़ी होगी पर रही वही, जामें नाज छड़े हैं...अरे, नजराना जब डमरू सू मीठी-मीठी बतलाएगी...वाके अड़के बैठेगी न, तो तेरा डमरू की देह अपणे आप खुलती चली जाएगी।" कहते हुए आमना का चेहरा तपने लगा जैसे।

"मेरी भी अल्लाहताला सू यही दुआ है। कम सू कम या आफत सू हमारो पीछो तो छुट जाएगो।" नसीबन के दोनों हाथ आसमान की ओर उठते चले गये।

"सब ठीक हो जाएगो। जब नजराना ही राजी होगी है, तो तेरो ई हलाला भी सही-सलामत निपट जाएगो।" फ़ातिमा उम्मीद जताते हुए बोली।

"तो फिर ठीक है आज ही रात कू मैं या नजराना ए डमरू के पै भेजणा को कोई इन्त्तजाम करू हूँ।"

अपनी दौरानियों से मिले हौसले और हिम्मत से नसीबन की आँखों में उम्मीदों के अनगिनत जुगनू टिमटिमा उठे। पिछले कई दिनों से तरतीबों के जो मणके इधर-उधर छिटक गये थे, वे आपस में फिर से जुड़ने लगे।

2

लयलतुल क़द्र। रमज़ान शरीफ़ की बरकत वाली रात। एक ऐसी रात, जो एक हज़ार महीनों से भी बेहतर है। कहा जाता है कि इस रात की इबादत से जो आदमी महरूम रहा, वह बड़ी-बड़ी नेमतों से महरूम रहा। इस रात की एक पहचान यह भी है कि इसकी रोशनी सुबह को मद्धम पड़ जाती है। अल्लाह इस रात की इबादत की बरकत से सारे गुनाह अपने नेक बंदों को बख़्श देता है।

नज़राना भी इस बरकत वाली रात की इबादत से महरूम होना नहीं चाहती है। वह नहीं चाहती है कि इस रात की इबादत से वह महरूम रहे। वह अपने इस गुनाह को उम्रभर ढोना नहीं चाहती। नज़राना ही क्यों, कोई भी इस इबादत से महरूम रहना नहीं चाहता—कम से कम रमज़ान शरीफ़ की इस बरकत वाली रात से।

रमज़ान शरीफ़ की ऐसी ही बरकत वाली तेईसवीं यानी आज की रात। पिछले कई दिनों से अचानक मौसम के मिजाज़ ने जिस तरह करवट बदली है, उससे ठंड का तीख़ापन और बढ़ गया है। बल्कि पुरवा हवा के चलने से, पिछली शाम से जो बादल घिरने शुरू हुए थे, वे पूरी तरह जैसे बरसने को तैयार हैं। कार्तिक-अगहन की यह महावट न केवल ज़मींदारों व किसानों के लिए सौगात लेकर आती है, साथ में मौसम को और धारदार बना देती है।

तेज़ी से बढ़ती ठंड के कारण इशा की नमाज़ के बाद से सोवता पड़ने लगा। काश, यह ठंड और तीख़ी हो जाए और लोग जल्द से जल्द अपने बिस्तरों में घुस जाएँ। इसी कामना में फ़ातिमा और आमना की धड़कनें बढ़ने लगीं। इधर मजाल है तीनों दौर-जिठानियों ने अपने मर्दों के सामने पत्ते खोलना तो दूर रहा, अपनी योजना की भनक तो लगने दी हो।

जैसे ही एक-एक कर आसपास जल रही घर-आँगन की बत्तियाँ गुल हुईं, नसीबन ने बाहर के मौसम का जायज़ा लेने के लिए आमना को भेजा। आमना तुरन्त दबे पाँव छत पर आयी और आसपास, ख़ासकर नोहरे की दिशा का बेहद बारीक मुआयना करने के बाद वापस नीचे आयी और पूरा आँखों देखा हाल सुनाते हुए बताया, "बस, एकाध लट्टू जलरा हैं। लगे है आज रात कू मेह भी खूब बरसेगो... चौगड़दा (चारों तरफ़) सू बादल घुटा पड़ा हैं।"

"फातिमा, टैम कितनो होरो होएगो?" नसीबन की व्यग्रता बढ़ने लगी।

"मेरे हिसाब सू ग्यारह तो बजरा होंगा!" फ़ातिमा ने अन्दाज़े से बताया।

"याको मतलब है, आधी रात होन वाली है?" नसीबन ने अभी इतना ही कहा था कि तभी बिजली चली गयी, "ले, या राँड बीजली ए भी अभी जाणो हो!"

अचानक चारों तरफ़ घुप्प अँधेरा छा गया। रह-रह कर कड़कती बिजली की चौंधियाती रोशनी में चेहरे भीग-भीग जाते।

"फातिमा, दारी एक बात कहूँ...बहोत बढिया मौको है। ऐसा अँधेरा में काई ए पतो भी ना चलेगो।"

"आमना, ई तो तैने भली कही।" फ़ातिमा ने भी आमना के सुझाव का समर्थन किया और फिर नसीबन से बोली, "नसीबन, सोच कहारी है।"

नसीबन को दोनों का सुझाव एकदम ठीक लगा।

"आमना, ऐसो कर नजराना सू जाके कह के फटाफट तैयार हो लेएगी।" अपनी दौरानियों के सुझाव से सहमत होते हुए नज़राना ने आमना को आदेश दिया।

"तैयार तो तू ऐसे कहरी है जैसे वाहे सोलह सिंगार करणो है।" अँधेरे में खिलखिलाते हुए आमना ने अपनी जिठानी नसीबन को छेड़ा।

"चुप कर छिनाल! फातिमा, ऐसो कर तू जा... जल्दी कर। कहीं ऐसो ना होए के मेह आ जाए।" आमना को डाँटते हुए नसीबन फ़ातिमा को नज़राना के पास भेजते हुए बोली।

फ़ातिमा उठ कर जाने लगी तो पीछे से आमना उसे कौंचती हुई बोली, "ई और कह दीजो के दो-चार छींटा इतर का भी छिड़क लेएगी।" फिस्स से

हँसी आमना।

"तो फिर ऐसे कर, तू ही चली जा!" कुछ कदम जाने के बाद फ़ातिमा वापस लौट आयी।

आमना तो जैसे पहले से इसके लिए तैयार थी। वह जितनी तेज़ी से गयी, नज़राना को लेकर उतनी ही तेज़ी से लौट आयी। उन दोनों को आया देख, नसीबन ने आमना को टटोलते हुए पूछा, "नोहरा तलक तू छोड़ आएगी, या मैं ही जाऊँ?"

"तू रहण दे। अँधेरा में कहीं गिर-गिरा पड़ेगी...मैं याहे डमरू के पै अभी छोड़ के आयी!" आमना ने पूरे आत्मविश्वास के साथ कहा।

"ठीक है, ध्यान सू जइयो!" नसीबन ने आख़िरी हिदायत दे उन दोनों को भेज दिया।

आमना और नज़राना ने अभी सहन पार ही किया होगा कि ज़ोर से बिजली कड़की। बिजली की तेज़ रोशनी में दो साये एक पल चमक कर, फिर से अँधेरे में ग़ायब हो गये। जब तक आमना वापस नहीं लौटी नसीबन की साँसें गले में ही अटकी रहीं। इस बीच बारिश भी शुरू हो गयी। तभी उसे लगा जैसे बाहर दरवाज़े पर कुछ हलचल हुई है। रह-रह कर चमकती बिजली में भीगा उसे एक साया नज़र आया।

"फातिमा, लगे है आमना नजराना ए नोहरा में छोड़ आयी है?" नसीबन ने फ़ातिमा से दरयाफ़्त करते हुए पूछा।

इससे पहले कि फ़ातिमा कोई जवाब दे पाती, बारिश से बचने की कोशिश में साया भागते हुए दालान में आ पहुँचा। हँसते-हँसते साया लोटपोट हो गया। नसीबन ने तेज़ हो चुकी बारिश के शोर में इस हँसी की वजह जाननी चाही, तो साया मारे हँसी के मानो बौरा-सा गया।

"रंडी, कुछ हुओ भी जो मारे हँसी के तू मरी जारी है?" इस बार फ़ातिमा ने भीगे हुए साये को डाँटा।

"दारी, हुओ कहा... ऊ तो पहले सू ही इतर-फुलेल लगा के तैयार बैठी ही।" साये यानी आमना ने अपनी हँसी रोकते हुए बताया।

"याको मतलब है के या नजराना के मेरी बात समझ में आगी।" नसीबन ने इत्मीनान की साँस लेते हुए कहा।

"चलो, या जंजाल सू अब पीछो छूट जाएगो!" फ़ातिमा ने दोनों को सुनाते हुए कहा। मगर पता नहीं तेज़ बारिश में किसी ने उसकी बात सुनी या नहीं।

"या मेरा खुदा, आज रात तू ऐसो बरस के सारो जल-थल एक हो जाए... ऐसो

बरस के आज सू पहले तू कदी ना बरसो होए।" नसीबन ने दोनों हाथ आसमान की ओर उठाते हुए दुआ माँगी।

सचमुच तेज़ हवाओं के साथ जैसी बारिश हो रही है, वैसी कार्तिक-अगहन में शायद ही कभी हुई हो। रह-रह कर कड़कती बिजली से ज़मीन मानो काँप-काँप उठती।

3

बाहर तेज़ हवाओं के साथ शुरू हुई बारिश की पछाड़ से बचने के लिए हल्के से भेड़ दिये गये किवाड़ों पर पड़ती हल्की-सी थपथपाहट से डमरू की नींद उचट गयी। लगता है कोई चौपाया खूँटे से खुलकर यहाँ तक चला आया है, यही सोच कर उसने करवट ले ली। मगर रह-रह कर पड़ती थपथपाहट ने उसे सोने नहीं दिया। इससे तो अच्छा है वह साँकल ही लगा ले। उनींदा डमरू उठकर दरवाज़े पर आया और अधखुले किवाड़ों को बन्द करने के लिए उसने साँकल की ओर हाथ बढ़ाया ही था, कि अचानक चमकी बिजली में बारिश से भीगे साये पर नज़र पड़ते ही उसका हाथ हवा में झूलकर रह गया। पूरी देह में बिजली-सी कौंध गयी। मारे डर के ख़ून जमता चला गया। या मेरे मौला, यह किसकी रूह आ भटकी। एक बार उसे लगा भी कि हो सकता है यह उसका वहम है मगर फिर से जैसे ही बिजली चमकी, उसका वहम असलियत में तब्दील होता चला गया, और इससे पहले कि वह कच्चे कलमों का इस्तेमाल कर इस अज़ाब से अपने आपको बचाने की कोशिश करता, एक ख़ुश्बूदार भभूका, अधखुले किवाड़ों को पूरा खोल धीरे-से अन्दर दाख़िल हो गया। डमरू का जिस्म पसीने से तर हो गया। घिग्घी बँध गयी उसकी। उसे पूरा यक़ीन हो चला कि चमेली का इत्र लगाकर आनेवाला यह साया कम से कम किसी इनसान का तो हो नहीं सकता, सचमुच यह कोई रूह ही है।

"क...कौन ब...बला है तू?" डमरू के शब्द जैसे हलक़ में कंचे बन अटक गये।

मगर ख़ुश्बूदार भभूके की ओर से कोई जवाब नहीं आया।

"अरे तू बोल कैसे नारो है ...आखिर क...कौन है तू?" मारे डर के इस बार डमरू दीवार से लग गया।

"नजराना।" भभूके ने इस बार अपना छोटा-सा परिचय दिया।

"न...नजराना! क...कौन नजराना?"

"तेरी ब्याहता, और कौन नजराना।" इस बार भभूके ने डमरू का बाज़ू पकड़ उसे झिंझोड़ते हुए कहा।

डमरू की चीख़ निकलते-निकलते रह गयी। जिस तरह इस ख़ुश्बूदार भभूके ने उसे पकड़ा कर झिंझोड़ा, उससे डमरू का ऐसा सन्तुलन बिगड़ा कि वह खच्च से चारपाई पर गिर पड़ा। बमुश्किल अपने आपको सँभालते हुए बोला, "नजराना, खुदा की बंदी तू हीं कहा करण आयी है... कैसे आई है तू?"

अन्दर दाख़िल हो चुका साया यानी एक भटकी हुई रूह अर्थात ख़ुश्बूदार भभूका बल्कि अब कहना होगा नज़राना ने डमरू के इस सवाल का कोई जवाब नहीं दिया। बाहर चमकती बिजली की तेज़ रोशनी उन दोनों को भिगो-भिगो कर लौट जाती। इस बीच डमरू अपने आपको पूरी तरह सँभाल चुका था। बाहर से आती बारिश की पछाड़ों से बचने के लिए उसने उठकर किवाड़ के एक पल्ले को पूरा भेड़ दिया।

नज़राना यूँ ही बुत बनी खड़ी रही। डमरू ने उससे बैठने के लिए भी नहीं कहा। आख़िर वह क्यों कहे उससे बैठने के लिए? वह तो इतनी रात गये, वह भी इतनी प्रचंड बारिश में, उसके आने के इरादों को भाँपने की कोशिश कर रहा है। दोनों के बीच एकसाथ कई सवाल आकर खड़े हो गये।

हारकर इन्हें बींधने की डमरू ने ही शुरुआत की।

"भली आदमन, तू हीं कैसे...किसने भेजी है तू?"

"क्यों, मैं खुद ना आ सकूँ?" नज़राना ने डमरू के सवाल का जवाब, सवाल से दिया।

"मेरो मतलब है तू हीं काँई लू आई है?"

"मैं तो तोसू ई पूछण आई हूँ के मैं अब कहान् जाके मरूँ।"

"क...कहा मतलब?" मरने का नाम सुनते ही डमरू अकबका गया।

"मतलब ई के मैं तो तैने ना मरणा में छोड़ी, ना जीणा में... मैं तो कहीं की ना छोड़ी तैने!" नज़राना चीत्कार करती हुई बोली।

"मैंने ऐसो कहा कर दियो तेरे साथ, जो तू कहीं की ना रही...और फिर मैं दे तो रहो हूँ तल्लाक।"

"तू तो देरो है पर दुनिया तो ना देण देरी है।" नज़राना ने आह भरते हुए कहा।

"दुनिया को मैंने कोई ठेका ना ले राखो है।" डमरू चारपाई से उठते हुए बोला।

"तैने तो ई बात बहोत आसानी सू कह दी...पर असली मरणो तो मेरो होरो है।"

डमरू कुछ नहीं बोला। उसकी समझ में नहीं आ रहा है कि नज़राना की इन सब बातों का उससे क्या लेना-देना है।

नज़राना धीरे-से डमरू के नज़दीक आयी और हाथ जोड़ते हुए बोली, "तो फिर मेरी तोसू हाथ जोड़ के एक अरज है...बस, मेरो एक काम कर दे!"

"हाँ बोल!" मेरा हाथ में होएगो तो जरूर करूँगो। डमरू ने नज़राना को तुरत एक भोला आश्वासन देते हुए कहा।

"अपणा इन हाथन् सू मेरो गला घोंट देऽऽऽ!" नज़राना के शब्द सूखे पत्ते-से काँप कर रह गये, और देखते ही देखते अरसे से रिस रहे बाँध की मानिंद एकाएक भरभरा कर ढह गयी, "अरी मेरी माई, तैने मैं या जंगल में कहाँ मरण कू छोड़ दी... मोहे तो कहीं मरण कू भी जगह ना मिलरी है...तैने मैं पैदा होतेई काँई लू ना मार दी!" नज़राना की हिलकियाँ और बाहर होती बारिश का शोर आपस में इस कदर घुल गया कि यह पता लगाना मुश्किल हो गया, इनमें से कौन-सी नज़राना की हिलकियाँ हैं, और कौन-सी बारिश की बूँदों का शोर।

"नजराना, बावली होगी है! ऐसे घबराणा सू काम ना चलेगो। थोड़ो हिम्मत सू काम ले...वैसे अभी ई डमरू जिन्दो है, मरो ना है। चल खड़ी हो, अल्लाहताला कोई न कोई रस्ता जरूर निकालेगो...अकीन कर वापे। वैसे भी आज रमजान सरीफ की बरकत वाली रात है। बावली, आज की रात की इबादत की बरकत सू तो सारा गुनाह भी माफ हो जावे हैं।" डमरू नज़राना के दोनों बाजुओं को पकड़ उसे हिम्मत बँधाने लगा।

"तो फिर ऐसो कर, तू वा मौलवी की ही बात मान ले! अब तो मैं तेरे पै खुद चल के आयी हूँ!" डमरू के सख़्त हाथों में झूलती नज़राना ने मनुहार करते हुए एक तरह से गुहार लगाई।

"कहा कही?" नज़राना के बाज़ू एकाएक डमरू के हाथों से छूट गये। नज़राना लड़खड़ा कर गिरते-गिरते रह गयी, "कहीं तेरो दिमाग तो ना फिरगो है। खुदा की बंदी तू मोसू जिनाह करणा की कहरी है...मैं तेरे आगे हाथ जोड़ूँ भागवान, ऐसो गुनाह मत करवा!" डमरू सचमुच हाथ जोड़कर खड़ा हो गया नज़राना के सामने।

"पर भला आदमी, या गुनाह के बिना भी तो गुजारा ना है!" नज़राना की काँपती आवाज़ में कातरता और बेबसी घुलती चली गयी।

"या मेरा खुदा तू मोहे मेरा कौण-सा करमन् की सजा देरो है।" डमरू हताश होते हुए बोला।

बाहर बारिश कुछ मन्दी पड़ गयी है। बीच-बीच में बिजली भी चमक कर रह जाती। जैसे-जैसे बारिश कम होने लगी, वैसे-वैसे नज़राना की हिलकियाँ भी सिसकियों में बदल गयीं। उन दोनों को पता ही नहीं चला कि रात कितनी हो गयी है।

छोटी-सी ख़ामोशी के बाद नज़राना धीरे-से डमरू के बग़ल में आकर बैठ गयी। नज़राना के बग़ल में बैठते ही डमरू झटके से चारपाई से उठ कर खड़ा हो

गया। नज़राना समझ गयी कि यह डमरू क़ुरआन पाक, हदीस और मौलवी के हुक्म और शर्त की ऐसे तामील नहीं करेगा। और जब तक तामील नहीं होगी, वह नियाज़ के लिए हलाल नहीं होगी—यानी जैसा मौलवी ने कहा है उस पर अमल करने के अलावा दूसरा कोई रास्ता नहीं है। देर तलक नज़राना असमंजस की अन्धी बदबूदार सुरंग की दीवारों से सिर पटकती रही, मगर उसकी मजबूत दीवारों को वह नहीं भेद पाई। हारकर, इससे बाहर आने का नज़राना को एक ही सूराख़ नज़र आया, जिससे आती इसकी छोटी-सी रोशनी से वह अपने ऊपर लगे इस गीले दाग़ को सुखा सकती है।

"एक बात कहूँ डमरू?" नज़राना का लहज़ा पहली बार थोड़ा सख़्त हुआ।

"हाँ कह!" डमरू बोला।

"पाँच आदमीन् में तैने मेरो हाथ पकड़ो है... निकाह पढ़ो है मेरे संग।"

"हाँ पढ़ो है तो?" बेपरवाही से उलटा सवाल किया डमरू ने।

"याको मतलब ई हुओ के तेरे ऊपर अब मेरो पूरो हक है।" नज़राना ने बेहद नपे-तुले अन्दाज़ में कहा। बल्कि उसका एक-एक शब्द आत्मविश्वास में डूबा नज़र आने लगा।

सुनते ही डमरू की शिराओं में बहता लहू जैसे खदबदा उठा, "क...कहा मतलब है तेरो?"

"मेरो मतलब ई है के मैं अब तेरी ब्याहता यानी तेरी घरवाली हूँ।"

डमरू को लगा जैसे अँधेरे में किसी साये ने उसका टेंटुआ दबा दिया, "नजराना, भली आदमन् तू ई कहा कहरी है?" डमरू के जैसे होश उड़ गये, "मैं...मैं तेरे आगे हाथ जोड़ूँ, ऐसो जुलम मत कर!"

"तो फिर मैं कहा करूँ... कहाँ जाके मरूँ?" नज़राना की आस तेज़ी-से दम तोड़ने लगी।

"देख नजराना, मोसू ना हो पाएगो ई गुनाह।"

"ठीक है, मत कर तू या गुनाह ए...पर एक बात को जुआब दे के जिन्ने मैं तेरे पै भेजी हूँ, उन्ने जाके कहा जुआब दूँ?" नज़राना ने एक तरह से अन्तिम अस्त्र इस्तेमाल करते हुए कहा।

"कि...किसने भेजी है तू?" डमरू का साँस उखड़ने लगा।

"सुनेगो, मैं तेरे पै किसने भेजी हूँ!"

"कि...किसने?"

"तेरी तीनूँ भावजन्ने, मेरो मतलब है नसीबन, फातिमा और आमना ने मिलके भेजी हूँ मैं।"

अपनी भावजों का नाम सुनते ही डमरू खच्च से चारपाई पर धराशायी हो गया।

"बताए न, मैं उन्ने जाके कहा जुआब दूँ?"

डमरू की आँखों के आगे छोटे-छोटे सितारे तिरमिराने लगे। जिस्म से किसी ने जैसे पूरा रक्त निचोड़ लिया।

"तो फिर ठीक मैं जारी हूँ और जाके कह दूँगी के तिहारा देवर सू कुछ भी ना हुओ।"

इतना कह कर नज़राना जाने लगी कि डमरू बिजली की गति से चारपाई से उठा, और दरवाज़े को रोक कर खड़ा हो गया, "नजराना, मान ले मेरी बात! मैंने तो तेरे संग निकाह की या मारे हामी भरी ही के तेरी उजड़ी हुई दुनिया बस जाए।"

"और अब जो तेरी दुनिया उजड़री है?" ठिठकते हुए पूछा नज़राना ने।

"तू मेरे मार गोली। भागवान, अपणा बालकन् मऊँ देख...अपणा वा आदमी, सास, सुसर..."

"चल थोड़ी देर कू मैं तेरी बात ए मान लूँ...पर तू ई बता, के जब पंचात तोसू या बारा में पूछेगी तो तू कहा जुआब देएगो?" नज़राना ने डमरू की बात काटते हुए पूछा।

"तू या बात की चिन्ता मत कर। मैं सब निपट लूँगो पंचात सू। तू या कलसंडा ए जाणे ना है के अपणा कौल को ई कितनो पक्को माणस है।"

"ई तो मैंने देख लियो है के ई डमरू अपनो कौल को कितनो पक्को है, पर वा बात को जुआब दे, जो मैंने पूछी है।"

"कह दूँगो के जैसे मौलवी साब ने कही ही, वैसो हलाला होगो है।" डमरू ने नज़राना को यक़ीन दिलाते हुए कहा।

"देख ले, पलट मत जइयो...चौड़ा में मत मरवा दीजो मोहे...ऐसो ना होए के तू मोहे कहीं की भी ना छोड़े।" नज़राना डमरू से पूरी तरह आश्वस्त होने की कोशिश करते हुए बोली।

"याको मतलब, तोहे या डमरू पे अकीन ना है!"

"तो फिर ठीक है। मैं तोपे पूरो भरोसो करके जारी हूँ और तेरी तीनूँ भावजन् सू जाके कह दूँगी के जैसे मौलवी ने कही है, वैसो हलाला होगो है।"

डमरू की ओर से पूरी तरह आश्वस्त हो नज़राना लौटने लगी, तो पीछे से डमरू ने टोका, "एक मिनट!"

जाते-जाते रुक गयी नज़राना।

"ले, या तहमद ए ओढ़ ले...नहीं तो मेह में भीज जाएगी।"

कुछ नहीं बोली नज़राना। चुपचाप उसने डमरू से तहमद लिया और उसे सिर पर डाल अभी भी हो रही हल्की बारिश में ग़ायब हो गयी। नज़राना के जाते ही रमज़ान शरीफ़ की इस मुबारक रात में डमरू ने राहत की साँस ली। उसे लगा जैसे हज़रत ज़िबरील अलैहिसल्लाहवलैअस्सलम इस वक़्त अपने तमाम फ़रिश्तों के साथ आसमान से उतरकर उसके अँधेरे कमरे में आ गये हैं, और अपने इस बन्दे के सारे गुनाहों को उसने बख़्श दिया है।

डमरू को इसके बाद नींद नहीं आयी। बारिश अब पूरी तरह रुक चुकी है। बाहर आकर उसने देखा तो लगा मस्जिदों से कभी भी सहरी का ऐलान हो सकता है। हो सकता है अब बिजली भी आ जाए, और वही हुआ कुछ ही देर बाद बिजली गयी। बिजली आते ही मस्जिदों पर लगे लाऊड स्पीकरों से रोज़ादारों के लिए सहरी के बारे में ऐलान शुरू हो गया। डमरू ने हाथ-मुँह धोया और घर से आनेवाली सहरी का इन्तज़ार करने लगा।

4

इतनी तूफ़ानी बारिश और घनी रात के बावजूद न जाने किस घर के किवाड़ या कोई खिड़की खुली रह गयी, कि सुबह पूरे मोहल्ले में यह ख़बर रूई के फ़ाहे में लगी आग की तरह फैल गयी कि अब तो डमरू-नज़राना का तलाक़ पक्का समझो। यानी गयी रात नज़राना का हलाला वैसे ही हुआ है, जैसा क़ुरआन पाक और शरीअत कहता है, बल्कि जैसा मौलवी चाहता है।

हाजी ख़ुदाबख़्श के घर भी इसकी ख़बर पहुँच गयी। यह ख़बर किसने पहुँचाई किसी को कुछ पता नहीं। मगर जैसे ही पहुँची पूरा घर सकते में आ गया। घर की बहुओं के कानों तक भी पहुँची यह ख़बर जिसे सुनते ही सब लगभग बदहवास-सी दौड़ती हुई अपनी सास कल्लो के पास पहुँची।

"माई, ई तो वही बात होगी, जाको हमन्ने डर हो!" बड़ी बहू ने आते ही हाँफते हुए सास को सूचना दी।

"कहा बात होगी ऐसी?" लगता है या तो कल्लो तक सचमुच अभी यह खबर पहुँच नहीं पाई है, या फिर वह जानकर अनजान बनने का स्वाँग कर रही है।

"ले, सारा गाँओ में डोंडी (मुनादी) पिटी पड़ी है और तोहे अभी..."

"रंडी, या फूटा मुँह सू कुछ बकेगी भी या ऐसेई भूँसती रहेगी?" कल्लो का धैर्य बग़ावत पर उतर आया।

"सुणी है रात कू नजराना को वैसेई हलाला होगो बतायो जैसी वा मौलवी ने कही ही।" बहू ने सारा वाक़या बता दिया।

"कहाऽऽऽ जैसी वा मौलवी ने कही ही!" इतना कह कल्लो ने माथे पर हाथ मारा और विलाप करने लगी, "अरे अल्लाह, हमारा तो भला करम फूटा... या रंडी ने हम कहीं का ना छोड़ा।"

देखते ही देखते हाजी ख़ुदाबख़्श यानी टटलू सेठ के घर में कोहराम मच गया।

"माई, अब कहा होएगो! नजराना ए तो अब वा कलसंडा डमरू सू तल्लाक मिल जाएगो?" दूसरी बहू के माथे पर किसी अनिष्टता के बल गहराते चले गये।

कल्लो से कुछ भी कहते नहीं बना। लगा जैसे उसे मिर्गी का दौरा पड़ गया है। बत्तीसी भिंच-सी गयी। इसी बीच उसने अपने आपको सँभाला और तन कर खड़ी होती हुई, हाँफते हुए अपनी सबसे बड़ी बहू से टटलू को बुलवाने का हुक्म देती हुई बोली, "सकीना, जल्दी सू अपणा सुसरा ए बुलवइयो!"

कल्लो के हुक्म की तुरन्त तामील हुई। हाजी ख़ुदाबख़्श कुछ ही देर में कल्लो के सामने हाज़िर हो गया।

"हाजी सुनूली, ई तो वही बात होगी जासू मैं डरूरी ही!" कल्लो ने आते ही चीख़ते हुए कहा।

"तू कोई नई बात बता री है...ई तो होणी ही एक दिन।" टटलू ने बिना उत्तेजित हुए बेहद शान्त भाव से कहा।

"तो फिर खोल-बजा के एक बात सुनूले, मैं ना घुसण दूँगी ऐसी रंडी ए अपणा घर में।" कल्लो ने खुलेआम पूरे घर को अपना फ़ैसला सुना दिया।

"मेरी बात मान, अभी ऐसे रौळ (शोर) मत मचा...अभी उड़ती-सी खबर आरी है...और फिर पहले तल्लाक को दिन तो आण दे, जब देखँगा।" टटलू ने बीवी को समझाने की कोशिश की।

"जब पूरो मोहल्ला कहरो है तो कुछ न कुछ यामें सच्चाई होएगी।"

"बावली मत बण। चुप रह अभी। वैसे अगर ऐसी कोई बात है तो आजकल में सब आगे आ जाएगी। थोड़ी तसल्ली सू काम ले। इतनी ताती मत बण। जब देखो, बस आग-सी भभकती रहवे है।" कल्लो को डाँटने के बाद इस बार वह बहुओं की ओर पलटा, "और सुणो, तमूभी जुबान पे एकाध दिन ताला लगा के राखो...काई सू कुछ भी कहणा-सुनूना की जरूरत ना है!" कल्लो को सुनाते हुए बहुओं को सख़्त हिदायत दे हाजी ख़ुदाबख़्श बाहर चला आया।

5

दिन के उजास में नज़राना की हया से झुकी पलकों ने बिना कुछ कहे सबकुछ बयान कर दिया। नसीबन, उसके तो मानो पाँव ज़मीन पर ही नहीं पड़ रहे हैं। अगर इसकी सबसे ज़्यादा ख़ुशी किसी को है, तो इस नसीबन को है। क्यों न हो उसी के कहने पर ही तो डमरू निकाह के लिए तैयार हुआ था। इस मरे हुए साँप को उसी ने ही तो जानबूझ कर अपने गले में डाला था। चलो, ऊपरवाला जो करता है, अच्छा करता है। कम से कम अब इस बला से पीछा तो छूट जाएगा। तलाक़ देने में अब कोई अड़चन नहीं आएगी। नज़राना अब कम से कम 'इज़्ज़त' के साथ अपने उजड़े हुए घर को फिर से तो बसा लेगी। इसी कल्पना में डूबती-उतरती नसीबन सुबह से न जाने कितनी बार नज़राना के कमरे में आ-जा चुकी है। इस काकी कल्लो का कोई भरोसा नहीं कि वह कब तलाक़ का दिन तय करने आ धमके, और अपनी बहू को लेकर चलती बने। हालत यह हो गयी कि दरवाज़े पर जब भी कोई हलचल होती, उसकी यही सोचकर धड़कनें तेज़ हो जातीं कि कल्लो आ गयी है।

दस बजते-बजते पूरे मोहल्ले में इस बात का हल्ला मच गया कि आज कल में कभी भी डमरू नज़राना को तलाक़ दे देगा। मगर सबसे बड़ी हैरानी नसीबन को इस बात पर हो रही है कि जहाँ कल्लो और हाजी ख़ुदाबख़्श को अब तक उसके पास आ जाना चाहिए था, अभी तक उस घर से कोई सन्देश तक नहीं आया।

जैसे-जैसे आधा दिन बीतने लगा नसीबन की पेशानी पर चिन्ता की लकीरें गहराने लगीं। उसने फ़ातिमा को बुलाया और उससे अपने मन की बात बाँटते हुए बोली, "फातिमा, बहाण काकी कल्लो का घर सू तो अभी तलक कोई खबर ही ना आयी है?"

"खबर कहा आणी है...कर्रा होंगा आपस में सलाह-मसौरा के तल्लाक कब दिवाणो है।" फ़ातिमा ने सहजता के साथ जवाब दिया।

"तल्लाक तो जब होएगो, सो होएगो...पर कम सू कम निगोडी एक बर आ तो जाती।"

"तो फिर ऐसो कर अगर ऊ ना आरी है तो डोलती-फिरती तू ही चली जा...या खुसखबरी ए तू ही सुणा आ के जैसे मौलवी ने कही है, वैसो हलाला होगो है।" फ़ातिमा ने अपनी जिठानी को सलाह देते हुए कहा।

"दारी, ई बात तो तैने सोलह आने ठीक कही है...सुनूना में और बताणा में बहोत फरक होवे है...कहा पतो उन्ने या बात को पतोई ना होए। वैसे भी असली फरज तो बताणा को हमारो बणे है। ठीक है मैं जारी हूँ। कहा पतो बिचारी हमारी

बाट देखरी होए!" इतना कह नसीबन सचमुच कल्लो के घर की ओर चल दी।

नसीबन ने दूर से ही घर में घुसते हुए देख लिया। कल्लो और नियाज़ दोनों माँ-बेटे में किसी बात को लेकर ज़बरदस्त तकरार चल रही है। नसीबन ने वहीं से अन्दाज़ा लगा लिया कि माँ-बेटे में इसी को लेकर नोंक-झोंक हो रही है कि नज़राना को जल्द से जल्द कैसे घर लाया जाए।

"अरी काकी कल्लो है कै?" कल्लो को सामने बैठा होने के बावजूद नसीबन ने ऐसे पुकारा, जैसे उसकी नज़र उस पर पड़ी ही नहीं है।

नसीबन को अचानक बिना सूचना के आया देख, माँ-बेटे की आपस में चल रही तकरार थम गयी। हैरानी हुई नसीबन को कि जहाँ उसका गर्मजोशी से लगभग बलाएँ लेते हुए स्वागत होना चाहिए था, उसकी जगह मुश्किल से कल्लो के मुँह से धीरे-से निकला, "आजा, मैं कहान् जाके मरुँगी!"

नसीबन का अन्दाज़ा सही निकला कि सचमुच कल्लो को उसके बारे में कुछ नहीं पता है।

"काकी, मुबारक होए!"

"बहाण, काँई की मुबारक? अभी तो ईद का कई दिन पड़ा हैं।" कल्लो ने नसीबन से मुबारक क़बूल करना तो दूर रहा, बल्कि उसने इसमें किसी तरह की दिलचस्पी तलक नहीं दिखाई।

"काकी, ईद तो जब आएगी तब आएगी...पर तू तो आज ही समझ ले।"

"देख नसीबन, बात तो गचोड़े मत...जो कहणी है खुलके कह!"

नसीबन ने पहले नियाज़ को देखा और फिर कल्लो के एकदम नज़दीक आकर, बेहद धीमी आवाज़ में चहकते हुए बोली, "वा ढेड मौलवी ने जैसी कही ही न, रात कू वैसोई हलाला होगो है।"

"ऐ जा झूठी!" कल्लो ने सुने हुए को नसीबन के मुँह से दरयाफ़्त करने की ग़रज से, अपनी उखड़ती साँसों पर क़ाबू पाने की कोशिश करते हुए कहा।

"ले, मैं कोई झूठ बोलरी हूँ...निगोडी, रात कू मैंने ही तो ऊ डमरू के पै नोहरा में भिजवाई ही।"

"और नजराना चलीगी?" कल्लो की आँखों के आगे तेज़ी से ख़ुक्क छाने लगा।

"चली नागी, बल्कि ऊ तो नोहरा में सू आई भी सहरी सू थोड़ी देर पहले ही।" कहते-कहते नसीबन की ताज़ा-ताज़ा झुर्रियाँ शरमाती चली गयीं।

इतना सुनने के बाद तो कल्लो को जैसे साँप सूँघ गया। हाथ-पाँव ठंडे पड़ने लगे। नथुनों से निकलती साँसें किसी तेज़ आँधी की तरह लगने लगीं। इस बीच

दोनों के बीच कुछ मौन उलझे-से सवाल उछल कर ग़ायब हो गये।

“काकी मैं भी कितनी कुलखणी हूँ...असली बात ए मैं भी भूलरी हूँ। या हरामी हलाला सू तो गया निपट, अब तू ई बता के डमरू सू वा नजराना को तल्लाक कब दिवाएँ?”

“देख ले बहाण, कल परसू...जब तेरो जी करे दिवा दे।” कल्लो ने बेमन से कहा। कोई उत्साह नहीं दिखाया उसने।

“और, जितनी जल्दी होए या ढेड हलाला सू तिहारो भी पीछो छूटे, और हम्भी चैन सू रहँ। मैं तो चाहू हूँ के नजराना जितनी जल्दी होए या कैद सू छूटे और अपणी ईद या घर में आके मनाए...वैसे भी तीज-त्यौहार अपणा घर में ही मनता हुआ अच्छा लगे हैं...मैं आज ही घर में बात करके साँझ तलक खबर भिजवा दूँगी।” एक उच्छ्वास में डूबी नसीबन घर चली आयी।

6

अस्र की नमाज़ अदा करने के बाद नसीबन ने पूरे घर को इकट्ठा कर लिया। अच्छा है जितनी जल्दी तय हो जाए, उतनी जल्दी हाजी ख़ुदाबख़्श यानी टटलू सेठ के घर ख़बर भिजवा दी जाए। दालान में ही बैठ गये सब। पिछले कुछ दिनों से मौसम का मिजाज़ जिस तरह बिगड़ा है, उसे देखते हुये दालान सबसे बेहतर जगह है।

नसीबन ने पहले अपने इर्द-गिर्द बैठे देवर-दौरानियों पर नज़र डाली, और फिर कमाल खाँ, नवाब से होती हुई सबसे आख़िर में अपने पति जमाल खाँ पर जाकर टिक गयी। नसीबन ने जिस तरह पति की ओर देखा था, उससे जमाल खाँ समझ गया कि शुरुआत उसी को करनी है। शुरुआत करने से पहले उसने पूरे दालान को सरसरी निगाह से देखा, तो दालान में किसी की कमी-सी खली।

“ई नजराना कहान् है?” जमाल खाँ ने नज़राना को ढूँढ़ते हुए जैसे पूरे दालान से पूछा।

“अपणा कोठा में है।” नसीबन ने बताया।

“कोठा में कहा कर्री है, वाहे भी बुला लेओ!”

“वाहे कौण-सो फैसलो करणो है...बैठी रहण दे।”

“रहेगी तो कौण-सी बुराई है।” जमाल खाँ ने इसके बाद नसीबन का भी इन्तज़ार नहीं किया और ख़ुद ही आवाज़ देकर बुला लिया, “नजराना, अरी बीरी तू भी आ जा!”

नज़राना कमरे से बाहर निकल, वहीं दरवाज़े के पास आकर बैठ गयी।

जमाल खाँ ने नज़राना से ही शुरुआत करना मुनासिब समझा, "हाँ री, नजराना, ई तो तोहे पतो चलगी होएगी के नसीबन आज तिहारे घर गयी ही और तेरी सास सू मिलके आई है। देख, अब सारा काम होगा हैं तो अब हम चाहवे हैं कि जितनी जल्दी ई मसला निबड़ जाए, उतनो अच्छो है...बेमतलब तिहारी भी जग-हँसाई होरी है और हमारो भी मजाक उड़रो है। हम तो चाहरा हैं के जितनी जल्दी हो सके, तू अपणा घर और हम अपणा घर।" जमाल खाँ ने शुरुआत करते हुए अच्छी-ख़ासी भूमिका तैयार कर दी।

"देख, तेरा जेठ को कहणा को मतलब ई है के कल कू कोई ऊँच-नीच होगी, तो बात हमारे ऊपर ना आएगी...अगर तोहे कोई बात कहणी है, या कोई उजर (उज्र) होए तो बता दे!" नसीबन ने पति की भूमिका को थोड़ा स्पष्ट करते हुए और विस्तार देते हुए कहा।

"मोहे कोई उजर ना है।" चौखट से लगी नज़राना घूँघट में से ही बोली।

इसके बाद जमाल खाँ सिर झुका कर बैठा डमरू की ओर पलटा, "हाँ वाड़ी, तोहे तो ना कहणो है कुछ?"

जमाल खाँ ने जैसे ही डमरू से पूछा, उस पर कमाल खाँ भड़क गया, "यार, हीं कोई अदालत लगरी है जो तू इनसू पूछरो है!"

"बावळी बात मत कर। मेरे यार, अगर भरी पंचात में डमरू ने तल्लाक ना दियो, तो हम कहान् जाके मरँगा!" जमाल खाँ ने हर तरह की सम्भावना को ध्यान में रखते हुए कहा।

"अजी हाँऽऽऽ तल्लाक ना देएगो!" कमाल खाँ ने सीधे-सीधे डमरू को सावधान करते हुए, बल्कि एक तरह से चेतावनी देते हुए कहा।

"मेरो डमरू ऐसो ना करेगो। याकी गारंटी मेरी रही। मैं समझा दूँगी याहे।" नसीबन ने डमरू पर अपना भरोसा जताते हुए सबको आश्वस्त किया।

"तो फिर ठीक है, कल साँझ लू मगरिब की निवाज पीछे आदमी इकट्ठा करणा की कह देओ!" जमाल खाँ ने अपने दोनों छोटे भाई कमाल खाँ और नवाब को आदेश दिया।

"वैसे मगरिब की निवाज तलक रुकणा को अब कोई मतलब ना है। मेरी मानो तो जुहर की निवाज सू पहले या कलेश ए निपटा लेओ।" कमाल खाँ ने प्रस्ताव में संशोधन करते हुए कहा।

"चलो, जुहर की निवाज सू पहले सही। नवाब, ऐसे करियो, तू पंचन् कू खबर कर दीजो...और ई नसीबन टटलू के घर कह आएगी।"

"वैसे तो तम जो कर्‌रा हो, ठीक ही कर्‌रा हो... पर मेरी भी एक छोटी-सी

सलाह है।" जमाल खाँ की बात ख़त्म होते ही चौखट से लगी नज़राना की आवाज़ आयी।

नज़राना का इतना कहना था कि पूरा दालान उसकी तरफ़ मुड़ गया। कुछ पलों के लिए सबकी साँसें अटक गयीं कि यह नज़राना इस मौक़े पर आख़िर कैसी सलाह देनेवाली है?

"बहाण, तू भी बता...कहा सलाह है तेरी?" नसीबन ने जल्द से जल्द इस पचड़े से मुक्त होने की ललक के चलते पूछा।

"नोहरा में आदमी इकट्ठा करके या मसला ए और जादा मत बढ़ाओ...पहले ही बहोत तमासा हो लियो है...अब और जादा जग-हँसाई मत करवाओ। मेरी मानो तो पाँच आदमी अपणा घर में ही बुलवा लेओ!"

नज़राना की इस सलाह पर एकाएक दालान में सन्नाटा छा गया। शर्मिन्दगी की झीनी-सी चादर तन गयी। सबने एक-दूसरे की आँखों में ऐसे देखा जैसे आपस में कह रहे हों कि इसका ख़याल उन्हें क्यों नहीं आया। धीरे-धीरे झुकती पलकों में कब सहमति बन गयी, किसी को नहीं पता।

"वैसे नजराना की बात में दम तो है... ऐसा काम जितना अदब सू निपट जाएँ, उतनो ही अच्छो है। बेमतलब नोहरा में भीड़ जमा करणा सू कहा फायदो। रही बात आदमीन् की तो एकाध हाजीजी का घर सू, दो-चार बड़ा-बूढ़ा मौहल्ला में सू, और एकाध काई और ए बुलवा लेंगा।" जमाल खाँ नज़राना की छोटी-सी सलाह का समर्थन करते हुए बोला।

"और वा कढ़ी बिगाड़ ए जरूर बुलवा लीजो जाने ई असली बीज बोयो है... ऐसो ना होए कहीं पीछे ऊ फिर अपणी या हदीरा ए बीच में ला पुसेड़े!" नवाब अपने बड़े भाई से छूट गये मौलवी का नाम पंचों की फ़ेहरिस्त में शामिल करते हुए बोला।

"तो फिर कल को दिन पक्को रहो?" पूरे दालान से सहमति लेते हुए आख़िरी बार पूछा जमाल खाँ ने।

एक सामूहिक स्वीकृति के बाद जमाल खाँ अगले दिन आदमी इकट्ठा करने का ऐलान कर दालान से निकल आया।

इधर कल्लो के बदले हुए रवैए को देख नसीबन परेशान हो उठी। कल्लो का ठंडापन देख उसकी समझ में नहीं आ रहा है कि जो कल्लो अपनी बहू को वापस लाने के लिए किसी भी हद तक जाने को तैयार थी, एकाएक इतनी ठंडी कैसे पड़ गयी?

नसीबन ने समझने की बहुत कोशिश की मगर कल्लो के इस रूखे़पन का रहस्य उसकी समझ में नहीं आया। वरना अब तक तो बहू के वापस लौटने की खुशी में पलक पाँवड़े बिछ चुके होते। ख़ैर, उसे इस कल्लो के रूखे़पन या हरेपन से क्या लेना-देना। रातभर की बात है, उसके बाद वह अपने घर और यह अपने घर। फिर तो यह कल्लो जाने और कल्लो का घर जाने। मन को यही तसल्ली दे नसीबन कल कल्लो, हाजी खुदाबख़्श, नियाज़ और जिसे वे साथ लाना चाहें जुह्र की नमाज़ से पहले अपने घर आने के लिए कह कर लौट आयी।

7

लपरलेंडी की बेचैनी सवेरे से उसके हिए में ज़ोर-ज़ोर से उछाल मार रही है मगर मुदई है कि उसका कहीं अता-पता नहीं है। एक बार उसके मन में आया भी कि वह नोहरे में ही चला जाए लेकिन यह सोचकर उसकी हिम्मत नहीं हुई कि उसे अगर ग़लती से भी कमाल खाँ या नवाब, दोनों में से किसी ने देख लिया और उसे नोहरे में रंगे हाथ पकड़ लिया, तो वे दोनों उसका कैसा रोज़ा-इफ़्तार कराएँगे—बताने की ज़रूरत नहीं है। लपरलेंडी को असली हैरानी तो यह सोच-सोच कर हो रही है कि जब 'हमबिस्तर' का मतलब समझना था तब वह मुँह उठाकर चला आया, और अब मतलब समझ में आ गया, तब पट्ठा ऐसे ग़ायब हो गया जैसे गधे के सिर से सींग।

लपरलेंडी ने बहुत सोचा। बड़ी तरतीबें खोजीं। बड़े तरीक़े खँगाले— मगर सब बेकार। बस, अब उसके पास एक ही रास्ता बचा है और वह यह कि क्यों न डमरू को इशा की नमाज़ के बाद तरावीह के दौरान धरा जाए। तरावीह के लिए तो वह मस्जिद में आएगा ही। यही तय कर लपरलेंडी भी तरावीह के लिए मस्जिद में पहुँच गया। मगर मस्जिद में जाने के बाद उसे निराशा हाथ लगी क्योंकि डमरू वहाँ नहीं आया। हालाँकि कुछ तरावीहयों को देखकर उसे हैरानी तो हुई लेकिन रमज़ान पाक के इस महीने में कोई काफ़िर अपने गुनाहों की मुआफ़ी के लिए आ रहा है, तो उससे बड़ा सवाब और क्या हो सकता है। यह बात दीग़र है कि तरावीह के नाम पर होंठों ही होंठों में वह क्या बुदबुदा रहा है, उसका अगर क़ायदे से यहाँ तर्जुमा कर दिया जाए तो मस्जिद से लपरलेंडी नहीं, लपरलेंडी के नाम पर ताज़ा-ताज़ा रंदा की हुई सागवान की शहतीर ही लौटेगी।

मस्जिद से लौटते हुए नोहरे के सामने पहुँचते ही लपरलेंडी के पाँव ठिठक गये। उसने चारों तरफ़ फैली स्याह अँधेरी चादर को टटोला कि कोई उसे देख तो नहीं रहा है। एक बार उसके मन में आया भी कि क्यों बेवजह सामने नज़र

आ रही खंदक में वह छलाँग लगाने पर उतारू है? मगर उससे नहीं रुका गया, तो नहीं रुका गया।

बेहद सावधानी बरतते हुए आख़िरकार वह नोहरे में घुस ही गया। नोहरे के एक कमरे के दरवाज़े की दराज़ों से छन कर आ रही रोशनी ने बता दिया कि डमरू अन्दर है। लपरलेंडी ने पहले से भी ज़्यादा एहतियात बरतते हुए दराज़ से अन्दर झाँक कर देखा, तो उसका अन्दाज़ा सही निकला।

"डमरूऽऽऽ!" लपरलेंडी ने दरवाज़े को धीरे-से थपथपाते हुए आवाज़ दी।

"कौऽऽऽन?" अन्दर से आवाज़ आयी।

"अन्यायी, मैं लपरलेंडी।"

लपरलेंडी द्वारा अपनी पहचान बताते ही दरवाज़ा खुल गया।

दरवाज़ा खुलते ही लपरलेंडी तेज़ी से अन्दर दाख़िल हुआ, और जाते ही शिकायत करते हुए बोला, "वा डमरू मानगो तोहे... अन्यायी, तैने तो ऊ बात कर दी के मतलब निकलो हीर को, खड़ो दिखाओ तीर।"

"ऐसी कोई बात ना है काका।" डमरू ने सहजता से उत्तर दिया।

"कैसे ना है कोई बात। मेरे यार, जब हमबिस्तर को मतलब समझणो हो जब तो ई लपरलेंडी...और मतलब निकलगो तो तू कहाँ और मैं कहाँ।" एक ही साँस में लपरलेंडी डमरू को लानत-मलामत देते हुए बोला।

डमरू ने कोई जवाब नहीं दिया। बस, चुप्पी साध गया।

"अच्छो चल छोड़! पहले ई बता के कल रात नजराना आई बताई?" बिना वक़्त ज़ाया किए लपरलेंडी के भीतर जो बेचैनी सवेरे से हिलोरें ले रही थीं, सीधा उन्हें शान्त करते हुए पूछा।

"हाँ आई ही और सहरी के बखत मेरे पै सू गयी भी ही।" डमरू ने बिना किसी लाग-लपेट के स्वीकारते हुए कहा।

डमरू द्वारा की गयी पुष्टि के बाद उसकी सुप्त शिराओं में बहता ख़ून किसी ऊँचे चश्मे से गिरती धार-सा उछाल मारने लगा। बल्ब के उजाले में नहाए कमरे और डमरू, दोनों को लपरलेंडी ने बेहद महीन निगाह से टटोला।

"तो फिर, मैंने जो हमबिस्तर को मतलब समझायो हो, ऊ कुछ काम आयो के ना? मेरो मतलब है कुछ हुओ-वुओ के ना?" लपरलेंडी की छोटी-छोटी आँखें मारे जिज्ञासा के फैलने लगीं।

डमरू ने कोई जवाब नहीं दिया।

"वा मेरा शेर, तोसू यही उम्मेद ही। चलो, अब कोई ई तो ना कहोगे के या डमरू सू हलाला ही ना हुओ...और तेरी ऊ सिंगारवाली भावज आमना जो बहुत

बोले ही, वाको भी मुँह बन्द होगो...वाहे भी पतो चलगी होएगी के तू कितनो बड़ो मरद है।" एक ही साँस में कह गया लपरलेंडी।

डमरू फिर भी कुछ नहीं बोला। बस, तस्बीह के मणकों पर अँगुलियों के पोर चुपचाप सरसराते रहे।

"अन्यायी, मैं इतनी देर सू झाँय-झाँय कर्‌रो हूँ और तू है के लाट साब या तस्बीह में लगो पड़ो है।" डमरू की तरफ़ से कोई जवाब आया न देख लपरलेंडी उखड़ गया।

"काका, आखिर तू पूछणो कहा चाहवे है?" पोरों को थोड़ा विश्राम दे, लपरलेंडी की ओर देखते हुए पूछा।

"मैं ई पूछणो चाहरो हूँ के जैसे वा मौलवी ने कही ही वैसो हलाला हुओ के ना...हलाला के बखत नजराना ने कुछ ना-नुकर तो ना करी?"

"काका, मैं जो कुछ बताऊँगो...वाका बारा में काई सू कुछ कहेगो तो ना?" डमरू पहली बार थोड़ा-सा खुला।

"बावळो होरो है, ऐसी बात कहीं बताई जावे हैं।" लपरलेंडी की जीभ कल्ले में शरारत करने लगी।

"तो सुन, जैसो तू समझ रो है न ऐसो कोई हलाला-वलाला ना हुओ।"

"कहा मतलब?" लपरलेंडी ने उचकते हुए पूछा।

इसके बाद डमरू ने लपरलेंडी को पूरा क़िस्सा बता दिया। इधर डमरू ने अपनी बात ख़त्म की और उधर लपरलेंडी की आँखों के सामने जैसे पूरा कमरा घूमने लगा।

"डमरू, तू ई कहा कहरो है? तैने धरती ना फाड़ दी। तैने ई ना सोची के जब ऊ मौलवी तोसू पूछेगो, तो तू कहा जुआब देएगो?"

डमरू अपलक बस लपरलेंडी को देखता रहा।

"ना भई डमरू, ना तो तोहे खुदा को खौफ है, न हदीस और सरीअत को डर...फिर ऊ मौलवी तो तेरे आगे कहा बेचे।" इसके बाद लपरलेंडी कुछ सोचने लगा, और मारे हताशा के सिर पकड़ते हुए बोला, "मेरी तो अभी तलक ई समझ में ना आरी है के बिना हलाला के तू नजराना ए कैसे तल्लाक देएगो?"

"काका, या बात ए तू काई सू कहियो मत!" लपरलेंडी को उसका वायदा याद दिलाते हुए डमरू बोला।

"मैं तो कहीं कुछ ना कहूँगो पर तैने हद ना कर दी!" लपरलेंडी ने उठते हुए लम्बी साँस ले, उसे बाहर छोड़ा और यह कहते हुए नोहरे से बाहर चला आया, "तेरो कोई इलाज ना है भई डमरू।"

8

तय वक़्त पर सारे पंच यानी जिन्हें बुलाया गया था, सब आ गये। हाजी ख़ुदाबख़्श के घर से खुद ख़ुदाबख़्श, कल्लो और नियाज़ ही आये। हाँ, इस बार नज़राना के पीहर से किसी को नहीं बुलाया गया। बुलाने की कोई ज़रूरत भी नहीं थी। जब सबकुछ क़ुरआन पाक और शरीअत व हदीस के मुताबिक़ होने जा रहा है, ऐसे में पीहर से बुलवाने का कोई मतलब नहीं है। वैसे भी तलाक़ के बाद कौन-सा नज़राना को अपने पीहर जाना है। यहाँ से सीधे नियाज़ के संग 'अपने घर' चली जाएगी।

"हजरात, अभी किसी और का इन्तज़ार है क्या?" इमाम याहिया ख़ुर्रम ने दालान में बैठे पंचों की ओर देखते हुए पूछा।

"दादा टुंडल और बचरो है। बस, आतो ही होएगो...ले कितनी लम्बी उमर है, नाम लेते ही आगो।" जमाल खाँ ने सामने दरवाज़े से एक बुज़ुर्ग को आता देख सूचना दी।

बुज़ुर्ग यानी दादा टुंडल को आया देख इमाम ने उसे तुरन्त पहचान लिया कि यह वही बुज़ुर्ग है जो पिछली बार उसकी बग़ल में बैठा था। दादा टुंडल एक ख़ाली पड़े मूढ़े पर बैठ गया। उसके बैठते ही इमाम ने एक बार जमाल खाँ की ओर देखा, तो जमाल खाँ उसके इस तरह देखने का मतलब समझ गया।

"दादा, सुरू करें?" जमाल खाँ ने सबसे बुज़ुर्ग होने के नाते दादा टुंडल से इजाज़त लेते हुए पूछा।

"भई लाला, याकी इजाजत तो उनसू ले जिन्ने हमसू जादा हदीस और सरीअत की चिन्ता है...या फिर जिन्ने हमसू जादा कुरान पढ़ राखी है।" दादा टुंडल का सीधा-सीधा इशारा और व्यंग्य इमाम पर था।

दादा टुंडल का इशारा जमाल खाँ समझ गया। इससे पहले कि दादा टुंडल इमाम पर और ज़्यादा रंदा चलाता, इमाम से इजाज़त लेते हुए पूछा, "हाँ जी मौलवी साब, सुरू करें?"

"हाँ-हाँ क्यों नहीं, जब सब कुछ तरीक़े से हो गया है तो शुरू करो... वैसे भी मुझे एक तकरीर करने जाना है। चलिए, शुरू करिए!" इमाम ने आगे की कार्यवाही शुरू करने की इजाज़त देते हुए कहा।

"डमरू, आगे आ जा!" जमाल खाँ ने अपने भाई को आगे आने का आदेश देते हुए कहा।

डमरू चुपचाप आगे आ गया। जमाल खाँ ने एक बार फिर इमाम की तरफ़ देखा। इमाम समझ गया कि डमरू से उसे ही पूछना है।

"तो आप अपनी बीवी को तलाक़ देना चाहते हैं?" इमाम ने डमरू से पूछा।

डमरू ने हाँ में सिर हिला दिया।

"यानी पिछली दफ़े मैंने जैसी हिदायत दी थी, उसी के मुताबिक़ हलाला हुआ है न?" अपनी जगह पर कसमसाते हुए पूछा इमाम ने।

इस बार भी डमरू ने सिर हिला दिया।

"मेरे यार, या फूटा मुँह सू कुछ कहेगो भी, या घंटोला-सो या मूँड ए हलातो रहेगो।" दादा टुंडल डमरू के सिर हिलाने से आज़िज आ झल्लाते हुए बोला।

"आपने सही फ़रमाया। मुँह से बोलना ज़रूरी है।" इमाम ने दादा टुंडल से सहमति जताते हुए कहा।

डमरू ने पहले पूरे दालान पर नज़र मारी और फिर हिम्मत जुटाते हुए बोला, "जी मौलवी साब।"

"तो आप अपने ईमान पर क़ायम रह कर तलाक़ दे रहे हैं?"

"मौलवी साब, भई ई ईमान पे कायम रहके कैसो तल्लाक होवे है?" इससे पहले कि डमरू कोई जवाब देता, दादा टुंडल ने पूछा।

"ईमान का मतलब है कि क़ुरआन पाक और हदीस की जिन हदों का हवाला दिया गया है, उनको अमल में लाना वरना लोग यूँ ही झूठ बोल कर तलाक़ दे देते हैं।"

"यानी ई डमरू झूठ बोलरो है?"

"हो सकता है।"

"पर जिन्ने नजराना नोहरा में डमरू के पै भेजी ही...और एकाध ने ई नोहरा में जाती देखी ही, वे भी झूठ बोलरा हैं?"

"मैं मानता हूँ कि ऐसा हुआ होगा मगर फिर भी कुछ लोग ना-फ़रमानी कर बैठते हैं।"

"चलो मान ली, या डमरू ने ना-फरमानी करी होएगी...तो फिर याको सबूत कौन लाए?" बुज़ुर्ग यानी दादा टुंडल की धवल भौंहे काँप कर रह गयीं।

"और कौन लाएगा। इसका सबूत तो यह डमरू ही दे सकता है कि उसने..."

इमाम के इतना कहते ही दादा टुंडल हत्थे से उखड़ गया, "मेरे यार मौलवी, तोहे और कैसो सबूत चहिए?"

"मे...मेरा कहने का म...मतलब यह नहीं है मेरा तो..."

इमाम को अकबकाता देख दादा टुंडल को जैसे मौक़ा मिल गया।

"और कहा मतलब है तेरो... तोकू वा हलाला की ई फिलम दिखाए? इतनी देर सू तू या छोरा सू खोद-खोद के कदी तो ई पूछरो है के जैसे मैंने हिदायत दी

ही, वैसो हलाला हुओ है? कदी ई कहरो है के मुँह सू बोलणो जरूरी है... कदी ई पूछरो है के तू अपना ईमान पे कायम रहके तल्लाक देरो है के ना... और जब तेरो इनपे भी बस ना चलो, तो अब तू याहे झूठो बतारो है... और तो और अब तोहे सबूत भी चहिए... मेरे यार, ऐसे कर आज रात तू रुक जा इनके पै और इनकी लिपटम-लिपटाई की फिलम बणा ले!"

"आप तो बेवजह नाराज़ हो रहे हैं...यह सब मैं कोई अपनी मर्ज़ी से करने के लिए थोड़े ही कह रहा हूँ...मैं तो वही कह रहा हूँ जो हमारे हदीस और शरीअत में बयान किया गया है। अगर आपको नहीं पता है तो क्यों बुलाते हो किसी काज़ी या मौलवी को...पढ़ा लिया करो अपने आप निकाह और दिला दिया करो अपने आप तलाक़...मुसलमान हो तो मुसलमानों की तरह रहना सीखो।" इतना कह इमाम तमतमाकर जाने के लिए खड़ा हो गया।

"सुन लेओ, अब या मौलवी की नजर में हम मुसलमान भी ना रहा... अगर याका कहा सू हम या जिनाह ए करवा देएँ, तो हम मुसलमान होगा...और सुन, जा कहाँ रो है? चुपचाप बैठ जा और तल्लाकनामा पे दस्खत करके जा...तेरो कोई भरोसा ना है, या गाँओं में कहीं फसाद ना करवा देए!" मौलवी के बाद दादा टुंडल डमरू की ओर पलटा, "चल रे डमरू, तू दे तल्लाक! अब मैं देखूँगो याहे और याकी या सरीअत ए!"

जमाल खाँ के दालान में खलबली-सी मच गयी। दादा टुंडल की इस हिमाक़त पर एक अजीब-सा तनाव पैदा हो गया। पता नहीं आज भी यह तलाक़ होगा, या नहीं?

"मौलवी साब, बड़ो-बूढ़ो है। याकी बात को बुरो मत मानो!" जमाल खाँ ने तुरन्त हालात को सँभालते हुए कहा।

"मियाँ, बात बुरा मानने की नहीं है...मैं तो अहले हदीस और शरीअत को मानने की बात कर रहा हूँ। अगर डमरू ने इनके मुताबिक़ हलाला कर लिया है, तो मुझे कोई उज्र नहीं है।" इमाम सफ़ाई देने लगा।

"उजर कहा, तू कोई तल्लाक थोड़ेई दिवा रो है... मेरे यार, तू तो मजा लेरो है। दादा टुंडल ने सीधा-सीधा इमाम पर एक तरह से इल्ज़ाम जड़ दिया।

"चलिए ठीक है, दिलाइए तलाक़!" इमाम ने विवाद ख़त्म करते हुए कहा।

"यार डमरू, तैने भी मुँह पे ताला लगा राखो है... अन्यायी, तीन बर तल्लाक कहके अलग तो हटे ना।" कमाल खाँ डमरू को डाँटने लगा।

अपने बड़े भाई की इस डाँट से डमरू का साहस जाग उठा। वह झटके से अपनी जगह से खड़ा हुआ और कमाल खाँ के लगभग आदेश का पालन करते

हुए बोलने लगा, "मैं, आप सब पंचन्ने हाजिर-नाजिर मान के नजराना ए तल्लाक देरो हूँ– तल्लाक...तल्लाक...त..."

"पंचो, एक मिनट! अगर इजाजत होए तो मैं भी कुछ कहूँ!" तीसरी तलाक़ से पहले दालान में एक तरफ़ बैठी औरतों के छोटे-से झुंड से, सन्नाटे के बीहड़ को चीरती हुई आवाज़ आयी।

"ई ढेड तल्लाक आज भी ना होतो लगे है!" अपने बग़ल में बैठी अपनी दौरानी फ़ातिमा को सुनाते हुए नसीबन ने कहा। नसीबन की देह धीरे-धीरे ठंडी पड़ने लगी।

"नजराना, रंडी अब तू कहा कहे है?" फ़ातिमा ने नज़राना को टोकते हुए पूछा।

"जल्दी कह जो कुछ कहणो है...या मौलवी साब ए भी काई तकरीर में जाणो है।" दादा टुंड़ल भी जितनी जल्दी हो, इस मामले को निपटाना चाह रहा है।

"दादा, तमने तो अपणी-अपणी कह ली पर मेरी भी तो एक बात सुन लेओ, के डमरू ने जो ई बात कही है के ऊ अपणा ईमान पे कायम रहके मोहे तल्लाक देरो है, वामें कितनी सच्चाई है!"

नज़राना के इतना कहते ही दालान की महराबों में धीरे-धीरे कम्पन होने लगी। आपस में सरगोशियाँ तेज़ हो गयीं। नसीबन का तो माथा ही पसीने से चू गया।

"नजराना, बहाण अब तू ई कहा नयो ढिटपंग ले बैठी! चुपचाप तल्लाक लेके अपणे घर काँई लू ना जाए!" फ़ातिमा ग़ुस्से से नज़राना को डाँटने लगी।

"अरी, थोड़ी देर तू चुप् भी रहेगी कैसे! याकी बात तो सुन् लेओ पहले के आखिर ई कहणो कहा चाहरी है...हाँ री नजराना, बोल...कहा कहरी है तू!" दादा टुंडल ने दालान को शान्त करते हुए नज़राना को अपनी बात कहने की इजाज़त दे दी।

मगर नज़राना की ओर से देर तलक कोई जवाब नहीं आया। उसके इस तरह ख़ामोश रहने पर दादा टुंडल झल्ला गया, "तेरी माँ का मूँड में, कुछ बोलेगी या ना!"

"दादा, बात ई है केऽऽऽ..." नज़राना अचकचा गयी।

"हाँ-हाँ बोल बेटी, घबराए मत!" दादा टुंडल नज़राना की हिम्मत बँधाते हुए बोला।

नज़राना ने पहले पूरे दालान पर निगाह मारी और फिर घूँघट में से बोली, "दादा, जैसे या मौलवी साब ने हलाला करणा की कही ही, वैसो तो कुछ हुओ ही ना...ई डमरू तो झूठ बोलरो है!"

नज़राना के इस राज़ से परदा हटते ही दालान में जैसे ज़लज़ला आ गया।

नसीबन ने यह कहते हुए माथा पीट लिया, "या रंडी ने हम कहीं का ना छोड़ा!"

इधर कल्लो का बुझा चेहरा एकाएक फिर से खिल उठा। थोड़ी देर पहले तक कल्लो का जो शरीर एक अश्लील कल्पना के चलते दोहरा हुआ जा रहा था, वह तनता चला गया।

"पर मैंने तो सुणी है के तू रात कू डमरू के पै गयी ही?"

"हाँ दादा, जरूर गयी ही और सहरी के बखत आई भी ही...पर वैसो कुछ ना हुओ जैसी पूरा गाँओं में अफवाह उड़ी पड़ी है।" नज़राना ने क़बूलते हुए एकदम साफ़ कह दिया।

"यानी यह हलाला जैसी नबी सल्लाहवलाहेअस्सलम ने फरमाया है कि हलाला के लिए सिर्फ़ दूसरा निकाह ही काफ़ी नहीं है, बल्कि औरत उस वक़्त तक पहले शौहर के लिए हलाल नहीं हो सकती जब तक कि दूसरा शौहर उसका स्वाद..."

"मौलवी साब, सुनूली तेरी बात...एक ही बात ए तू कितनी बर कहेगो!" दादा टुंडल ने इमाम को बीच में टोकते हुए डाँटा।

"ना, ऐसो कुछ भी ना हुओ।" नज़राना अपने कहे पर क़ायम रहते हुए बोली।

नज़राना के इतना कहते ही जमाल खाँ की निगाहें झुकती चली गयीं। दादा टुंडल की तो मानो बोलती ही बन्द हो गयी। जिस इमाम को तकरीर के लिए जाने की जल्दी थी, वह भी मन्द मन्द मुस्कराने लगा।

कल्लो की तो पूरी देह देवदार-सी सीधी होती चली गयी। उसका तो बस नहीं चला वरना लपक कर नज़राना को सीने से लगा लेती। नहीं रहा गया कल्लो से, "नसीबन, मोहे अपणी या खानदानी बहू पे पहले सू ही पूरो भरोसा हो, के ई पराया मरद ए हाथ भी ना लगाण् देएगी... अपणी या सतवंती बहू ए मैं अच्छी तरह जाणू हूँ... देख ले, ई पिछाण होवे है भला खानदान की बहू-बेटीन् की..."

"पर काकी, अपणी या सतवंती बहू सू ई तो पूछ के नोहरा में इतर-फुलेल लपेट के काँई लू गयी ही...ऐसा दगा कू याहे हमारो डमरू ही मिलो हो?" नसीबन के बजाय मोर्चा सँभालते हुए फ़ातिमा ने कल्लो को जवाब दिया।

"या बात ए तो मैं अबूभी कबूल कर्री हूँ के मैं नोहरा में गयी ही, पर ऐसो कुछ ना हुओ...और रही बात या डमरू के संग दगा करणा की, तो मेरी बहाण मेरो खुदा गवाह है मैंने तेरा देवर के संग कोई दगा ना करो है...बल्कि असली दगा तो मेरे संग हुओ है। तेरा या देवर ने मैं कहीं की ना छोड़ी।" नज़राना का एक-एक शब्द मानो ख़ून से लिथड़ा हुआ है।

"कहीं की कैसे ना छोड़ी ...ई कह तो रहो है के..."

"कहरो है, पर झूठ कहरो है... ई भले ही अपणा ईमान पे कायम ना रहे,

पर मैं अपणा ईमान के संग दगा ना करुँगी।" फ़ातिमा की बात पूरी होने से पहले नज़राना सख़्त चट्टान-सी बोली।

फ़ातिमा अब क्या कहे। जमाल खाँ का पूरा परिवार जैसे किसी गहरे सदमे से घिरता चला गया। नसीबन उसके तो हाथ-पाँव ही ठंडे पड़ गये। और दादा टुंडल, उसकी तो कुछ समझ में नहीं आ रहा है। इधर डमरू किसी अपराध बोध के चलते मानो धरती में समाने को हो रहा है।

"मौलवी साब, अब आप ही कोई रस्ता बताओ के हमारी बहू कैसे अपणे घर लौट सके है?" पहली बार हाजी ख़ुदाबख़्श यानी टटलू सेठ ने इमाम से गुहार की।

"इन हालातों में तो इसका लौटना ना-मुमकिन है।" एक पल चुप रह कर इमाम फिर बोला, "अब सिवाय डमरू की बीवी बन कर रहने के और कोई रास्ता नहीं है। न शरीअत और हदीस के मुताबिक़ हलाला होगा, और न यह नज़राना अपने पहले शौहर के लिए हलाल होगी।"

"वा भई हलाला, तैने या डमरू की अच्छी जान फँसाई।" दादा टुंडल ने लम्बा साँस ले डमरू के प्रति सहानुभूति जताते हुए कहा।

"अच्छा हजरात, इजाज़त दीजिए! मुझे तकरीर के लिए भी जाना है।"

इतना कहकर इमाम खड़ा हुआ और अभी वह दालान से बाहर आया ही था, कि पीछे से एक फिर नज़राना बोली, "मौलवी साब, मेरी या बात को और जुआब दे जाओ के मैं कहा चाहू हूँ, और मेरा मन में कहा है?"

"मोहतरमा, आपके चाहने ना चाहने से कुछ नहीं होने वाला... आख़िर क़ुरआन पाक, हदीस या शरीअत के फ़रमान-फ़तवों का भी तो कुछ मतलब है...जाइए, डमरू से कहो कि वह पहले एक शौहर का फ़र्ज़ अदा करे।"

"याको मतलब ई हुओ के सारा हक इन मरदन् के ही अख्त्यार हैं...हमारी किस्मत को फैसला भी ये मरद ही करँगा?"

"जी हाँ, वैसे भी क़ुरआन में साफ़ फ़रमाया है कि मर्दों के लिए औरतों पर एक दर्ज़ा ज़्यादा है, यानी मर्द औरत पर क़व्वाम है। अल्लाहताला ने शौहर का बड़ा हक़ बनाया है। शौहर को ख़ुश रखना औरत की सबसे बड़ी इबादत है, और उसको नाख़ुश और नाराज़ करना बहुत बड़ा गुनाह। प्यारे नबी सल्लाहेवलैहिअस्सलम ने फ़रमाया है कि जो औरत पाँचों वक़्त की नमाज़ अदा करती रहे, रमज़ान के रोज़े रखे और अपने शौहर की ताबेदारी और फ़रमाबरदारी करती रहे, तो उसको अख़्तियार है कि जन्नत के आठों दरवाज़ों में से, जिससे उसका जी चाहे, बेखटके जन्नत में चली जाए।"

"और हम जो जीते-जी या धरती पे नरक भोगरा हैं, वाको कहा?"

नज़राना के इस मासूम से सवाल पर इमाम मुस्करा कर रह गया और जाते-जाते नसीहत देते हुए बोला, “बेवकूफ़ औरत, यह समझ लो कि मियाँ-बीवी का आपस में ऐसा वास्ता है कि उन्हें ताउम्र एक-दूसरे के साथ बसर करना है। अगर दोनों का दिल मिला हुआ रहा, तो उससे बढ़ कर कोई नेमत नहीं, और अगर खुदा न करे दिलों में फ़र्क आ गया, तो उससे बढ़कर कोई मुसीबत नहीं। इसलिए जहाँ तक हो सके, मियाँ का दिल हाथ में लिए रहो और उसकी आँख के इशारे पर चला करो। अगर ऐसा किया होता तो आज यह दिन देखना नहीं पड़ता।”

इमाम के जाते ही पूरे दालान ने राहत और सुकुन की साँस ली। नसीबन समेत फ़ातिमा और आमना की तो मुश्किल से साँस में साँस आयी, यह सोचकर कि पता नहीं यह इमाम इनके चारों तरफ़ हदीस और शरीअत के फ़रमानों की और न जाने कितनी हदें खींच जाता। ऐसी हदें जिन्हें कम से कम इनके लिए लाँघना किसी लक्ष्मण-रेखा से कम नहीं, कि इधर इसे लाँघा और उधर पता नहीं घात लगाए कौन-सा रावण बैठा मिल जाए।

“अच्छो भई जमालू हम्भी चलें... मेरे यार, तेरा या हलाला ने अच्छो खून पीयो!” दादा टुंडल भी जाने के लिए खड़ा हो गया।

“दादा, चलो तो जा...पर जाणा सू पहले या बीमारी को भी तो कुछ इलाज बता के जा!” जमाल खाँ ने दादा टुंडल के बहाने दूसरे पंचों से गुहार लगाई।

“कुछ समझ में ना आरी है।” दादा टुंडल ने अपनी धवल दाढ़ी को खुजलाते हुए कहा।

“मेरी मानो तो याको इलाज या नजराना सू ही पूछो, जाने हम सब झूठा बणा दिया।” फ़ातिमा ने असली मुद्दई को घेरते हुए सुझाव दिया।

फ़ातिमा का यह सुझाव दादा टुंडल की समझ में आ गया।

“वैसे कमाल खाँ की घरवाली कह तो सही रही है। मेरी भी यही समझ में आरी है के क्यों न एक बर हम या नजराना सू ही पूछ के देख लेएँ!” दादा टुंडल ने अपने अनुभव के आधार पर छोटी-सी सम्भावना तलाशते हुए, फ़ातिमा के सुझाव को अमल में लाते हुए कहा।

“यामें नजराना सू तो जब पूछी जाए जब डमरू तल्लाक ना देरो होए...हाँ, एक काम हो सके है के अभी तो चुप लगाओ। एकाध महीना पीछे चुपचाप तल्लाक दिवा देंगा।” एक पंच ने नया सुझाव दिया।

“ई तो मेरे यार पीछे की बात है। असली रोणो तो अभी को है, और फिर ई डमरू भी आखिर कब तलक रुको रहेगो। मेरी मानो तो या नजराना सू ही पूछो के आखिर ऊ कहा चाहवे है...याके मन में कहा है?”

"चलो, या नुस्खाए भी अजमा के देख लेएँ।" दादा टुंडल से सहमत होते हुए दूसरे पंच ने भी अपनी सहमति दे दी।

"हाँ री नजराना, बेटी अब तू ही बता के तेरे मन में कहा है...कैसे ई बात बने?"

"दादा, मैं तो अपणा बालकण् के पै जाणो चाहूँ।"

नज़राना का इतना कहना था कि भरी हुई कल्लो जैसे फट पड़ी, "मेरा बाप की लुगाई, अपणा बालकन् की अगर तोहे इतनी ही फिकर होती न, तो तू रोज नया-नया खसम ना करती डोलती!"

"वैसे एक बात कहूँ नजराना, अगर तेरा मन में अपणा बालकन् के पै (पास) जाणा की होती न, तो तू भी ऐसो ही झूठ बोल देती, जैसो डमरू ने बोलो हो। पर बहाण, पतो ना तेरा मन में कहा है।" नसीबन ने बिना उत्तेजित होते हुए कहा।

नज़राना चुप।

"चलो छोड़ो, ऊ बात तो अब खतम होगी... वैसे भी फिलहाल ई टटलू के घर जाणा सू रही। अगर हमने भेज दी और या मौलवी ए पतो चलगी, तो बेमतलब या गाँओं में दूसरो ही बीज बू जाएगो। मेरा हिसाब सू अब एक ही इलाज है के या तो ई डमरू के संग रहे, या फिर अपणा पीहर चली जाए... अब फैसला करणो या नजराना का हाथ में है।"

"डमरू के संग मोहे रहणो मंजूर है, पर दादा अपणे पीहर तो मैं कतई ना जाऊँ। अपणा बाप पे बोझ बणूना सू बढ़िया है के मैं जहर खाके मर जाऊँ।"

"तो फिर तू डमरू के संग रह लेएगी?" नज़राना द्वारा दिये गये विकल्प के मद्देनज़र दादा टुंडल ने नज़राना को टटोलना चाहा।

"ना भई दादा, चाहे दुनिया इत सू उत हो जाए पर मैं ना राखूँगो याहे अपणे संग। मेरी बला सू चाहे ई जहर खाए, या कुआँ में गिरे। मोहे ना है ऐसी भलमनसाहत की जरूरत।" नज़राना के जवाब देने से पहले डमरू ने अपना फ़ैसला सुना दिया।

"अन्यायी, हमारी तो जान अच्छी मुसीबत में आयी।" दादा टुंडल की हालत पस्त भीष्म पितामह सी हो गयी। फिर भी बूढ़े जिस्म में थोड़ी-सी हिम्मत जुटाते हुए जमाल खाँ से बोला, "जमालू, मेरे यार या डमरू ए समझा लेओ। अरे, कहीं या नजराना ने कोई उल्टो-सूधो काम कर लियो, तो हम कहीं मुँह दिखाण लायक भी ना रहँगा।"

"दादा, हम याहे राख तो लेएँ पर राखेंगा कहाँ?"

दादा टुंडल का यह दाँव काम कर गया। इससे पहले कि जमाल खाँ का मन

डगमगाए, उसने लगे हाथ समस्या का हल सुझा दिया, "अरे, कहाँ राखोगा...वहीं रहेगी नोहरा में जहाँ ई डमरू रहवे है।"

"मैंने कह दी न दादा के मैं याहे कतई ना राखूँगो अपणे गैल...और अगर मेरे संग जोर-जबरदस्ती करी, तो मैं फाँसी खाके मर जाऊँगो!"

फाँसी का नाम सुनते ही कमाल खाँ ने आव देखा न ताव, डमरू की कनपटी के नीचे ऐसा तमाचा जड़ा कि डमरू बिलबिला गया, "तेरी बहाण का बाळक में...फाँसी खाके मरेगो! इतनी देर सू चबड़-चबड़ बोले जारो है...चुप कर, अगर अबके कुछ बोलो न तो देख लीजो!"

"हाँ री नजराना, तू रह लेएगी डमरू के संग?" दादा टुंडल ने डमरू पर बिलकुल भी ध्यान नहीं दिया। उसे जैसे ही उम्मीद नज़र आयी, वैसे ही नज़राना से तुरन्त पूछा।

नज़राना ने पहले कनपटी को सहलाते डमरू की ओर देखा, और फिर इस अन्दाज़ में सिर हिलाया कि कुछ ने इसका मतलब उसकी हाँ में निकाला, तो कुछ के कुछ पल्ले नहीं पड़ा।

"ठीक है भई डमरू, जब तलक या नजराना को तोसू तल्लाक ना होएगो, ई तेरे ही संग नोहरा में रहेगी। आराम सू महीना-बीस दिन आपस में सलाह-मसौरा कर लेओ के या मसला सू कैसे निपटणो है। जैसेई तिहारी समझ में आ जाए, हमन्ने बता दीजो। हम तिहारो तल्लाक करवा देएँगा...किं बेटी नजराना, मैं ठीक कहरो हूँ न?" जिन्होंने नज़राना के सिर हिलाने का मतलब उसकी रज़ामंदी के रूप में लिया था, दादा टुंडल भी उनमें से एक है।

"याको मतलब तो ई हुओ दादा के महीना-बीस दिन पीछे मैं वाही घर में चली जाऊँ, जहाँ सू मेरो आसरा छिनगो हो... बुरो ना माने तो एक बात पूछूँ दादा, हम कोई लत्ता-कपड़ा हैं के जब जी करे पहर लेओ, और जब जी करे उन्ने उतार के फेंक देओ?"

पूरा दालान अवाक्। दादा टुंडल के चेहरे पर तो जैसे हरहराती गरम हवा का थपेड़ा पड़ा हो। किसी को यक़ीन नहीं हुआ कि नज़राना जैसी नेक, भली और ख़ानदानी इतनी बड़ी बात कह देगी। दादा टुंडल समझ गया उसके कहे का मर्म। इसीलिए नज़राना के मन की थाह लेते हुए बोला, "बेटी, तो फिर तू ही बता के हम कहा करें। अगर बीच में ये हदीस और सरीअत ना आता, तो हम पतो ना तोहे कबका तेरे घर भेज देता।"

"मैं भी तो यही बात कहरी हूँ।"

नज़राना की इस उलटबाँसी का मतलब किसी की समझ में नहीं आया।

इससे पहले कि कोई समझने की कोशिश करता, नज़राना ही बोली, “अगर जैसे मौलवी ने कही है वैसो हलाला कदी हुओ ही ना, तो कहा मैं जिंदगीभर या डमरू के ही संग रहूँगी?”

“और कहाँ रहेगी?” नज़राना को जवाब देने के बजाय उलटा दादा टुंडल ने पूछा।

“चाहे जिन्दगानी बीत जाए?”

“तेरे वा मौलवी की बात अभी तलक समझ में ना आयी है!” दादा टुंडल की जगह दूसरे पंच ने झुँझलाते हुए कहा।

“वैसे तिहारी या सरीअत और हदीस में कहीं ई भी लिखी पड़ी है, के अगर कोई मरद तल्लाक देणो ही ना चाहे, तो वासू जबरदस्ती करके तल्लाक दिवा देओ?”

“आखिर तू कहणो कहा चाहवे है?” अपनी जगह पर दादा टुंडल वापस बैठ गया, और एक-एक शब्द पर ज़ोर देते हुए बोला, “कहीं तेरा कहणा को ई मतलब तो ना है के या डमरू ने जानबूझ के वैसो हलाला ना करो, जैसो वा मौलवी ने बतायो?”

“मैं कहा जाणू काई का दिल की बात।” नज़राना धीरे-से बोली।

नज़राना ने जिस तरह कहा, उससे पूरे दालान को यक़ीन हो गया कि डमरू ने ज़रूर जानबूझ कर इमाम के निर्देशों का पालन नहीं किया। लगता है इसी की नीयत में खोट में आ गया।

“डमरू, ई नजराना कहा कहरी है?” दादा टुंडल ने डमरू की आँखों में आँखें डालते हुए पूछा।

दादा टुंडल के इतना कहते ही सब गड्डमड्ड हो गया। डमरू से कुछ भी जवाब देते नहीं बना।

“ठीक है, सब समझ में आगी मेरे।” इसके बाद दादा टुंडल नज़राना से मुख़ातिब हुआ, “नजराना, बेटी अब तू अपणा ईमान सू सच्ची-सच्ची एक बता के वैसे तू रहणो किसके साथ चाहवे है?”

“ड...डमरू के।” इतना कह नज़राना तेज़ी से भाग कर अपने कमरे में घुस गयी।

“हाजीजी, ले भई तेरी बहू ने आखिर दूध को दूध, और पाणी को पाणी कर दियो... अब तो किस्सा ही खतम...अन्यायी, अभी तलक तो हम समझरा हा के सारी गल्ती या डमरू की है, पर ई बिद्र्या तो दोनूँ की पढ़ी हुई लगरी है।”

“दादा मेरी तो सुण...खुदा तलक यामें मेरो कोई कसूर ना है।” डमरू एक बेमानी-सी सफ़ाई देने लगा।

“यामें मेरा डमरू को कोई कसूर ना है दादा। ई सारो खेल या नजराना को

रचो हुओ है।" नसीबन अपने देवर डमरू के बचाव में उतर आई।

"अब तुम सब चुप रहो थोड़ी देर...हाँ भई हाजीजी, अब तू एक बात बता के या नजराना ए तू अभी भी अपणे घर ले जाण कू तैयार है?"

"डोकरा, अब तो मैं या छिनाल ए जबू भी ना राखूँ चाहे ई आग में तपके आई होए।" जवाब हाजी ख़ुदाबख़्श के बजाय उसकी बीवी कल्लो ने दिया।

हाजी ख़ुदाबख़्श यानी टटलू सेठ और नियाज़ के चेहरे ऐसे सफ़ेद पड़ते चले गये मानो उनकी किसी ने आब सोख ली हो। हदीस और शरीअत के फ़रमानों के सफ़े तो जैसे कसमसा कर रह गये।

"एक मिनट पंचो, एक आखरी बात और!"

दादा टुंडल की इस आख़िरी बात को सुनने के लिए एकाएक ख़ामोशी छा गयी।

"नियाज, बेटा हीं आ मेरे पै!" दादा टुंडल ने नियाज़ को अपने पास बुलाया।

अतीत की खट्टी-मीठी यादों में खोया नियाज़ क्षण भर के लिए सकपका गया। वह अपनी जगह से उठा और दादा टुंडल के पास आ गया।

"देख, तेरी माँ ने तो नजराना ओटना सू साफ मना कर दी है, पर तू बता के तेरा मन में कहा है? मान ले, या नजराना ए हम काई तरह समझा-बुझा के तेरे संग भेज देएँ तो तू याहे अपणे संग ले जाएगो?" दादा टुंडल ने नियाज़ से बड़े प्यार से पूछा। मगर नियाज़ ने कोई जवाब नहीं दिया। उससे दोबारा पूछा गया, तो इस बार उसकी हिलकियाँ बंध गयीं।

"ठीक है, मैं समझगो।"

"दादा, तू ई कहा कर्‌रो है? वा...वा मौलवी ने जैसी कही है, वाको कहा होएगो।" जमाल खाँ ने दादा टुंडल को इमाम का फ़रमान याद दिलाया।

"मेरे यार, एक मिनट तसल्ली तो राख... अच्छो ऐसो कर या नजराना ए भीतर सू बुलवइयो।"

जमाल खाँ के कुछ समझ में नहीं आ रहा है। जो नज़राना कुछ देर पहले सबको अपना दो टूक फ़ैसला सुना चुकी है, और बक़ौल दादा टुंडल दूध का दूध और पानी का पानी कर चुकी है, यानी क़िस्सा ख़त्म कर चुकी है, उसी नज़राना को फिर से क्यों बुलवाया जा रहा है? सबकी धड़कनें एक बार फिर तेज़ हो गयीं। इस बीच नज़राना बाहर आकर, वहीं दरवाज़े के पास आकर खड़ी हो गयी।

दादा टुंडल ने पहले पूरी स्थिति का जायज़ा लिया और फिर बेहद सावधानी और संयम बरतते हुए बोला, "देख बेटी, अभी तो बात होरी ही हदीस और सरीअत की...पर अब हम बात कर्‌रा हैं मरद और बीरबाणी के तौर पे। थोड़ी दूर कू मान लेओ के अगर ई नियाज हम पंचन्ने हाजिर-नाजिर मान के, तोहे पूरी

इज्जत के साथ अपणे घर ले जाए, तो तू याके संग चली जाएगी?"

दादा टुंडल के इस नये प्रस्ताव पर खुसर-पुसर शुरू हो गयी। तुरन्त एक पंच ने दख़ल देते हुए कहा, "टुंडल, अन्यायी बिना हलाला के ई कैसे चली जाएगी?"

"अरे तो पूछणा में भी कुछ बुराई है कै? हाँ री नजराना, मैंने कुछ पूछी है तोसू!" दादा टुंडल तुरन्त अपने विषय पर आते हुए बोला।

"दादा, मेरी आबरू तो या आदमी ने वाही दिन तार-तार कर दी ही, जा दिन याने चौड़ा में मेरो आसरा छीन लियो हो, और मैं एक पराया मरद के संग सोण कू मजबूर कर दी ही। मैं तो उल्टो सारा पंचन् सू पूछणो चाहरी हूँ के तम सब अपणा-अपणा दिल पे हाथ धर के ईमानदारी सू पूछो के मोहे ऐसा आदमी के संग जाणो चहिए, या ना?"

"बेटी, ऐसे मत कर। मरद-माणस सू गल्ती होई जावे है।" दादा टुंडल नज़राना के समझाने लगा

"हुँ, मरद-माणस सू गल्ती हो जावे है...एक यही मरद है। अरे, ई भी तो मरद ही है जो चाहतो तो मेरी आबरू ए लूटना में मिनट ना लगातो, पर मजाल है या भला आदमी ने आबरू लूटनी तो दूर रही, याने आँख उठा के भी ना देखी... अगला ने अपणा हदीस और सरीअत की भी परवाह ना करी। ई तो ऊ मौलवी चलोगो नहीं वाहे बताती के ईमान कहा होवे है। दादा, ऐसो होवे है आदमी को असली ईमान, जैसो आज या कलसंडा ने दिखायो हो... ऐसा होवे हैं असली मरद। रही बात मेरी सास यानी या कल्लो काकी की, वाहे दुनियाभर की सतवंती बहू मिल जाएँगी।" एक ही साँस में नज़राना मानो क़ुरआन की अनगिनत आयतें पढ़ गयी।

दालान में छोटे-बड़े घूँघटों में छिपे चेहरों से ग़ायब आब फिर से लौट आयी। नसीबन, उसका तो बस नहीं चला वरना लपक कर वह अपने डमरू को अंक में भर लेती। डमरू के जिस भरोसे पर नसीबन किसी से भी लोहा लेने पर उतारू हो जाती थी, उस भरोसे ने उसका सीना आज और चौड़ा कर दिया। वही आमना शर्म से पानी-पानी हो गयी, जिसे हर समय नोहरे में जाने से इसलिए डर लगता था कि पता नहीं कब इसे देखकर उसके इस कलसंडा देवर के भीतर का शैतान जाग जाए, और वह कहीं की ना रहे। नियाज़ की हालत तो ऐसी थी कि काश, यह धरती फट जाए और वह उसमें ग़र्क़ हो जाए। बस, एक कल्लो थी जिसकी आँखों से रह-रहकर मानो शोले बरस रहे थे कि जिस नज़राना के लिए उसने डमरू के पाँवों में दुपट्टा तक डाल दिया था, उस नज़राना का चरित्तर ऐसा निकलेगा, उसने सोचा भी नहीं था। इस समय वही अपने आपको सबसे ज़्यादा

ठगा हुआ महसूस कर रही है।

"नजराना, मेरी हाथ जोड़के अरज है के एक बर और सोच ले। बेटी, या नियाज की बसी-बसाई दुनिया ए उजड़ना सू बचा ले।" दादा टुंडल ने अन्त तक कोशिश नहीं छोड़ी। उसे अभी भी उम्मीद की एक किरन नज़र आ रही है।

"दादा, इन बातन् में अब कुछ ना बचो है। अगर मैं आज याके संग चलीगी, तो आगे सू हमारे ऊपर कौन अकीन करेगो। अपणा या ईमान के संग दगा करना की, कम सू कम मेरो जी तो गवाह दे ना रहो है।" नज़राना अपने क़ौल पर चट्टान-सी सख़्त रहते हुए बोली।

"हाँ भई पंचो बताओ, अब तिहारी कहा राय है?" नज़राना की दलील सुनने के बाद दादा टुंडल ने दालान से उसकी आख़िरी प्रतिक्रिया जाननी चाही।

कोई कुछ नहीं बोला।

"हाँ भई हाजी खुदाबकस और कुछ सुणूनी बाकी रहगी है, या फिर चलें।" दादा टुंडल ने आख़िरी बार हाजी ख़ुदाबख़्श यानी टटलू सेठ से व्यंग्यात्मक लहज़े में पूछा।

समझ गया हाजी ख़ुदाबख़्श दादा टुंडल का इशारा। उसने धीरे-से कल्लो की ओर देखा और फिर उठते हुए बोला, "चल खड़ी हो!"

कल्लो से खड़ा होना मुश्किल हो गया। लगा जैसे घुटनों के जोड़ आपस में जकड़ गये हैं। खड़ी हुई तो अचानक गिरते-गिरते बची। यह तो ग़नीमत था जो लपक कर आमना ने उसे सँभाल लिया, वरना एक बार तो वह खोखले रूख-सी ढह ही गयी थी। नियाज़ ने माँ को सहारा दिया और उसे लेकर, जमाल खाँ के घर से चला आया।

"डमरू, देख बेटा या नजराना ने तोहे एक तरह सू फरिस्ता को दर्जा दियो है...याहे तू माटी में मत मिलण दीजो, नहीं तो याहे जहन्नुम में भी जगह ना मिलेगी...और बेटी नजराना, इतनी हिम्मत और इतनो कड़ो फैसला लक्खोन में कोई बिरला ही ले पावे है...अब तैने डमरू के संग रहणा को फैसला कर ही लियो है, तो यापे मरते दम तलक अटल रहियो, वरना डमरू जैसा भला और ईमानवाला आदमीन् सू लोगन् को भरोसो उठ जाएगो...जा बेटी, जीती रह!" दादा टुंडल ने नज़राना के पास आकर, उसके सिर पर हाथ फेरते हुए मन से ढेरों दुआएँ दीं, और बाकी बचे पंचों के साथ यह कहते हुए जमाल खाँ के दालान से निकल आया, "चलो रे अपणे-अपणे घर और या गीबत ए हीनी खतम् करो!"

9

नसीबन के पाँव मानो ज़मीन पर नहीं पड़ रहे हैं। उसका बस चले तो वह अपनी इस तीसरी दौरानी के पाँवों तले गुलाब की पँखुड़ियाँ बिछा दे। अपने देवर की काई-सी स्याह देह को उबटन से लीप दे। फ़ातिमा, वह तो सुबह से अपने हिस्से के उस कमरे को ख़ाली करने में जुटी हुई है, जिसे नज़राना ने कब्ज़ाया हुआ है और एक तरह से जिसमें वह नज़रबन्द क़ैदी की तरह एक-एक पल गिनते हुए वक़्त काट रही है। जबकि आमना, वह ज़रूर परेशान है कि जिसकी उसने कभी कल्पना भर की थी, आज वह उसकी आँखों के सामने साकार हो गया। जिस जायदाद में से उसे एक हिस्सा और होने का डर था, उस हिस्से की फ़िक्र में वह मन ही मन घुली जा रही है। बावजूद इसके आमना ने हिम्मत नहीं हारी और फ़ातिमा के पास आ ही गयी।

"फातिमा, बहाण तू या कोठा ए कैसे खाली कर्‌री है?" आमना ने एकदम बेख़बर होने का प्रपंच रचते हुए पूछा।

"दारी, या कोठा में कई दिनाँ सू रहते-रहते नजराना यासू घुल-मिलगी होएगी ...या मारे सोची के ये दोनूँ यामें ही रह लेंगा।" मुस्कराते हुए फ़ातिमा ने जवाब दिया।

"पर पंचन्ने तो इनका नोहरा में रहणा को फैसला करो है।" आमना ने अपनी जिठानी को पंच-फ़ैसला याद दिलाते हुए कहा।

"करो तो है, पर निगोडी वा नोहरा में ढोर-डंगरन् के बीच ये खेलता-कूदता अच्छा थोड़ेई लगंगा।" फ़ातिमा ने चारपाई पर बिछी गुदड़ी पर करीने से चादर बिछाई और आमना को छेड़ते हुए बोली, "वैसे भी ये अभी कौण-सा संग-संग सोएँगा।"

"कहा, संग-संग ना सोएँगा?" आमना ने चौंकते हुए पूछा।

"हाँ, जब तलक रोजा हैं इनको अलग-अलग रहणो ठीक रहेगो...वैसे भी दो-चार दिन की बात है, ईद पीछे जिन्दगीभर संग ही तो सोएँगा।"

"बहाण, मोहे ना हो या बात को पतो...तेरो देवर तो रोजान् में भी जब चाहे चिपट जावे है।"

"चिपटनो अलग बात है...वैसे रोजान् में चूमा-चाटी, चिपटम-चिपटाई जाइज है पर..."

"नाऽऽऽ ऊ तो सारो काम करे है!" आमना ने चहकते हुए बताया।

"ऊ तो सारो काम करे है, पर कुलखणी चोद तोहे भी तो फूटा पटपड़ा सू सोचणी चहिए के रोजान् में जितनो बचो जाए, बचणो चहिए।" फ़ातिमा ने

तमकते हुए आमना पर लानत-मलामत देते हुए डाँटा।

"पर बहाण मैं सोचूँ तो जब, जब तेरो देवर सोचण देए। बल्कि ऊ तो ई कहवे है के या काम ए करणा सू सवाब मिले है...या मारे मैं भी चुप लगा जाऊँ हूँ।" आमना ने अपराधबोध के चलते अपनी मजबूरी बताई।

"किस बेहूदा ने बताई ही वाहे ई बात?...ये मरद भी अपणी सहूलियत कू कुछ भी कह देएँ हैं।"

अपनी जिठानी की इस डाँट से आमना का चेहरा उतर गया। इस चक्कर में वह यह भी भूल गयी कि फ़ातिमा के पास क्यों आयी थी। उसे तो इसका ख़याल ही नहीं रहा कि अपनी नयी-नयी दौरानी के लिए तैयार हो रहे, इस नये ठिकाने से निकल कर वह कब अपने कमरे में आ गयी। रह-रह कर एक अपराधबोध और शर्मिंदगी के चलते, वह मन ही मन अपने परवरदिगार से देर तलक जाने-जनजाने में हुए इस कृत्य पर माफ़ी माँगती रही। वापस वर्तमान में लौटी तो इस फ़ैसले के साथ कि चाहे कुछ भी हो जाए वह ईद तलक नवाब यानी अपने शौहर को अपने पास फटकने भी नहीं देगी।

10

लयलतुल क़द्र। बरकत वाली उनतीस तारीख़ की आख़िरी मुबारक रात। इशा की नमाज़ के बाद जमाल खाँ, कमाल खाँ और नवाब सहित डमरू सभी भाई तरावीह के लिए मस्जिद में चले गये। घर में सिवाय दौर-जिठानियों के कोई नहीं है।

नज़राना आज हर हालत में पिछली रात छूट गये अट्ठाइसवें पारे को पूरा करके रहेगी। बल्कि उनतीसवें पारे की तरावीह भी मुकम्मल करने की कोशिश करेगी, भले ही सहरी हो जाए। इस आख़िरी मुबारक रात में, अपने सारे फ़रिश्तों के साथ आसमान से उतरने वाले हज़रत ज़िबरील से वह अपने गुज़रे हुए वक़्त के सारे गुनाहों को बख़्शने की दुआ करेगी। इस रात की इबादत की बरकत से वह अपनी ज़िन्दगी के शुरू होने वाले इस नये पारे के दौरान जाने-अनजाने होने वाले गुनाहों को भी बख़्शने की दुआ करेगी। इतना ही नहीं ईद की सुबह अपनी हैसियत के मुताबिक़ उससे जो भी बनेगा, फ़ितरा देगी।

इशा की नमाज़ पढ़ने के बाद नसीबन नज़राना के पास किसी न किसी बहाने कई चक्कर लगा चुकी है। शुरू में तो नज़राना ने इस पर कोई ध्यान नहीं दिया, मगर जब नसीबन का आना-जाना लगातार बढ़ने लगा, तब उसे कुछ शक हुआ।

"कैसे, आज नींद ना आरी है?" नज़राना ने आख़िर पूछ ही लिया।

"नींद कहा, पाँवन् में कुछ भड़क-सी लगरी है।" नसीबन ने रमज़ान शरीफ़

की बरक़त वाली रात सरासर झूठ बोलते हुए कहा।

"चल, मैं थोड़ो-सो दबा दूँ।" नज़राना उठते हुए बोली।

"रहण दे। तू अपणी तिलावत कर ले।" नसीबन ने बेमन से इन्कार कर दिया।

"ई तो थोड़ी देर पीछे भी हो जाएगी।" इतना कह सचमुच नज़राना नसीबन के साथ चल दी।

पिछली रातों की अपेक्षा आज ठंड कुछ ज़्यादा है। नसीबन ने पाँवों को रज़ाई में छिपा लिया। नज़राना ने रज़ाई के अन्दर ही पाँव दबाने शुरू कर दिए। देर तलक इधर-उधर की बातों के दौरान नसीबन को जब लगा कि जिन्हें सोना था वे सो चुके हैं, तब उसने नज़राना को रोक पाँवों को थोड़ा सिकोड़ लिया। इसके बाद उसने नज़राना को कनखियों से टोहा, और फिर जिस मक़सद के लिए उसने पाँवों के भड़कने का बहाना बनाया था, और नज़राना को अपने कमरे में लाने में क़ामयाब हो गयी थी, उस पर आ गयी।

"नजराना, बुरो ना माने तो बहाण एक बात पूछूँ?" हिचकिचाते हुए नसीबन ने पूछा।

"मोहे पतो है तू कहा पूछेगी।"

"दारी, ऐसी तेरे पै कहा बिद्या है जासू तैने ई भाँप ली के मैं कहा पूछूँगी?"

"मैंने तो जभी जाँच ली ही जब तू मेरे पै चक्कर काटरी ही।"

"चल, जब तैने जाँच ली तो अब तूही बता दे के मैं कहा पूछणो चाहरी हूँ?" नसीबन ने हँसते हुए कहा।

"यही के जब डमरू मोहे तल्लाक देण कू राजी होगो हो, तो मैंने अपणो फैसलो काँई लू बदल लियो हो...यही ना?"

"रंडी, तू तो बड़ी चंट निकली...तैने तो मेरा मन की बात पढ़ ली।"

"तो सुन! मैंने अपणो फैसला या मारे बदल लियो हो, के खुदा न खास्ता तेरो देवर वा मौलवी के मुताबक मेरे संग जिनाह कर बैठतो...और तल्लाक पीछे में नियाज के संग उल्टी चली जाती, तो मैं जीते जी जिन्दगी भर या आदमी सू तो आँख मिला पाती ही ना, बल्कि मैं वा नियाज की नजरन् में गुनहगार और बणी रहती...बात-बात में अपणी वा सास और दौर-जिठानी का बोल सुणती, वे अलग। अब कम सू कम मैं या गुनाह सू तो बचगी।"

"बहाण, कैसी बचगी या गुनाह सू?" नसीबन शब्दों के जाल में उलझ गयी। फिर थोड़ा रुक कर बोली, "बात तो फिर भी बराबर-सी हुई। बस, अब फरक ई है के कल्लो के घर जाणा सू तैने मना कर दी।"

"कैसे हुई बराबर। कम सू कम आते-जाते वा नियाज सू मैं अब छाती चौड़ा

के नजर तो मिला लूँगी, के देख जो गुनाह तैने करो है वाकी सजा मोसू जादा तू भुगतरो है ...वैसे भी इतनी बड़ी सजा अकेली मैं ही काँई लू भुगतूँ?" कहते-कहते नज़राना के होंठ टेढ़े होते चले गये।

"पर नियाज तोहे ले जाणा पे राजी तो होगो हो?"

"होगो हो, पर तब जब वाहे ई पतो चलगी के मौलवी के मुताबक हलाला ना हुओ हो...वैसे याकी कोई गारंटी ही भी ना के अगर वैसो हलाला हो जातो, तो ऊ मोहे रख ही लेतो। अगर तोहे ऊ अपणा ईमान पे अटल दीखरो है, तो एकाध महीना पीछे वाहे टटोल के देख लीजो के ऊ मोहे किनो राखेगो।"

"हो सके तेरो अन्दाजा ठीक होए।" नसीबन नज़राना के तर्क से एक हद तक सहमत हो गयी।

"वैसे मेरा या फैसला के पीछे सबसू बड़ी वजह एक और है।" नज़राना एक हल्की-सी वक्र मुस्कान उछालते हुए बोली।

नसीबन की नज़र नज़राना की मुस्कान पर ठहर गयी।

"और ऊ वजह है तेरो देवर!" निगाह नीचे कर धीरे-से कहा नज़राना ने।

"मेरो देवर?" नसीबन के फेफड़ों में ढेर सारी ताज़ा हवा भर गयी। ठंड में जो देह अकड़-सी गयी थी, वह खुलती चली गयी।

"हाँ, तेरो देवर। पतो है मैंने वा दिन खूब कोसिस कर ली, पर मजाल है ऊ टस सू मस तो हुओ होए...बल्कि मैंने तो हीं तक कह दी के अब मैं तेरी ब्याहता हूँ, पर ऊ अपणा कौल पे अड़ो रहो...और जब ऊ यासू भी ना पिघळो, तो मैंने साफ-साफ कह दी के मैं तेरी जिन भावजन्ने भेजी हूँ, उन्ने कहा जाके कहूँगी...और तो और मेरो तो वा बखत कळेजा फटगो, जब मैंने यासू ई कही के ठीक है मैं तेरी भावजन् सू जाके कह दूँगी के तिहारा देवर सू कुछ भी ना हुओ, तो पतो है मेरा रस्ता ए रोक...हाथ जोड़ के कहा बोलो?"

नज़राना ने जिस तरह नसीबन की ओर देखा, नसीबन की धड़कनें पल भर के लिए थम-सी गयीं।

"बोलो के नजराना, मोसू इतनो बड़ो गुनाह मत करा। खुदा की बंदी, मैंने तो निकाह की या मारे हामी भर दी के तेरी उजड़ी हुई दुनिया बस जाए...नसीबन, मेरी बहाण अब तू ही बता के मैंने ऐसा खरा आदमी के संग बाकी की जिन्दगी बिताणा को फैसला करके कोई गुनाह तो ना करो है न?"

नसीबन कुछ नहीं बोली। बस, होंठों में हल्की-हल्की कम्पन होती रही। आँखों से रिसता हुआ गुनगुना पानी कोरों के उथले किनारों को तोड़ चुपचाप बहने लगा। रमज़ान शरीफ़ की मुबारक रात में लगा मानो हज़रत ज़िबरील

अपने सारे फ़रिश्तों के साथ नसीबन के कमरे में आकर, नसीबन की मौजूदगी में अपने तौहीद परस्त बंदे डमरू के हक़ में उसके सारे गुनाहों को एक-एक कर माफ़ कर रहा है।

"मैंने वाही बखत फैसला कर लियो, के जा आदमी के भीतर खुदा का खौफ सू जादा, एक बीरबाणी की आबरू लुटना को डर है ऐसा नेक, कौल को पक्को और ईमानवाला आदमी के संग कपट और दगा करना सू बड़ो और कोई गुनाह ना होएगो ...बहाण, रोज-रोज की जिल्लत सू एक दिन को मरणो अच्छो है।"

नसीबन ने नज़राना की आँखों में झिलमिलाती बूँदों को देखा, तो देखते ही नज़राना को अपने अंक में भर लिया। मगर अगले ही पल उसे अपने आपसे अलग करते हुए बोली, "और वे तीन-तीन बालक कहान् जाँगा?"

"बालक! मैंने उन चोदान् को कोई ठेका ले राखो है...वही पालेगो जाने वे पैदा करा हैं।"

"ई बात तेरी ठीक है पर औलाद तो औलाद है।"

"एक बात कहूँ, ई औलाद को मोह भी हमारो बहुत बड़ो दुसमन है।" नज़राना की इस निर्ममता को देख नसीबन के भीतर जैसे कुछ टूटने लगा। नज़राना की आँखों में रह-रह कर उठती बग़ावती चिंगारियों को देख थोड़ी देर के लिए नसीबन सहम गयी। पूरे जिस्म में सिहरन-सी दौड़ गयी।

इसी बीच बाहर कुछ गहमागहमी सुनाई दी।

"लगे है महजत सू तेरा जेठ आगा हैं!" नसीबन का इशारा समझ गयी नज़राना। वापस अपने कमरे में जाने लगी कि पीछे से नसीबन ने मुस्कराते हुए टोका, "और सुन, मेरा या देवर ए तू बिल्कुल भोळो भंडारी भी मत समझियो...ई तो उनमें सू है के–

जेठ-साढ़ का दोंगड़ा कित बरसाँ कित जाएँ।
बरखा इतनी होएगी, तेरी धरती झेले नाएँ।।"

नज़राना ने मुस्करा कर अपनी जिठानी की तरफ़ देखा और फिर तेज़ी से नसीबन के कमरे से निकल गयी।

11

लपरलेंडी को डमरू ईद की नमाज़ अदा करने के लिए जाते समय ईदगाह के बाहर मिल गया। लपरलेंडी ने उसे ऊपर से नीचे तक देखा, तो देखता ही रह गया। एक बार उसके मन में आया भी कि वह उसे छेड़ दे, मगर डमरू की धीर-गम्भीर भंगिमा देख वह भाँप गया कि यह वक़्त उसके लिए सही नहीं है।

लपरलेंडी ने भी उसकी देखादेख वैसी ही संजीदगी ओढ़ ली। दूर से लपट मारती चमेली के इत्र की महक, आँखों में काजल की पतली धार, पाँवों में कुरम की चमचमाती जूतियाँ, सफ़ेद लट्ठे यानी गफ़ मारकीन का ढेंकलीवाला तहमद, सलीके से बनवाया गया ख़त और सिर पर जालीदार टोपी—कुल मिलाकर डमरू के इस अचकदार रूप को देखकर किसी भी भले-चंगे आदमी को रश्क हो सकता है। हालाँकि एक बार तो लपरलेंडी को भी उसे देखकर रश्क-सा हुआ, मगर एक भले आदमी की तरह वह इसे जज़्ब कर गया। वैसे इसमें कसूर डमरू का भी नहीं है। उसने आख़िर अभी तक देखा क्या है। कहते हैं कि घूरे के भी दिन फिरते हैं, इसलिए जैसे इस कलसंडा घूरे के दिन फिरे हैं, अल्लाहताला ऐसे दिन सभी घूरों के फेरे—यही दुआ कर लपरलेंडी ईदगाह में दाख़िल हो गया।

इसी बीच लपरलेंडी ने देखा कि अपने कुर्ते की बग़ल वाली जेब से डमरू ने कुछ निकाला और उसे खाने लगा। लपरलेंडी समझ गया कि पट्ठा जेब में खजूर रख कर लाया है। उसे याद आया कि ईद-उल-फितर की नमाज़ से पहले खजूर, वह भी पाँच खजूरें खाने की एक रस्म होती है।

नमाज़ अदा कर जैसे ही डमरू ईदगाह से बाहर आया कि पहले से तैयार लपरलेंडी, मुबारकबाद देते हुए उसके गले लग गया। इसके बाद दोनों साथ-साथ घर की ओर हो लिए।

"और सुना भई डमरू नजराना के संग कैसी टिसल फिस्स जमरी है?" लपरलेंडी ने मौक़ा पाते ही डमरू को छेड़ा।

"यार काका, काँई की टिसल फिस्स।" डमरू ने बेरुख़ी से जवाब दिया।

"कहा मतलब? अब तलक तो तैने असली टलाला कर दियो होएगो?"

"ना, अभी ऐसी कोई बात ना है।"

"मेरे यार, तू आदमी है के पजामा। अरे, अभी भी तोहे काई मौलवी की बाट है। अब तो नजराना ने भरी पंचात में तेरे संग रहणा की हामी भर दी है और तू कहरो है के अभी ऐसी कोई बात ना है।" लपरलेंडी ने डमरू को धिक्कारते हुए डाँटा।

"ऊ कहा है के रोजान् की वजह सू..."

"रोजान् की वजह सू याऽऽऽ फिर कोई और बात है?"

"ना-ना ऐसी कोई बात ना है।"

"अगर होए तो साँझ लू मेरे पै आज जइयो। मैं दे दूँगो तोहे एक बूटी। वैसेऽऽऽ एक बात कहूँ, आज तो मेरा या डमरू पे पूरो जोबन छारो है...आज अगर नजराना तेरे पै बिन बुलाए ना आ जाए, तो मेरो नाम बदल दीजो...आतेई दारी की को खींच दीजो मीटर।"

डमरू नरम टहनी-सा शरमा कर लरज़ता चला गया। तभी ईदगाह से लौटते हुए जमाल खाँ पर लपरलेंडी की नज़र पड़ी, तो उसने डमरू से यह कहते हुए दिशा बदल ली, "जैसी भी टिसल फिस्स होए...देर-सबेर बतइयो जरूर!"

12

जैसे पाखा पे ढलती धूप
जोबन तेरो दो दिन को री गोरी नार
यापे मत कर इतनो गुमान
गहा जाएगो कोई रानो बिणजार।

अस्र की नमाज़ के बाद तहमद चढ़ा डमरू गुनगुनाते हुए सानी में जुटा हुआ था कि अचानक कानों में मिसरी-सी मीठी खनक घुलती चली गयी, "किसे गहवा रो है राणा बिणजार सू?"

डमरू ने चौंकते हुए पलट कर देखा, तो देखते ही चढ़ा हुआ तहमद अपनी जगह आ गया।

"तू...तू कद आई ही?" देखते ही डमरू अचकचा गया।

"जब एक गोरी नार को दो दिन को जोबन लुटरो हो।"

डमरू अपने सामने मौजूद आँखों की शरारत और पूरी देह की भाषा पल भर में बाँच गया। उसे अपने आप पर बेहद हैरानी हुई कि उसे यह इससे पहले ऐसी क्यों नहीं नज़र आयी, जैसी आज नज़र आ रही है। उसे तुरन्त लपरलेंडी की बात याद आ गयी। सामने वाले ने भी डमरू के भीतर उठते तूफ़ान के चलते, मचलती लहरों की रफ़्तार भाँप ली। इससे पहले कि उन दोनों के बीच मौन संवादों की पतंग और उड़ान भरती, सामने से एक जुमला उछला, "तेरी भावजन्ने एक बौरा (ब्यौरा/ख़बर) भिजवायो है।"

"कौण-सो?" डमरू के भीतर मचलती लहरें एकाएक शान्त होती चली गयीं।

"यही के आज तू या नोहरा में ना घर आके सोएगो।"

"घर आकेऽऽऽ!"

जब तक डमरू कुछ समझ पाता एक ताज़ा हवा का झोंका उसे तेज़ी-से नोहरा से जाता हुआ दिखाई दिया। डमरू अपलक उसे पीछे से निहारता रह गया। जिस नोहरे में इससे पहले सूखी गन्धहीन हवाओं की हुकूमत हुआ करती थी, उसकी जगह आज किसी बाग़ीचे के मुरझाए फूलों की अक्षत ख़ुशबुओं ने ली ली। बमुश्किल वह मदहोश-सा कमरे में आया और उसी चारपाई पर धराशायी

हो गया, जिस पर कुछ दिन पहले नज़राना वहाँ समाए अँधेरे से बे-परवाह, उसके बग़ल में आकर बैठ गयी थी। उस रात, जिस रात एक बदहवास, बाग़ी भभूका अनायास किवाड़ों को ठेल अँधेरे से भरे इस कमरे में ज़बरन घुस आया था। डमरू देर तलक उसी भभूके की गन्ध में लिपटा अचेत-सा पड़ा रहा। उसे पता ही नहीं चला कि पिछले कुछ दिनों से एकाएक बढ़ गयी ठंड से बचता-बचाता सूरज कब धरती में समा गया, और कब शाम के मटमैले नशे में डूबे झुटपुटे ने बाहर के उजास को अपने अंक में समेट लिया है।

डमरू धीरे-से लगभग लड़खड़ाता-सा चारपाई से उठा और सालों से सहेज कर रखे गये अपने उसी बहुकोणीय धुँधले पड़ चुके आईने को उठाया, जिसे उठाते हुए इससे पहले उसकी अँगुलियाँ काँपती थीं। इधर देर तलक डमरू अपने आपको उसमें अलग-अलग कोणों से अपलक निहारता रहा, उधर कानों में इशा की अज़ान के बोल कानों में घुलते रहे।

□□